BRUNO GMÜNDER

ATTILA

BRUNO GMÜNDER

Leuschnerdamm 31, 10999 Berlin
info@brunogmuender.com

Covergestaltung von Stefan Adler unter Verwendung
einer Zeichnung von Joe Phillips
Druck: Nørhaven Paperback A/S, Dänemark
ISBN 3-861-87-238-2

Haymo Empl

ATTILA

Roman

BRUNO GMÜNDER

In Gedenken an Davide Sorrenti,
US-Modefotograf und Mitbegründer des »Heroin Chic«
1977 – 1997

Dieses Buch ist meinem kleinen Bruder Andi und meiner kleinen Schwester Tina gewidmet

Die Handlung und die Personen sind frei erfunden und reine Fiktion. Die Schauplätze sind authentisch, aber keiner der Vorfälle hat je dort stattgefunden.

PROLOG

Die Schmerzen waren unerträglich. Gut 260 Tage Stress und nun das. Sie hatte es sich etwas weniger schlimm vorgestellt. Sie wusste wohl, dass es schmerzhaft sein würde, aber das hier war wie der Tod. Bald würde sie in einen Tunnel kommen und dann das Licht sehen – so wurde es jedenfalls in den Filmen gezeigt. Gerade als sie sich dieses Licht vorstellte (welches nicht kommen wollte, was sie nicht gerade beruhigte), hörte sie sich erneut schreien – wobei es nicht wirklich ein Schrei war. Es war … ein Laut. Bislang wusste sie gar nicht, dass ihre Stimme zu solchen Tönen fähig war. Sie wurde ganz kurz ohnmächtig, um sich dann vor Schmerz wieder aufzubäumen, was ihr aber nicht wirklich gelang. Seit einer Stunde schon krallte sie sich am Laken fest. Sie wusste, dass diese Phase bald vorüber sein würde. Eine Stunde – länger sollte es nicht dauern. Sie versuchte sich zu beruhigen – etwas anderes blieb ihr auch gar nicht übrig; entweder das durchstehen oder jetzt sofort sterben. Sie sah das Blut. Überall Blut – ihr eigenes Blut. Und das, obwohl ihr bei Blut immer schlecht wurde. Sie versuchte sich erneut das Licht vorzustellen und war sich sicher, dass sie sich jetzt übergeben würde. In diesem Augenblick. Dann wieder dieser Schmerz. Sie hörte wie durch Watte, wie jemand etwas von 200 irgendwas Blutverlust sagte. Das war normal, so viel wusste sie. In dieser Phase wurde in der Regel ein halber Liter Blut vergossen. Jemand schnitt ihr mit einem Messer in die Haut, aber das spürte sie kaum. Es war ihr egal – solange sie nur leben würde. Überleben würde. Noch mehr Blut, noch mehr Schmerzen und schließlich ein Schrei. Es war nicht ihr Schreien, es klang viel mehr nach … ihrem Sohn?

»Was für ein muskulöses Kind«, sagte der Arzt.

1. Teil

LAMM GOTTES

DIE ERSTE LEKTION

»Ein *muskulöses* Kind?«, fragte Moa irritiert.
»Ich kann mich ja nicht wirklich an meine eigene Geburt erinnern, aber so hat es mir meine Mutter erzählt. Deswegen wurde ich schließlich auch Attila getauft. Bei meinem jüngeren Bruder war es dann wohl etwas einfacher – an dessen Geburt konnte sie sich nämlich kaum mehr erinnern. Möglich, dass dies auch an ihrem doch etwas hohen Alkoholkonsum gelegen hatte.«

»Ein muskulöses Kind? Nicht einfach ›fesches Baby‹ oder ›Prachtjunge‹ sondern … na ja … ist ja auch egal. So war das in den 70ern wohl.« Moa guckte zum Kühlschrank. Attila wusste ihren Blick zu deuten. Zu lange kannten sie sich schon. Jeder Blick, jede Geste war bekannt und wohl vertraut. Die perfekte Beziehung eben, einfach so und ohne Sex.

»Du willst also Wein, richtig? Obwohl du gesagt hast, dass du heute nur 900 Kalorien zu dir nehmen willst.« Attila seufzte und erhob sich leise ächzend aus seinem Schneidersitz. Seine Jeans klebte an den Kniegelenken, die Hitze war mörderisch, aber genau deshalb liebte er den Sommer. Sonne war Leben, die Stadt pulsierte, die Leute waren gut drauf und … Moa bewahrte den Wein dann im Kühlschrank auf. Er streckte sich und gähnte herzhaft. Sein T-Shirt rutschte etwas nach oben – eine Situation, die jedes Mal für bewundernde Blicke sorgte; nur wenige hatten Bauchmuskeln wie er. Ein richtiges Sixpack. Im Gegensatz zu den anderen konnte er aber essen, was er wollte. Und im Fitness-Studio ließ er sich praktisch nie blicken und wenn, dann nur zusammen mit Moa, die ziemlich auf ihre Figur aufpassen musste. Sie war superschlank, aber sie konnte nicht wirklich viel essen. Deswegen war sie auch auf Diät. Was sie eigentlich immer war, nur schraubte sie die tägliche Kalorienration diesmal drastisch tief.

»Du nimmst diese Appetitzügler wieder, oder? Ich glaube nicht, dass du tatsächlich nur von 900 Kalorien leben kannst. Zumal von diesen 900 besagten Kalorien gut die Hälfte von Wein abgedeckt wird. Das würde also heißen, dass ...« Attila versuchte angestrengt zu gucken, wie wenn er eine große Rechenaufgabe zu lösen hätte: »... dass du ungefähr noch einen kleinen Apfel essen dürftest und dann für den Rest des Tages nichts mehr. Niente! Nada! Nichts! Und dein Tag hat eben erst begonnen!«

»Dann gehe ich eben früher ins Bett«, maulte Moa.

Aus dem unteren Stockwerk waren Peitschenhiebe zu hören.

»Was die wieder machen, mitten am Nachmittag ...«, sagte Attila und setzte sich wieder hin. Die Sonne schien durch das Küchenfenster und zauberte Lichtreflexe auf sein hellbraunes Haar.

»Das war früher mal mein Kunde, der kommt immer so gegen 15 Uhr. Er versuchte allerdings den Preis zu drücken. Da habe ich ihn rausgeschmissen, jetzt geht er in den Puff unten. Gibt's jetzt was von dem Wein, oder nicht?« Attila nahm ein Glas aus der Spüle, hielt es kurz unters kalte Wasser und goss der Prostituierten großzügig ein.

»Damit wäre dann auch der Apfel eliminiert«, meinte er trocken und nahm einen großen Schluck.

»Zurück zum Thema Geburt. Wie wäre es, wenn wir ein Kind machen würden? Ich muss mich langsam beeilen, wenn das noch was werden soll.«

»Tick tack«, machte Attila und grinste. Er wusste erst seit kurzem, dass Moa 10 Jahre älter als er war. Sie hatte ihm ihr wirkliches Alter lange Zeit verheimlicht. Sie sah auch viel jünger aus, manchmal sogar jünger als er selbst. Zumindest dann, wenn er die ganze Nacht gearbeitet hatte und schließlich praktisch ohne Schlaf bei ihr in der Küche landete. Meistens war er sowieso bei ihr. Er schlief im Puff, sie kochte für ihn. Auf die Baby-Frage ging er nicht weiter ein und lenkte dafür das Thema zurück auf ihre Diät.

»Da habe ich großes Glück, ich meine bodymäßig. Sonst sieht

es ja eher düster aus. Pleite, Single, eine miese Wohnung und einen – äh – dumpfen Job. Und schwul.«

Moa trank den Rest des Alkohols, rülpste und guckte ihn böse an.

»Trink nicht immer so viel«, sagte Attila.

»Alkohol enthält weibliche Hormone!«, konterte Moa.

»Genau. Und wenn man zu viel davon erwischt, kann man nicht mehr Auto fahren und redet dummes Zeug …« Das Kissen traf ihn genau am Kopf, sie holte Luft, wollte etwas sagen, ließ es aber bleiben. Das Thema Alkohol war schon oft Gegenstand stundenlanger Diskussionen. Und endete meist im Streit. Attila drückte auf der Fernbedienung die 1 und schaltete damit die Kamera für die Flurüberwachung ein. Er hatte letzten Sommer sämtliche Räumlichkeiten des Bordells, das ursprünglich eine typische Zürcher-Altbau-Arbeiterwohnung war, verkabelt, verwanzt und mit Kameras ausgestattet. Moa konnte über die TV-Fernbedienung nicht nur die Musik in den einzelnen Räumen ganz nach ihren Wünschen einstellen, sondern auch das Videobild und Licht regeln. Wenn alles funktionierte. Meistens war irgendetwas kaputt. Dann flickte Attila stundenlang. Ihr wären eine simple Videokamera und weniger Schnickschnack lieber gewesen, aber Attila hatte so lange an diesem System gebastelt und sie wusste, dass er nie und nimmer mit einem einfachem Videosystem einverstanden gewesen wäre. Wäre er in den USA geboren worden, wäre er zweifelsohne Agent geworden. Aber in der Schweiz gab es keine richtigen Agenten. Wenigstens nicht solche wie in *Mission Impossible*, einem seiner Lieblingsfilme.

»Gibt es bei uns eigentlich Geheimagenten?«, fragte Moa und genehmigte sich nun einen Grappa. Der Alkohol brannte angenehm in der Kehle, sie bekam einen leichten Hitzeschub, wollte das Küchenfenster öffnen und stellte schließlich fest, dass dieses bereits geöffnet war.

»Nö, kann ich mir nicht vorstellen. Und wenn wir welche hätten, dann wären die so lahm, dass sich ganz Europa über sie kaputtlachen würde.«

»Wir gehören nicht zu Europa«, sagte Moa. Sie hasste es, wenn Freier mit Euro zahlen wollten, da sie meistens keine Ahnung vom aktuellen Umrechnungskurs hatte und zudem auch nie wirklich sicher war, ob es sich um echte Scheine handelte. Und letztendlich musste sie deswegen immer zur Bank rennen und das Geld umtauschen. Politik war bei ihr grundsätzlich ein heikles Thema und Attila vermied es, mit ihr darüber zu reden.

»Wie kommst du auf Agenten?« Attila massierte sich die Füße und guckte gelangweilt auf den Küchenteppich.

»Ach nur so. Es wäre ein toller Job für dich. Du interessierst dich für technischen Kram, bist gut gebaut, nie krank und kannst mit Schusswaffen umgehen.«

»Und furchtlos. Du hast furchtlos vergessen!« Auf dem Monitor zeigte sich ein Freier, der unschlüssig vor Moas Pufftür von einem Bein aufs andere trat. Schließlich klingelte er.

»Furchtlos. Genau. Das bin ich jetzt auch. Wenn ich mir diesen Typen so ansehe, dann müsste mir eigentlich das Kotzen kommen, aber …«, sie stand auf, stellte das leere Glas in die Spüle und trank einen Schluck Wasser direkt aus dem Hahn, »ich bin ohne Furcht und werde diesen Hunderter mutig annehmen und in den zwei Minuten, die er braucht, bis er kommt, daran denken, dass ich mindestens 5 Kalorien verbrenne.« Sie stieg in die transparenten High-Heels, die wohl sexy aussahen, aber in denen sie kaum gehen konnte.

»Du verbrennst nie im Leben fünf Kalorien! So steif und starr wie du im Bett liegst …«

»Und dass du mir die Fernbedienung hübsch in Ruhe lässt!«

Attila nickte artig. Das hätte er auch ohne Moas Aufforderung getan, er war kein Spanner – zudem hatte er wenig Lust auf Moas Liebesspiel im Monitor. Genau in dem Moment, als er auf das reguläre TV-Programm umschalten wollte – sie würde wohl doch mehr als fünf Minuten beschäftigt sein – platzte sie in die Küche. Nackt und etwas zerzaust.

»Erstens. Ich hörte eben gerade im Radio, dass heute Abend Liza Minelli im *Kaufleuten* sein wird, inkognito und zweitens: Weißt du, wer dieser Typ ist? Dieser Freier?«

Attila zuckte mit den Schultern. »Keine Ahnung. Und wer ist Liza Minelli? Ist das diese Schauspielerin?«

»Es ist Stephan Zimtstern. Der rechtsradikale konservative Politiker!«

»Echt?«

»Grundgütiger. Ausgerechnet dieses Arschloch will Verkehr ohne Gummi, nichts dafür zahlen und dann noch allen Huren das Arbeiten untersagen. Der kommt mir gerade recht! Kannst du das bitte auf Video aufnehmen?«

»Aufnehmen?« Attila guckte skeptisch. Er hatte keine Ahnung, wie sie es anstellte, dass sie mitten im Akt aufstehen konnte, was von der Minelli erzählte und dennoch quasi mit einem Erzfeind schlief. Oder wenigstens Sex hatte. Die Definition von »Sex haben« und »miteinander schlafen« war bei ihnen beiden sehr unterschiedlich. Für Attila war es Sex, sobald man zärtlich war. Moas Sexdefinition dagegen war bizarr: Sex galt nur dann als Sex, wenn sie ihren Partner küsste. Und sie küsste niemals einen Mann, den sie nicht liebte. Also küsste sie keinen einzigen Freier, was manchmal für Missverständnisse sorgte. Keine Hure, die etwas auf sich hielt, küsste Freier. Keine. Also hatte Moa noch weniger Sex als er. Und bei ihm sah es schon düster aus. Er stand wohl auf Männer, aber nicht auf schwule Männer. Er konnte mit dem schwulen Lifestyle nichts anfangen, hasste Tunten, mochte weder schicke Klamotten noch interessierte er sich für irgendwelche Designer. Sitcoms und Comedysendungen waren für ihn pure Zeitverschwendung. Stattdessen guckte er lieber Fußball. Noch lieber spielte er selbst Fußball. Er war früher darin richtig gut, auch wenn die anderen Schwulen das ganz und gar nicht verstehen konnten. Er mochte weder Madonna noch Kylie Minogue. Bette Midler fand er blöd, die Streisand war ihm egal. Er konnte mit den Gay-Clubs nichts anfangen und Saunas waren für ihn zum Schwitzen da, was ihn wohl so ziemlich zum unschwulsten Schwulen der Stadt machte. Aber das machte es ihm nicht gerade einfach: Eine Randgruppe in der Randgruppe, wobei noch nicht mal von einer Gruppe die Rede sein konnte. Schließlich war er ganz alleine unschwul.

»Also, hast du auf Aufnahme gestellt?«, fragte Moa und riss ihn aus seinen Gedanken.

»Findest du, dass das wirklich nötig ist?«, fragte Attila unsicher. Wenn er die Liebeszimmerszenen auf Video tapen musste, dann würde er nicht umhin kommen, dann und wann einen Blick auf den Monitor zu werfen

»Ich will nicht sehen, wie du mit diesem Typen äh …«

»Du bist so was von prüde. Dann schau halt einfach weg. Du kannst ja in der Zwischenzeit in den Magazinen blättern.« Sie deutete auf einen Stapel *Playboy*.

»Wie witzig!« Attila schaltete mit der Fernbedienung ins Liebeszimmer. Dort lag der Typ, nackt und noch immer sichtlich erregt. Man musste aber genau hinsehen, damit man etwas erkennen konnte. Das lag allerdings weniger an der Kamera oder Bildauflösung. Attila schaltete nochmals kurz in den Flur und sah, wie ein Junkie auf der Treppe saß und Heroin auf Folie rauchte. Normalerweise raste Moa dann ins Treppenhaus, manchmal mit einem Eimer Wasser bewaffnet und verscheuchte die Drogensüchtigen. Attila dagegen hatte Mitleid mit dem Junkie und schaltete daher sofort wieder ins Zimmer zu Politiker Zimtstern. Moa hatte nichts vom Treppenhausjunkie mitbekommen und zog ab. Attila versuchte so gut wie möglich nicht hinzusehen. Aber er hörte hin. Die ganze Szene erinnerte ihn an eines dieser grässlichen Wochenenden, die er bei Tante Inge und Onkel Gustav verbringen musste. Seine Mutter – chronisch überfordert und von seinem Vater sitzen gelassen – war froh, wenn sie manchmal etwas Zeit für sich hatte und so kam es, dass er und sein Bruder hübsch regelmäßig bei Inge und Gustav schliefen. Sie hatten die Zimmer nebeneinander und so konnten Attila und sein Bruder alles hören, was die beiden im Bett anstellten. Er wusste schon damals, worum es ging. Inge war die hässlichste Frau, die Attila je gesehen hatte. Was noch erschwerend hinzukam, war, dass sie wegen ihres Diabetes auch noch meist schlecht gelaunt war. Wenn Gustav im falschen Moment die ehelichen Pflichten einforderte, keifte sie stundenlang und gab schließlich doch klein bei. Dann konnte man jeweils Onkel Gustav keuchen hören, während sie für einige Minuten die Klappe hielt. Das war dann jedes Mal der Moment, in dem Attila einschlief. Moa kam zurück, noch etwas zerzauster, als sie eben schon gewesen war. Der Akt dauerte ungefähr gleich lange wie bei Onkel und Tante. Weniger als fünf Minuten waren es auf jeden Fall.

»Das hat mich jetzt stark an Inge und Gustav erinnert«, sagte Attila trocken, wohl wissend, dass Moa keine Ahnung hatte, wer die beiden waren.

»Wer waren die noch mal?«, fragte Moa und wusch sich flüchtig.

»Onkel und Tante. Ich musste meine Wochenenden bei denen verbringen. Unglücklicherweise schliefen sie immer dann miteinander, wenn ich da war. Das hat dann auch immer so geklungen wie bei dir. Grauenvoll.«

»Und? Hast du deiner lieben Tante nie was gesagt? Ich meine, darüber kann man doch reden, oder?«

»Weibchen sind von Natur aus lustbetont, bringen die Männchen zur Kopulation und schreien während der Vereinigung. Das hat Aristoteles schon gesagt. Also alles ganz normal«, winkte Attila ab.

»Du hast ihr das mit dem Stöhnen also nie gesagt?«

Attila schien zu überlegen. »Vielleicht war es auch Robert de Niro.«

»Hä?«

»Na, der könnte das mit der Kopulation auch gesagt haben, ich bin mir jetzt gerade nicht mehr sicher. Aber ich habe es Tante Inge nie gesagt, weil sich damals die Ereignisse geradezu überschlugen: Sie, Onkel Gustav und ich gingen an meinem Geburtstag in den Zoo, er rutschte aus und fiel ins Becken mit den Krokodilen. Wir trugen es mit Fassung, gingen Eis essen, warteten eine Stunde und gingen wieder Krokodile angucken. Tante Inge kriegte dann einen Zusammenbruch, weigerte sich aber, ärztliche Hilfe zu beanspruchen.«

»Krokodile?«

»Möglicherweise waren es auch Alligatoren. Er war auf jeden Fall sofort tot. Und Tante Inge starb ebenfalls beinahe.«

»Klar, ich meine, die hatte sicherlich einen Schock. Der arme Mann …«

»Ach, doch nicht *deswegen*. Ich sagte doch, wir waren direkt nach dem Unfall Eis essen gegangen! Sie war Diabetikerin. Da verträgt man doch keinen Zucker.«

»Und du? Das muss für ein Kind doch fürchterlich gewesen sein!«

»Nee. Ich musste nicht mehr zu Tante Inge, meine Mutter hatte nämlich plötzlich Bedenken und begann an den pädagogischen Fähigkeiten von Tante Inge zu zweifeln. Mir war's recht.«

»Hast du alles aufgenommen?«, fragte Moa und guckte zum Videorecorder.

»Habe ich, aber warum eigentlich?«

»Man weiß nie. Wenn Promis hier sind, nehme ich fast immer auf … ich sage nur: Marilyn Monroe.«

Attila guckte sie ratlos an.

»Was hat die denn damit zu tun? Ist das auch wieder so etwas typisch Schwules, das ich wissen müsste?«

»Nein. Aber die Monroe hatte was mit dem Präsidenten und wurde dann kalt gemacht. Die hat sich nicht wirklich umgebracht!«

»Hat sie nicht?«, fragte Attila ratlos. Er hatte keine Ahnung, dass die Schauspielerin mit dem Präsidenten ein Verhältnis gehabt hatte.

»Nein. Gott, also du hast total keine Ahnung von nichts. Klar bist du die ganze Zeit ohne Typ. Ein wenig schwul müsstest du schon sein. Wir könnten ja mal üben.« Sie fuhr sich durch die langen blonden Haare, die leicht dunkler getönt waren. So kamen ihre blauen Augen besser zur Geltung. Das sagte sie jedenfalls. Attila konnte keinen Unterschied feststellen. Hauptsache, sie war zufrieden und fühlte sich wohl. Er legte sich auf den Boden. In der Wohnküche gab es seit kurzem keine Couch mehr, weil Moa mehr Platz zum Umziehen brauchte. Zudem hatte sie im Fernsehen gesehen, was sich so für Tierchen in alte Sofas einnisteten. Milben, Speckkäfer, Flöhe und anderes Ungeziefer. Daraufhin entschloss sich Moa ganz spontan, das alte Ding auf den Müll zu werfen.

Die Küche war der einzige Raum im Puff, wo die Freier keinen Zutritt hatten. Die anderen Räume waren allen zugänglich, das Softsexzimmer, das Liebeszimmer, die Strenge Kammer und eine Galerie, deren Zweck undefiniert war. Das ganze auf zwei Etagen in einem Haus, in welchem ausschließlich Bordelle untergebracht waren – die Miete selbstverständlich horrend. Moa hatte ihre

Zimmer entsprechend der Bedürfnisse ihrer Kunden eingerichtet, das meiste war echte Maßarbeit und handgefertigt, vor allem die eindrucksvolle Sammlung von Requisiten im Strengen Zimmer.

»Und nun haste Angst, dass auch du umgebracht wirst, wenn du was mit einem Politiker oder Staatsmann hast und *deswegen* nimmst du die Sexszenen auf?«

»Und um zu *lernen*. Wenn man sich selbst sieht, kann man jede Menge dazulernen.«

»Das würde ich nicht wollen. Mich selbst sehen, meine ich.« Attila guckte auf die Uhr. Er würde um 22 Uhr arbeiten, das Lokal, vor dessen Tür er stehen würde, hatte lediglich bis 2 Uhr geöffnet, also nicht wirklich ein strenger Arbeitstag. Und dementsprechend gab es auch wenig Geld, er wurde stundenweise entlohnt.

»Ich bleibe bei dir, bis ich zur Arbeit muss, wenn's recht ist. Wir können später noch was essen gehen, was meinst du?«

»Gut. Dann kannst du die Junkies heute Abend verscheuchen. Die hocken die ganze Zeit hier rum und lassen dann die gebrauchten Nadeln einfach so im Flur liegen – das ist nicht gerade ein toller Anblick und meine Kunden bleiben dann meinem kleinen süßen Salon fern.« Sie legte sich neben Attila auf den Boden. Beide guckten an die Decke. Die Hitze drückte, es wehte kaum ein Lüftchen. Attilas blaues T-Shirt hatte bereits untertellergroße Schweißflecken. Er zog es aus.

»Zieh' dich doch ganz aus! Vielleicht komme ich so auf Touren«, witzelte Moa.

»Besser nicht … aber verdammt heiß ist es hier drin. Ich bin froh, wenn es ein wenig abkühlt. Immerhin werde ich heute Abend vor dem Club nicht frieren.« Er seufzte beim Gedanken, den ganzen Abend vor dem angesagten Club stehen zu müssen und von den Frauen pausenlos angebaggert zu werden. Attila drehte sich zur Seite und angelte sich die Fernbedienung.

»Gehst du bitte auf ›Flur‹?«

»Mach' ich.« Dort sahen sie einen Mann vor der Tür stehen.

»Ist das nicht der Typ, den du eben bedient hast? Was lungert der denn hier noch rum?«

»Keine Ahnung.« Moa setzte sich auf und kniff die Augen

zusammen. Der Mann drehte sich mit dem Gesicht zur versteckten Kamera. Kein Zweifel. Es war der Politiker von eben.

»Mein Gott«, sagte Moa leicht genervt. Sie hasste es, wenn sich die Freier im Flur herumdrückten, weil das die anderen potenziellen Kunden davon abhielt, bei ihr zu klingeln. Der Zimtstern klingelte schließlich erneut, Moa verzichtete auf die unbequemen Schuhe und latschte barfuß zur Tür. Sie unterhielt sich kurz mit dem Politiker und kam zurück in die Küche.

»Der will noch mal. So was! Ich hasse es. *Ich hasse es!*« Attila nickte. Männer, die zwei Mal wollten, beanspruchten mehr Zeit bei gleichem Preis.

»Bis gleich … hoffentlich. Du musst nichts aufnehmen, ich habe ihn schon auf Band.« Attila hörte ihre Schritte, schaltete das Fernsehgerät aus und goss sich ein Glas Wasser ein und trank zügig aus. Dann machte er die Kühlschranktür auf und suchte sich etwas Essbares. Währenddessen vernahm er Stimmengemurmel, dann einen kurzen Schrei und dann gar nichts mehr. Attila hielt einen Moment die Luft an, dann konnte er Moas Schritte hören. Hastig kamen sie näher. Etwas stimmte nicht, die Nummer war definitiv zu kurz gewesen. Selbst ein Hetero brauchte länger als 45 Sekunden. Als Moa in die Küche kam, hatte er eben einen Müsliriegel entdeckt. Moa bewahrte alles im Kühlschrank auf.

»Du hast gelauscht, oder?« Sie war nackt und hatte einen hochroten Kopf.

»Nein, habe ich nicht. Ich konnte einfach nicht weghören. Das war kein aktives Lauschen. Sozusagen.« Er brach den Riegel in zwei Hälften und bot ihr das größere Stück an. Sie schüttelte den Kopf.

»Bist du sicher, dass du keinen Wurm hast?«, fragte sie.

»Einen Wurm?! Wie meinst du das?«

»Ich stelle mir das ziemlich eklig vor, einen Wurm zu haben. Man sitzt auf dem Klo und der kleine Darmparasit verliert so kleine weiße Glieder.«

Attila guckte konsterniert auf den Riegel. »Weshalb sollte ich einen Wurm haben?«

»Du isst und isst und isst und nimmst überhaupt nicht zu. Ich habe mal in einer Talkshow gesehen, dass sich eine junge Frau absichtlich so ein Ding einpflanzen ließ, nur um so abzunehmen. Und da ich dich ständig futtern sehe ... ich, ich muss auf meine Figur aufpassen. Ich bin nicht mehr so gut in Form.« Moa guckte erst zu Attila, dann auf ihren Bauch. Attila sagte nichts; stattdessen stopfte er sich beide Riegelhälften nacheinander in den Mund und begann laut zu kauen.

»Aber eigentlich ist mir das gerade ziemlich schnuppe!«, fuhr sie fort. »Ich meine, ich weiß, dass du nicht gerade mit Komplimenten um dich wirfst. Selbst wenn man dich mit dem Zaunpfahl darauf aufmerksam macht, dass ein Kompliment angebracht wäre, sagst du nichts!« Sie wartete eine Reaktion ab, aber Attila kaute noch immer. Sie seufzte resigniert. »Egal. Was ich eigentlich sagen möchte«, sie legte ein Küchentuch auf den Teppichboden und setzte sich – noch immer nackt – darauf, »der Typ von eben ist mir abgekratzt!«

»Du meinst, er ist tot?«, fragte Attila mit großen Augen und würgte den halbgekauten Riegel runter. »Wie das?«, fragte er aufgeregt und setzte sich neben sie.

»Na, da gibt es nicht viel zu erzählen ... Er setzte sich aufs Bett, begann seine Socken auszuziehen, schüttelte irgendwie seltsam die Hände, dann zog er Hemd, Unterhemd, Hose, Unterhose und all den Kram aus und dann fasste er sich kurz ans Herz und klatschte längs auf den Boden. Und da liegt er nun. Dann habe ich schnell an seine Brust gefasst und keinen Herzschlag finden können. Sieht also so aus, als ob der Zimtstern nie wieder Weihnachten feiern wird.«

»Ein Freund meiner Mutter starb auch an einem Herzschlag«, sinnierte Attila und sprang auf. »Aber vielleicht war es gar kein Herzschlag? Vielleicht lebt er noch? Vielleicht war es nur ein temporärer Krampf! Sollten wir nicht nochmal kurz nachschauen gehen?« Attila hielt Moa die Hand hin, sie griff zu und er zog sie vom Boden auf.

»Wenn du meinst ... aber er ist garantiert mausetot. So etwas *fühlt* man einfach!«

Sie gingen ins Zimmer, dort lag der nackte Freier mit dem Gesicht nach oben. Seine Augen waren weit geöffnet, sein Gesichtsausdruck leer. »Sieht nicht gerade so aus, als ob ihm das Sterben großes Vergnügen bereitet hätte«, sagte Attila und schubste die Leiche mit den Schuh an. Wie erwartet zeigte der Politiker keine Reaktion.

»Der ist tot, glaube es mir doch«, sagte Moa beinahe freudig.

»Tatsächlich. Tot.« Attila schluckte.

»Nun hab dich nicht so«, sagte Moa. »Des Schweines Ende ist der Wurst Anfang! Lassen wir ihn liegen und gehen in die Küche zurück.« Sie hob einen Büstenhalter von Boden auf und zog ihn auf dem Weg in die Küche an. So konnte sie sich wenigstens *etwas* angezogen fühlen.

»Ein Freund meiner Mutter starb an einem Herzanfall.«

»Das hast du bereits gesagt. Was hat das mit dem toten Zimtstern zu tun?«

»Ich finde es etwas seltsam, dass der so schnell gestorben ist, der Zimtstern. Der Freund meiner Mutter brauchte sicher eine gute Minute, bis er tatsächlich tot war. Aber das waren vielleicht auch die etwas speziellen Umstände …«

»Die da wären?«, fragte Moa und schaltete das Fernsehgerät wieder ein. Eine Leiche im Sexzimmer und womöglich bald die Polizei im Flur. Überwachung war also angesagt.

»Wie waren denn die Umstände?« Manchmal brauchte Attila etwas länger, bis er reagierte. Meistens genügte es dann, die Frage einfach nochmals etwas anders zu formulieren. Attila guckte auf den Boden. »Ich weiß nicht, ob du die Geschichte hören willst. Sie ist ziemlich – äh – außergewöhnlich.«

»Wie deine ganze Kindheit. Du hattest ja irgendwie keine ruhige Minute. Also, erzähl schon …«

»Meine Mutter hatte eine Freundin, die hieß Sarah. Meine Mutter war immer etwas in Sarahs Mann verknallt, hätte aber nie im Leben etwas in diese Richtung unternommen, da war meine Mutter viel zu korrekt. Sarahs Mann wollte ein Kind, aber Sarah konnte keine kriegen. Später stellte sich dann heraus, dass sie keine wollte.«

»Wo ist die Pointe?«

»Ich habe noch gar nicht angefangen. Das war erst mal die Ausgangslage.«

»Mach schon, wir haben eine Leiche im Schlafzimmer.«

»Na gut. Also. Irgendwann wurde Sarah dann doch schwanger. Ihr Mann hatte es rausgekriegt, sie hatte ihm erzählt, dass sie nichts vom Mutterglück sagen wollte, bis sie ganz sicher gewesen wäre, dass mit dem Kind alles in Ordnung sei. Und tatsächlich, im sechsten Monat verlor sie das Baby. Ihre Ehe schien beinahe zerstört. Bis meine Mutter kam und sie ganz zerstörte.«

»Also hatte sie doch etwas mit dem Mann ihrer besten Freundin?«, fragte Moa, nahm eine Pfanne und stellte sie geräuschvoll auf den Herd.

»Nein. Hör zu. Meine Mutter goss Saras Blumen, weil die gerade im Spital war. Dann fand sie das von ihr unterschriebene Formular einer Chemiefirma. Sarah ließ absichtlich abtreiben, weil sie den lebenden Embryo eben dieser Firma verkauft hatte. Meine Mutter erzählte das natürlich schnurstracks dem Ehemann, der guckte auf das Formular und fiel dann tot um. Vor meinen Augen, Mutti hatte mich damals mitgeschleppt. Darum weiß ich, dass ein Herzanfall nicht in einer Sekunde stattfindet. Das dauert etwas länger, weil ... » Attila kam nicht weiter, weil Moa »Ich hab's« brüllte die heiße Bratpfanne in die Spüle knallen ließ.

»Sag' mal, was machst du mit dieser Pfanne? Ist das für die Bullen? Du musst schon was rein tun. Es nutzt nichts, wenn du sie einfach nur warm machst. Pfannen sind ...«

Moa hielt Attila die Hand auf den Mund. »Sei ruhig. Ich habe tatsächlich eine brauchbare Idee!« Attila guckte skeptisch; Moas spontane Ideen waren in der Regel nur bedingt brauchbar. Er lehnte sich an den Kühlschrank und musterte Moa schließlich gespannt. Sie sah süß aus, wenn sie in Sorge war. Eigentlich hätte er sie gerne als richtige Freundin oder Frau gehabt. Aber das funktionierte nun mal nicht so einfach.

»Also«, sagte sie und fuhr mit der Hand durch die langen blonden Haare. »Ich bin nicht so gut in Sachen Leichen, aber soviel ich weiß, setzt jetzt dann bald die Leichenstarre ein. Wir könnten ihn *aufstellen!*»

»Aufstellen?« Attila war schockiert. Er konnte sich den toten Politiker schlecht als Stehlampe im Strengen Zimmer vorstellen. Auch im Bad hätte er nicht wirklich hingepasst, obschon die Fliesen blau waren. Aber das Leichenblau hatte die falsche Schattierung. Das war sogar ihm mit seinem nicht sehr ausgeprägten Farbensinn klar. Also sagte er vorsichtig: »Ich weiß nicht.«

»Doch. Wir stellen ihn auf! Dann sieht kein Mensch was von ihm, ich kann noch etwas weiterarbeiten und du machst dir in der Zwischenzeit Gedanken, was wir mit ihm machen können. Entsorgungstechnisch. Ich will auf keinen Fall die Polizei im Haus!« Sie sagte das sehr entschieden. Attila schluckte und nickte. Sie duldete offenbar keine Widerrede. Attila und Moa gingen schließlich ins Bad, zerrten den toten Politiker in die Badewanne und begannen ihn herzurichten.

»Findest du wirklich, dass wir ihn *schminken* müssen?«, fragte Attila und wühlte in Moas Schminkbeutel. Er hatte keine Ahnung, wie man schminkte. Er hasste Transen, Drags und überschminkte Frauen. Zudem hatte er sich mit dem Thema Make-up bislang noch nie richtig auseinandergesetzt.

»Auch wenn es ein Politiker mit einem unmöglichen Nachnamen ist – er hat ein Recht darauf, dass er wenigstens etwas hübsch aussieht. Er schaut sich bestimmt vom Himmel aus an und dann ist er nicht zufrieden, wenn er nicht etwas hergerichtet ist.«

»Bestimmt ist er zufrieden, wenn er sieht, dass ein Türsteher und eine Hure ihm die Lippen in Zartrosa nachziehen, um ihn dann anschließend hübsch dekorativ in eine Ecke zu stellen.«

»Du bist immer so negativ«, sagte Moa und versuchte mit hellem Puder optisch die Tränensäcke wegzuschminken. Nach gut zehn Minuten waren sie so weit.

»Das ist jetzt aber Rekordzeit«, sagte Moa stolz und guckte zufrieden auf die Leiche. »Ich finde es erstaunlich, wie glatt seine Haut ist. Wäre gut zu wissen, welche Pflegecreme er benutzt hatte. So wenige Falten!«, sagte Moa bewundernd. Sie kniff ein

Auge zusammen und guckte die Leiche scharf an. »Wenn mich nicht alles täuscht, wird die Haut jetzt dann bald ziemlich grobporig. Huschhusch, wir müssen das Make-up fixieren.«

»Fixieren?«

»Ja. Schau mal«, sie nahm Haarspray und sprühte damit über das geschminkte Gesicht.

»Das soll helfen?«

»Bestimmt. Und jetzt fass mal mit an.« Attila winkte ab und zog den toten Politiker aus der Wanne und trug ihn alleine ins Strenge Zimmer. Die Leichenstarre hatte noch nicht eingesetzt. Das würde wohl noch etwas dauern.

»Sag' mal, warum haben wir den Typen nicht in der Wanne gelassen? Dort hätte er ganz wunderbar erstarren können.«

»Weil ich das Bad brauche. Stell' dir mal vor, da bediene ich einen fünfhundert Franken schweren Freier und der muss aufs Klo und ich kann ihn nichts ins Bad lassen, weil da eine Leiche liegt. Das wäre dann zu dumm. Besonders in Zeiten wie diesen.«

»Verstehe. Dann lassen wir ihn hier auf dem Bett erstarren?«

Moa nickte. Sie gingen in die Küche und legten sich wieder auf den Boden, wobei Moa ihren Kopf so hielt, dass sie auf den Monitor schauen konnte. Sie war dringend auf Kundschaft angewiesen.

»Ist auch schon mehr los gewesen hier«, nörgelte Attila. Ihm war bei dem Gedanken, dass ein bekannter Politiker im Strengen Zimmer geschminkt auf dem Bett langsam in die Leichenstarre überging, ziemlich mulmig. Moa schien sich darüber nicht aufzuregen, sie fühlte sich lediglich hungrig. »Ich gehe mal davon aus, dass du hier isst?« Attila nickte.

»Eigentlich wollte ich schon längst mit dem Kochen beginnen, aber bisher war es – na ja – turbulent. Es gibt Rührei mit Salat. Mehr habe ich nicht im Haus.«

»Mehr kann ich bei dieser Hitze auch nicht essen«, sagte Attila und deutete dann auf den Monitor. Ein Ritual – wann immer jemand im Flur zu sehen war, verhielten sich beide ganz still, so als ob der Freier sie in der Küche ebenfalls sehen könnte.

»Oh mein Gott, der sieht ja grauenvoll aus«, sagte Attila.

»Das ist Paul. Einer meiner Stammkunden.« Moa brachte ein

sehr gekünsteltes Lächeln zu Stande. Offenbar war auch sie nicht glücklich über den Gast. Vor allem weil die Eier wieder nicht in Angriff genommen werden konnten.

»Er ist der einzige Mensch, den ich kenne, der es schafft *wöchentlich* fetter zu werden.« Paul klingelte, Moa öffnete. Attila guckte auf den Monitor – Paul schob seinen Bauch durch den Türrahmen, sein Doppelkinn stützte den Kopf, vom Hals sah man schon lange keine Spur mehr. Er hörte, wie Moa ihm eine fadenscheinige Ausrede auftischte, um ihn ins softe Zimmer zu bugsieren. Paul watschelte hinterher, Attila schaltete die Kamera um und verfolgte den Freier. »Auch das noch«, dachte Attila. »X-Beine!« Er hörte Moa: »Könntest du bitte umschalten?« Attila drückte widerwillig den Softsexzimmerknopf auf der Fernbedienung. Erst war das Bild undeutlich, aber schließlich stellte die Kamera automatisch scharf. Paul zog sich gerade das Hemd aus. Knopf für Knopf. Dann hielt er suchend nach einem Kleiderbügel Ausschau. Keine Spur von wilder, ungestümer Leidenschaft.

»Hast du einen Kleiderbügel?«, hörte Attila den Freier aus dem TV-Lautsprecher fragen.

»Natürlich nicht. Ich bin nicht die Herrenabteilung von *Globus*. Du kannst das Hemd über den Stuhl hängen«, hörte er Moa schnippisch antworten. Ehrlich, geradeaus und direkt wie immer. Und nicht sehr kundenfreundlich.

Attila begann, die Eier aufzuschlagen, wartete aber noch mit dem Kochen, da er sich nicht sicher war, ob man die gerührten Eier bereits am Anfang würzte oder erst ganz zum Schluss. Es war schon eine Ewigkeit her, seit er zum letzten Mal Rührei gekocht hatte. Moa kam zurück und guckte in die Pfanne.

»Du musst jetzt jede Menge Streuwürze reinknallen. Salz auch noch.«

»Man soll nicht zu viel salzen«, sagte Attila.

»Ach Quatsch. Das ist vollkommen egal! Hast du noch nie Rührei gemacht?«

»Doch. Mal mit einer Freundin, kurz vor der Pubertät. Sie hieß Stephanie und ich dachte, ich wär in sie verknallt. Sie klaute alles, was ihr unter die Finger kam.«

»Eine Kleptomanin?«

»Ja. Aber keine richtige. Es ging ihr um Aufmerksamkeit. Sie war die einzige im Viertel, die sich schon mit 10 oder so schminkte und die tollsten Kleider hatte. Ihr Vater fuhr einen Ferrari und das, obwohl er eigentlich Bauarbeiter war.«

»Aha. Und du hast dich dann in ihren Vater verknallt? Gib mir mal.« Moa nahm die Kelle und rührte zackig.

»Nein. Stephanies Vater war nicht mein Ding. Die Sache war die, dass Stephanie in Kinderpornos auftrat oder so. Ihre Eltern machten mit ihr jede Menge Kohle. Aber weil sie die ganze Zeit klaute, kam sie vors Jugendgericht und dann flog die ganze Sache auf.«

»Kinderpornos?«, frage Moa ungläubig.

»Genau. Aber das war in den ganz frühen 80ern und damals war das irgendwie okay.«

»Ja, damals war es auch okay, wenn man weiße Söckchen in High-Heels trug«, seufzte Moa, um dann wieder auf das eigentliche Problem abzulenken: »Was machen wir mit dem toten Zimtstern?«, fragte sie.

»Keine Ahnung. Ich habe mir aber Folgendes überlegt. Wenn das tatsächlich eine Persönlichkeit ist, dann hast du Recht, was die Polizei betrifft.«

»Was meinst du damit?« Moa salzte nach und nahm den bereits gewaschenen und geschnittenen Salat aus dem Beutel. Sie roch kurz daran, zeigte aber keine Reaktion. Der Salat schien in Ordnung zu sein.

»Du wirst keine Kunden mehr haben. Wenn du die Polizei und die Medien im Haus hast und die ganze Stadt dann weiß, dass das *hier* war, dann kommt kein Mensch mehr. Das war letztes Mal auch so, als sie hier die Frauen abgestochen haben. Erinnerst du dich?«

Moa nickte. Es war zwei Jahre her, aber noch immer wurde sie manchmal auf die rätselhaften Hurenmorde angesprochen. Damals klärten ein Talkshowmoderator und seine Schwester die ganze Sache auf und Trisa, die Hure vom dritten Stock, trat im Fernsehen auf. Erst machte sie ziemlich viel Kohle, dann aber blieben die Freier aus. Niemand wollte mit einer Hure, die Talkshowauftritte hatte, schlafen. Moas Mine erhellte sich dennoch.

»Der Frank, das wäre ein Mann für dich. Der war damals die ganze Zeit im Puff bei Trisa.«

»Trisa?« Attila guckte skeptisch.

»Die Blonde von unten. Die war die ganze Zeit mit diesem Talkshowmoderator zusammen.«

»Der, den sie jetzt doch abgesetzt haben?«

»Genau der. Das wäre ein Mann für dich. Aber dann müsstest du freilich etwas schwuler sein.« Sie grinste.

»Das üben wir jetzt. Stell dich gerade hin. *Watch and learn!*«

»Ähm ... können wir nicht erst essen?« Attila guckte sehnsüchtig auf das Rührei in der Pfanne.

»Nichts da. Jetzt lernst du mal ein bisschen schwul zu sein! Wie heißt diese Farbe da?« Moa zeigte auf eines der Küchentücher.

»Nicht mehr so ganz weiß?

»Falsch! Das ist *Champagner!*» Sie nahm ein weiteres Küchentuch. Dieses war offensichtlich verfärbt.

»Und das? Diese Farbe?«

»Verwaschenes Rot«, sagte Attila unsicher und wünschte sich, endlich sein Rührei essen zu dürfen.

»Falsch. Schon wieder falsch! Das ist *Rosé!* Letzte Farbe. Wenn du auch die nicht kennst, dann musst du anschließend abwaschen! Also. Los geht's.« Sie schaute sich einen Moment suchend in der Küche um und nahm dann den Küchenlappen. Sie hielt ihn triumphierend in die Höhe.

»Na? Na? Wie heiß diese Farbe?«

»Na ja. Es war wohl mal violett, aber du hast es zusammen mit schwarz gewaschen und jetzt ist es so eine Mischung aus ...«

»Falsch! Falsch!«, brüllte Moa und machte sich dann enthusiastisch über das Rührei her, wobei sie Attila weniger auf den Teller schöpfte als sich selbst.

»Das ist *Aubergine!* Jedoch keinesfalls zu verwechseln mit *Mauve!*»

»Ach, scheiß drauf. Nur weil ich das nicht weiß ... kriege ich dennoch einen Mann. Irgendwann mal.«

»Warum bist du nur derart unschwul? Du kennst noch nicht mal *Aubergine* ... tragisch.« Sie aßen das Rührei mit Salat und hinterher erledigte Attila den Abwasch, während Moa ihre umfangreiche Kleidersammlung inspizierte.

»Sag' mal, wolltest du nicht arbeiten gehen?«

»Die haben mir abgesagt, als du am Arbeiten warst. Ich habe eine SMS gekriegt, dass ich nicht antraben muss.«

»Auch nicht gerade schick …« Moa nahm eine Scheibe Zwieback, bestreute diese mit Salz und dekorierte das ganze hübsch mit Ketchup.

Attila mochte nicht gerne über seine Arbeit reden, deshalb wechselte er das Thema. »Monsieur Zimtstern …«

»Großer Gott! Den hatte ich tatsächlich für einige Minuten vergessen und du musst mich wieder daran erinnern.«

»Denkst du, die Leichenstarre hat schon eingesetzt?«, überlegte Attila.

Moa zuckte mit den Schultern. »Keine Ahnung, gehen wir mal nachschauen.«

Im anderen Zimmer mussten sie feststellen, dass der leicht geöffnete Mund nicht mehr zu schließen war.

»Das ist aber ärgerlich«, sagte Moa und stieß leise Flüche aus.

»Ich habe mir mit dem Make-up derart Mühe gegeben und jetzt versaut der den Gesamteindruck mit diesem hässlichen Mund.«

»So schlimm ist das nun auch wieder nicht. Wenn er uns vom Himmel aus zuguckt, dann sieht er das nicht.«

»Weshalb nicht?«

»Perspektive …«

»Stimmt«, pflichtete ihm Moa bei. »Also, komm, stellen wir ihn an die Wand.« Attila hievte die Leiche auf und lehnte sie an die Wand. Moa hielt den Politiker an der Brust fest, während Attila auf den Knien war und dem Toten versuchte, so etwas wie Standvermögen zu geben.

»Komm, lass gut sein. Er kann so stehen bleiben, ist doch egal, wenn er sich etwas an die Wand stützt. Jetzt müssen wir ihn noch tarnen!« Moa schaute sich suchend im Zimmer um und fand Handschellen.

»Handschellen?«, fragte Attila.

»Klar. Ich sage potenziellen Kunden, dass die Leiche ein Sklave ist, der zugucken müsse. Moment …« sie nahm eine Augenmaske und zog sie ihm übers Gesicht.

»Dann hättest du dir das aufwändige Make-up auch sparen können, wenn du den jetzt maskierst.«

»Stimmt. Aber das wusste ich vorhin noch nicht. Manchmal folgen Geistesblitze erst später.«

»Super Geistesblitz«, maulte Attila. »Du, Moa, aber wir lassen den hier wirklich nur so lange stehen, bis wir einen weitereren Geistesblitz haben und wissen, wie wir ihn entsorgen, oder?« Attila wäre nervös geworden, wenn die Leiche länger als einen Tag im Zimmer gestanden hätte. Zudem – Leichen begannen in der Regel bald zu stinken und darauf hatte er erst recht keine Lust. Moa nickte, wollte etwas erwidern, aber kam nicht mehr dazu, weil es an der Tür klingelte. Sie rannte in die Küche zum Monitor.

»Verdammte Scheiße«, fluchte sie. »Ausgerechnet! Ein strenger!«

»Aha«, sagte Attila tonlos. »Dann kannst du ja jetzt wunderschön ausprobieren, ob der das mit dieser Sklavennummer glaubt. Und – ob er darauf abfährt!«

»Der steht garantiert drauf. Aber ich muss mich für den noch in so ein enges Latexkleid zwängen. Da habe ich jetzt wirklich keine Lust drauf …« Dennoch öffnete sie die Tür und bat den Kunden ins Zimmer.

»Ich bin mit dem eine Stunde besetzt«, sagte Moa, als sie erneut in die Küche kam, um dem Gast eine Cola zu holen, und bat Attila, ihr eines der grünen Gläser aus dem Schrank zu reichen, denn ihr war es ganz wichtig, dass die Freier nur aus den grünen Gläsern tranken.

»Das habe ich jetzt vergessen«, murmelte Attila.

»Was? Hast *du* etwa aus einem der *grünen* Gläser getrunken?«

»Ja. Aber ich nehme an, dass du die Gläser – egal welche Farbe die jetzt haben – jeweils so oder so spülst?«

»Wer bin ich denn? Tilly?«

»Wer ist Tilly?«

»Guckst du denn nie Werbefernsehen? Da gab's mal eine Tante, die hat für ein Spülmittel Werbung gemacht.«

»Ach *die.* Die war ungefähr so alt wie du, oder?«

»Halt die Klappe. Ich komme bald wieder, schalt auf Überwachung und wenn das Telefon klingelt, nimmst du ab, okay?«

»Hmm. Ich mache keinen Telefondienst!« Attila hängte den Hörer neben die Gabel, nachdem Moa wieder verschwunden war und legte sich auf den Boden. Er hätte große Lust gehabt, noch irgendetwas zu unternehmen. Leute zu treffen. Das zu tun, was die anderen auch taten. *Dinge* eben. Er wusste auch nicht genau, was er wollte, aber auf jeden Fall hatte er keinen Bock darauf, einen Abend auf dem Teppichboden liegend im Puff zu verbringen. Vielleicht machte sie den Laden heute früher dicht und sie würden gemeinsam noch etwas unternehmen können. Es war zum Weinen: Er hatte alles, was man so brauchte, um in der Szene als attraktiv zu gelten. Einen perfekten Body, ein hübsches männliches Gesicht, blaue Augen, sinnliche Lippen und was sonst noch so dazu gehörte. Aber aus einem ihm unverständlichen Grund wollte es einfach nicht klappen. Die wenigen Typen, die er interessant fand, hatten alle irgendeinen Schaden oder wollten nur mal eben kurz ins Bett mit ihm. Was grundsätzlich auch okay war, wenn das von vornherein geklärt wurde. Was aber meistens nicht der Fall war. Er hörte einen Knall aus Moas Zimmer, gefolgt von ihren typischen Flüchen. Dann schnelles Fußgetrampel und die Wohnungstür, die derart zugeknallt wurde, dass Attila sich ernsthaft um das Mauerwerk sorgte. Moa öffnete schnaubend die Küchentüre.

»Verdammte Scheiße. Der Zimtstern ist umgekippt. Mittendrin und jetzt ist mein Gast völlig verstört von dannen gezogen!«

»Und was hast du dem Freier gesagt?«

»Das ist kein *Freier,* sondern ein Gast.«

»Was hast du dem Gast gesagt?«

»Dass es kein Sklave sei, sondern eine Wachspuppe. Was hätte ich sonst sagen sollen?«

Attila drehte sich auf den Bauch und stützte den Kopf in die Hand. »Wir müssen den toten Zimtstern loswerden. Möglichst schnell, oder?«

»Ganz genau.« Moa hatte sich etwas beruhigt. Ihre Stimme überschlug sich nicht mehr.

»Ich habe da auch so eine Idee. Aber wir müssen warten, bis es dunkel wird und das dauert noch ein Weilchen.« Moa setzte sich neben Attila. Es war selten, dass er eine Idee lieferte.

»*Wann* wird es dunkel?«

»Da wir mitten im Hochsommer sind, wird es wohl elf werden.« Moa zog eine Schnute.

»Das Vertrackte an guten Ideen ist, dass sie meist in Arbeit ausufern«, sagte sie und hoffte auf eine Reaktion. Die blieb aus.

»Bis dahin können wir uns die Zeit ja mit netten Gesprächen vertreiben ... Sag' mal, wie ist das eigentlich mit diesen Typen. Wie erklärst du denen, dass sie im Voraus bezahlen müssen?«

»Was heißt da erklären? Und lümmle dich nicht die ganze Zeit auf dem Fußboden rum. Das tut man nicht!«

»Mann, da sieht man, dass du beinahe 10 Jahre älter als ich bist. Das war bei dir vielleicht noch – äh – ungezogen. Zu meiner Zeit durfte man das. Zudem ist es müßig darüber zu diskutieren, ob man auf dem Fußboden liegen darf, da es sich erstens um einen Fußboden in einem Puff handelt und zweitens eine Leiche im Zimmer nebenan vergammelt.«

»Wir sind ein anständiges Haus«, murmelte Moa.

»Wie sieht denn der Plan aus?«

»Sag' ich dir nicht. Sonst flippst du aus.«

»Wann kommt deine Psychologin?«, fragte Attila.

»Da gibt's nichts zu erzählen.« Moa blies sich die Fransen aus der Stirne, eine Geste, die sie immer machte, wenn sie sich unsicher fühlte.

»Ich dachte, wir hätten ausgemacht, dass wir nicht darüber reden?« Das stimmte. Als Moa nach stundenlangem Hin und Her endlich mit der Sprache herausrückte, musste Attila versprechen, dass er sie nie wieder darauf ansprechen würde. Das hatte er vergessen und das ärgerte ihn. Manchmal war er einfach ein Trampel.

»Sie ist eine Psychiaterin, nicht eine Psychologin. Psychologin kann jede Tussi, die sich irgendwie durchs Abitur gemogelt hat werden, aber Psychiater ist ein Arzt. Da muss man verdammt lange studiert haben und ... ach ist ja auch egal.« Sie blies sich erneut eine Haarsträhne aus der Stirne.

»Für Geld hört dir jeder zu«, sagte Attila.

»Ich habe die auch nur ausgewählt, weil sie *Hausbesuche* macht. Es gibt nicht viele Psychiater, die sich auf Hausbesuche einlassen, weißt du.« Attila nickte. Er hatte noch nicht gehört, dass es überhaupt Seelenklempner gab, die Hausbesuche machten. Für Moa war das wohl ausnehmend praktisch, sie konnte sich therapieren lassen und, wenn ein Kunde klingelte, dann bediente sie den. Die Minuten, die dann für die Therapie draufgingen, kriegte sie freilich nicht gutgeschrieben, aber Moas Minuten waren teurer als die der Psychiaterin.

»Warum brauchst du die denn?«, fragte er, obwohl er wusste, dass er sich mit just dieser Frage auf ein verbales Minenfeld begab.

»Was für eine seltsame Frage. Jeder Mensch braucht so was. Das haben die in den USA alle!«

»Aber wenn du dich doch okay fühlst, könntest du dir das Geld sparen.«

»Schätzchen. Ich bin Hure. Da muss was mit mir nicht in Ordnung sein. Keine Frau ist Hure und hat noch Spaß daran! Irgendwas *kann* da nicht stimmen!«

»Aber du hast immer gesagt, dass du als Hure zur Welt gekommen bist – dann ist das doch einfach deine Bestimmung. Du brauchst keine Psychiaterin!« Attila streckte sich und gähnte. Die Hitze war noch immer mörderisch.

»Trotzdem. Ich brauche diese Frau. Da bin ich mir sicher!«

»Spürst du schon einen Unterschied?«

»Das geht nicht derart schnell, Herzchen. Das braucht jede Menge Sitzungen«, sagte Moa stolz. Attila wurde den Verdacht nicht los, dass Moa einfach eine Psychiaterin hatte, weil sie es *schick* fand. Dabei hatte sie es effektiv nicht nötig. Moa entschied sich nach dem Abitur für ein Studium der Geschichte, brach aber nach zwei Semestern ab, wechselte in die Medizin und wollte Ärztin werden. Da arbeitete sie nebenbei bereits als Hure. Irgendwann wurde ihr das Studium zu langweilig und sie machte ihr Hobby zum Beruf. Kliniksex war aber noch heute eine ihrer Lieblingspraktiken.

»Wie heißt die Psychotante denn?«

»Die Psychiaterin heißt Dr. Theresa Kruschwitz.«

»Aha. Klingt sehr akademisch der Name und ganz und gar nicht schweizerisch.«

»Sei nicht so schnippisch. Meinst du, ich habe sie nach ihrem Ausweis gefragt? Sie spricht unsere Sprache und damit basta.«

»Sonst fragst du auch immer alle nach ihrem Ausweis!« Das stimmte. Moa fragte sowohl die Sitte, wie auch Kunden, die gar zu jung aussahen und natürlich jedes Mädchen, dass in ihrem Salon anschaffen wollte. Moa hatte keine Lust auf Scherereien mit der Polizei und daher war eine Aufenthaltsbewilligung das mindeste, was sie sehen wollte. Attila guckte auf die Uhr. »Wir sollten dann mal die Zeitungen durchblättern!«

»Du willst Zeitung lesen? Jetzt, wo wir die Leiche bald loswerden wollen? Wie kannst du nur so ruhig sein.«

»Das gehört zu meinem Plan«, sagte er und ging ins Treppenhaus um die Gratiszeitungen der letzten Tage zu holen. Die lagen wie üblich im ganzen Haus herum, unter und neben den Briefkästen. Sie suchten nach Todesanzeigen, solche, in denen geschrieben stand, wann und wo der Leichnam beigesetzt wurde. Mittendrin stellten sie fest, dass sie kein Auto hatten, also organisierte Attila in letzter Minute ein Mietauto. Später legten sie sich noch einen Moment hin und dösten, bis sie von der Türklingel geweckt wurden – ein verirrter Freier, der offenbar das »Besetzt«-Schild an der Tür nicht gesehen hatte. Moa fluchte leise, aber immer noch laut genug, um auch Attila aufzuwecken.

DIE ZWEITE LEKTION

Attila parkte direkt vor dem Haus, was einigermaßen unauffällig war, da es legale Parkplätze gab und einer sogar frei war. Ganz und gar ungewöhnlich für eine warme Sommernacht im Kreis 5, wo es mehr Bordelle und Mafiageschäfte als Einwohner gab. Das Viertel zeigte sich nach Dämmerung von einer härteren, ganz und gar unschweizerischen Seite. Eine seltsame Hektik schien auszubrechen. Kleine Päckchen wechselten im Vorübergehen ihre Besitzer, große Autos standen mit laufendem Motor vor alten Häusern, aus allen Fenstern drang Stimmengewirr in verschiedenen Sprachen und seltsame Essensdüfte kamen aus den unzähligen kleinen Restaurants. Es war definitiv kein Viertel für eine bürgerliche Schweizer Familie, aber wer die Mühe auf sich nahm, sich auch nur einen Moment näher mit dieser Gegend der Stadt auseinander zu setzen, der konnte dem Charme in der Regel nicht widerstehen. Attilas Plan hatte einige Schwachstellen, aber er wollte Moa nicht noch nervöser machen. Er nahm immer zwei Stufen auf einmal und hoffte, dass die anderen Frauen im Haus ihn nicht bemerken würden. Vor allem diese Trisa, Hure aus dem dritten Stock mit Qualitäten einer Miss Marple, würde bestimmt schnell Verdacht schöpfen, wenn irgendetwas nicht wie sonst war.

»Du, was ist, wenn die die Leiche doch finden? Sollten wir nicht noch unsere Spuren verwischen?« Attila schüttelte den Kopf. »Nein. Wenn sie ihn finden, dann kommen sie so oder so auf uns. Die haben heute Möglichkeiten, die wir nur aus Filmen kennen. Mit DNA-Analysen und all so was. Die werden ihn nicht finden!«

»Wenn du meinst. Ich habe ihn noch etwas eingepackt ...« Sie deutete auf den toten, jetzt sauber in ein weißes Laken eingehüllten und fachmännisch verschnürten Zimtstern.

»Leider hatte ich kein schwarzes Laken – ich denke aber, dass er mit weiß auch zufrieden sein wird. Es war eines meiner besseren Stücke, noch nicht so oft gewaschen.«

»Ein einfaches Tuch hätte es auch getan«, sagte Attila und hob den toten Politiker mit einem leisen Ächzen auf die Schulter.

»Ich bin in solchen Sachen abergläubisch, zumal er ja schon bezahlt hatte und ich das Geld nicht mehr zurückgeben kann. Soll er doch wenigstens in einem hübschen Leinentuch begraben werden.«

»Komm jetzt«, zischte Attila. Sie schloss die Tür des Bordells und folgte Attila ins Treppenhaus. Vor jeder Etage positionierte sie sich so, dass die Flurkameras der anderen Wohnungen möglichst nichts registrieren konnten. Sie wusste, dass die meisten Frauen bereits Feierabend hatten, abgesehen von Trisa. Trisa konnte man bis in den Flur lachen hören. Wenn diese Zimtsterngeschichte vorbei war, würde sie Trisa mal wieder zu einem Glas Sekt einladen. Es gab viel zu erzählen … aber erst musste das hier überstanden sein. Sie überholte Attila und linste auf die Straße. Keine Menschenseele zu sehen. Sie fummelte in Attilas Jeans – dieser hatte selbst keine Hand frei – nach dem Autoschlüssel, und öffnete sämtliche Türen.

»Du musst nur den Kofferraum öffnen, mach schon, der wird langsam schwer. Typisch Politiker. Übergewichtig und unbeweglich.«

»Unbeweglich ist der nur wegen der Leichenstarre«, sagte Moa und öffnete den Kofferraumdeckel. Mit Entsetzen stellten sie fest, dass die Leiche tatsächlich nicht zusammenklappbar war und daher im Kofferraum keinen Platz fand. Attila legte die Rücksitze um und so fand die Leiche doch noch Platz.

»Muss ausgerechnet sein Kopf im Wageninnern sein? Hätten wir nicht die Füße erst rein tun können?«

»Woher weißt du, dass das sein Kopf ist? Du hast ihn derart zugeschnürt, dass ich nicht sehe, was vorn und was hinten ist«, sagte Attila und startete den Motor.

»Er stand auf Bondage«, meinte Moa trocken und lehnte sich wohlig in den Beifahrersitz. Sie fuhren gemächlich zum Friedhof Sihlfeld, dort hatten in den letzten Tagen einige Bestattungen stattgefunden und daher war die Chance groß, ein frisches Grab zu finden. Das vereinfachte die Graberei und zudem würde das Grab in frühestens 25 Jahren wieder geöffnet werden. Die erste Schwachstelle von Attilas Plan war also nicht derart gravierend wie angenommen. Das nächste Problem würde sein, das große Tor zum Friedhof zu öffnen. Am Abend waren sämtliche Friedhöfe der Stadt abgeschlossen.

»Warum sperren die eigentlich die Friedhöfe zu?«, fragte Moa und hielt den Kopf aus dem Fenster. Sie füllte ihre Lungen mit der warmen Stadtluft.

»Damit Nekrophile, Freaks und solche wie wir nicht einfach reinspazieren können. Da geht jeweils ziemlich die Post ab, hat mir mal ein Türsteherkollege erzählt. Sex mit Leichen ist da noch das Normalste«, sagte er.

»Du und deine blöden Heterokollegen. Klar kriegst du so nie einen Typen ab. Da! Mach schon!«

Sie fummelte mit der linken Hand wild am Autoradio und mit der rechten fächelte sie sich Luft zu. Sie war so aufgeregt, dass sie beinahe vergaß, den Kopf aus dem Fenster zu nehmen, bevor sie den elektrischen Scheibenheber betätigte.

»Scheiße, jetzt wäre ich wegen Gloria beinahe ums Leben gekommen!«

»Gloria?«

Moa drehte den Lautstärkeregler auf.

I am what I am
I am my own special creation
So come take a look
Give me the hook or the ovation
It's my world
That I want to have a little pride in
My world
And it's not a place I have to hide in
Life's not worth a damn
Till you can say
I am what I am

»Gott. *Dieser* alte Schlager, warum spielen sie diesen 70er-Müll immer noch im Radio?« Attila drehte leiser.

»Das ist die zweite Lektion, mein Lieber. Schwule lieben Gloria Gaynor, okay?« Ohne eine Antwort abzuwarten drehte sie wieder lauter. Der Kopf des toten Zimtstern begann bei den Bässen zu vibrieren, wenigstens hatte Attila für einen kurzen Augenblick den Eindruck. Vielleicht war es auch nur sein schlechtes Gewissen.

I am what I am
I don't want praise I don't want pity
I bang my own drum
Some think it's noise I think it's pretty

»So ein schwachsinniger Text!«, brummte Attila und drehte erneut leiser.

»Wir sind bald da und dann wäre es bestimmt besser, wenn nicht gerade die ganze Nachbarschaft bei einer etwaigen Zeugenbefragung einstimmig sagen würde ›Ja, wie haben ein Mietauto gesehen und da donnerte Gloria Dings aus den Lautsprechern‹«, er setzte den Blinker, beugte sich etwas nach vorn, um das Straßenschild besser lesen zu können und bog dann erneut ab.

»Du kennst dich hier aus?« Moa war beeindruckt. Sie fuhr nur Taxi und kannte die Stadt, obwohl sie schon seit Jahrzehnten hier war, nur ganz schlecht.

I am what I am
And what I am needs no excuses
I deal my own deck
Sometimes the aces sometimes the deuces

»Da sind wir«, sagte Attila erleichtert und stellte das Radio ab. Moa öffnete die Tür und schaute sich um. Wie erwartet war der Friedhof abgeschlossen.

»Stell du dich mal da hin und guck …«

»Ähm? *Was* genau soll ich mir denn anschauen?«, fragte Moa

und versuchte die Stimmung etwas zu lockern. Es gelang ihr nicht. Attila gab keine Antwort und begann mit diversen Schlüsseln, Drähten und einer Telefonkarte das Schloss zu knacken. Einmal fiel ein Stück Draht auf den Boden, Moa musste eine zweite Taschenlampe im Auto suchen und Attila wurde von Minute zu Minute nervöser. Er war sich sicher, dass er das Schloss öffnen konnte, hätte sich aber gewünscht, erst eine Kurzinspektion bei Tageslicht vorgenommen zu haben. Nun war es zu spät. Der tote Politiker musste vergraben werden, er hatte keine Lust, ein zweites Mal eine derartige Aktion zu starten. Endlich öffnete sich das Schloss. Moa konnte das Klicken hören und atmete geräuschvoll aus.

»Dann mal los!«, sagte Attila und merkte, dass er klitschnass vor Schweiß war. Er zog die Leiche aus dem Kofferraum, schulterte sie, schaute sich um und marschierte dann durch das Tor. Es war dunkler als sie erwartet hatten. Auch hier wäre es besser gewesen, sie hätten die eben ausgehobenen Gräber bei Tage inspiziert. In der Nacht konnte man kaum etwas sehen und Attila hatte Angst, dass der Lichtkegel der Taschenlampe irgendjemandem auffallen würde. Die Suche hatte sich bald erübrigt, weil Moa über ihre eigenen Füße stolperte und mit der Schaufel in der Hand laut fluchend der Länge nach hinfiel.

»Das hätte ja jetzt wirklich nicht sein müssen«, sagte sie und rappelte sich auf.

»Sieh es mal positiv. Wir haben durch deinen Sturz ein frisches Grab gefunden.« Er zeigte auf ein Holzkreuz, auf dem *Thierry Schwaller* stand.

»Wenn ich Schwaller heißen würde, dann wäre ich auch lieber tot«, sagte Moa, schob die Kränze beiseite und begann wie wild, aber sehr ungeschickt zu graben.

»Wir hätten besser zwei Schaufeln mitgenommen.« Attila legte Zimtstern auf den Boden und nahm Moa die Schaufel ab.

»Es wird wahrscheinlich schon etwas aus dem Grab stinken«, sagte er und Moa nickte.

»Das ist dann aber hoffentlich nicht mehr unser Problem, ich denke kaum, dass die deswegen das Grab erneut ausheben«, sagte sie.

Attila hatte keine Ahnung, wie fest der Sargdeckel verschlossen war. Als er das Holz mit dem Spaten erreichte, war er erschöpft und ganz und gar nicht mehr von ihrem Vorhaben überzeugt.

»Ich weiß nicht, ob das eine kluge Idee war. Hätten wir nicht doch besser die Polizei rufen sollen? Ich meine, du kannst ja nichts dafür. Er ist einfach so gestorben! Dummerweise in deinem Puff. Und das noch vor dem Orgasmus.«

»Es wäre der zweite gewesen. Einen hatte er bereits. Man könnte also durchaus sagen, er sei unmittelbar nach dem Orgasmus gestorben. Das hat dann was Positives, finde ich.«

»Also gehen wir doch zur Polizei?«

»Vergiss es. Wenn das rauskommt, kann ich den Laden dichtmachen. Das spricht sich – wie schon gesagt – rasend schnell herum. So was macht das Geschäft kaputt, das kannst du dir gar nicht vorstellen, wie negativ ...«

»Schon gut.« Attila grub weiter. Sie verzichteten jedoch darauf, den Sargdeckel wie geplant zu öffnen, sondern beschlossen spontan, den Politiker einfach auf den Sarg des toten Schwaller zu legen. Auch auf das Risiko hin, dass der Leichnam bei der Verwesung stinken würde. Attila schaufelte das Grab wieder zu und bückte sich schließlich, um mit den Händen den Boden so sauber wie möglich zu wischen.

Auf dem Rückweg sprachen beide kein Wort. Sie öffneten das Tor, Attila versuchte es mit dem Draht wieder zu schließen, gab jedoch nach einigen Minuten entnervt auf.

»Verdammt, jetzt brauche ich ein Bier«, sagte er, als er den Motor startete. »Wir haben auch ein Scheißwetter für dieses Begräbnis ausgesucht«, sagte er und hoffte, Moa würde sich mit ihm streiten.

»Es ist ein lauer Sommerabend, irgendwie lauschig! Zudem sagte schon Schiller: ›Für eine Hochzeit oder ein Begräbnis ist das Wetter nie zu schlecht‹.«

»Schiller?«

Sie erwiderte nichts, öffnete dann das Fenster, verzichtete jedoch darauf, das Autoradio anzustellen.

DIE DRITTE LEKTION

Die Psychiaterin saß auf einem Stuhl, den Moa aus dem Liebeszimmer für sie in die Küche gestellt hatte, sie selbst saß auf dem Boden, lehnte sich an die Wand und hatte die Beine angewinkelt. Attila musste sich ein Lachen verkneifen. Entweder war die Psychotante dermaßen schlecht, dass sie jeden Kunden – also auch solche wie Moa – annehmen musste, oder aber – auch möglich – derart engagiert, dass sie jedem Menschen helfen wollte. Attila zog es vor, während der Psychostunde im Softsexzimmer eine Runde zu schlafen. Die letzte Nacht hatte ihm ganz schön zugesetzt und an diesem Morgen war er viel zu früh aufgewacht. Er lag also auf dem Bett und starrte die Decke an. Der Ventilator drehte lustlos seine Runden und wackelte beängstigend in seiner Fassung, er würde demnächst einmal mehr die Schrauben nachziehen müssen. Sonst würde das Ding über kurz oder lang auf einem Freier oder Moa landen und das könnte gut ein weiteres Todesopfer bedeuten. Er hatte alle großen Tageszeitungen durchgelesen – dort stand weder etwas von ihrer nächtlichen Aktion, noch dass der Zimtstern als vermisst gemeldet wurde. Sein Verschwinden aber – und daran gab es keinen Zweifel – würde morgen oder übermorgen Thema Nummer eins werden. Rechtsradikaler Politiker verschwunden. Schon seltsam, tot sah er ganz und gar friedlich aus, keine Spur von braunem Gedankengut. Tot waren alle gleich. Nämlich tot. Diese simple Erkenntnis beunruhigte ihn. Er hatte nicht wirklich Angst vor dem Tod, aber er hatte Angst davor, sich mit dem Tod auseinandersezten zu müssen. Je länger er darüber nachdachte, desto mehr Schiss bekam er vor dem Sterben. Er hatte einfach noch keine Lust dazu. Er versuchte die düsteren Gedanken zu vertreiben, was ihm nur schwer gelang. Zimtstern hatte es irgendwie verdient zu sterben. Attila wusste nicht viel über Politik, aber dieser Politiker war einer, der eine saubere Schweiz haben wollte. Keine Ausländer, keine Huren, keine Behinderten und logischerweise auch keine Schwulen. Eigentlich hätte er große Lust gehabt, diesen elitären Mann auffliegen zu lassen. Aber das wäre für Moas Geschäft nicht gut gewesen – wie sie ihm bereits mehrmals erklärt hatte. Außerdem: Wenn herauskommen würde, dass er in die Affäre Zimtstern und dessen Beseitigung involviert war, dann würde er selbst nicht nur seinen Türsteherjob los sein. Er hörte Moa in der Küche lachen, was ihm recht war. Er versuchte zu lauschen: Die Stimme der Kruschwitz war lauter als die von Moa und durchaus angenehm.

»Das ist menschenverachtend«, hörte er sie sagen.

»Ach nee. Ich gebe den Menschen das, was sie wollen. Wenn sie es nicht von mir bekommen, dann holen sie es sich von jemand anderes. Auf der Straße gibt es jede Menge Huren.«

»Aber die schlagen ihre Kunden nicht!«

»Ich schlage sie nicht, ich biete *strenge Erziehung*.« Als ob Moa gewusst hätte, dass er lauschte, hörte er sie rufen:

»Attila? Kommst du mal eben?« Sein Blick löste sich von der Decke, er rappelte sich auf. Irgendwann würde er den Schlaf nachholen müssen. Es sei denn, die Rache des toten Politikers bestand darin, ihn nie wieder schlafen zu lassen. *Nightmare on Elm Street.*

»Ja?« Er musterte die Psychiaterin. Ihr kastanienbraunes Haar war von wenigen grauen Fäden durchzogen, sie trug es länger als die meisten anderen Frauen ihres Alters. Attila schätzte sie über 40, sicher aber noch nicht 50. Tadellose Figur und ein verschmitztes Grinsen. Trotz der Hitze war sie tadellos und ihrem Alter entsprechend gekleidet. Sie trug keinen Ehering; Attila zählte sie zu dem Typ Frau, die nach ihrer Scheidung ein neues Leben angefangen hatte. Gut möglich aber auch, dass sie nie verheiratet gewesen war. Er setzte sich auf den Boden und guckte ihr direkt in die Augen, die waren etwas zu braun, um natürlich zu sein. Bestimmt farbige Kontaktlinsen.

»Ich hatte auch einiges durchzumachen«, sagte die Psychiaterin schließlich. »Habe mich aber wieder gefangen und mich so weit stabilisiert, dass ich eine ausgeglichene Persönlichkeit entwickeln konnte.« Sie gab gerne Auskunft über ihren Schmerz und ihre Betroffenheit, wie Attila von Moa wusste. Aber nie über ihre verkrüppelte Biografie. Das ging niemand etwas an. Attila guckte konsterniert zu Moa, diese zog ihre Mundwinkel hoch, es sollte so etwas wie ein Lächeln darstellen. Offenbar war sie auf die Kruschwitz sauer.

»Ich bin *nicht* menschenverachtend, sag ihr das«, forderte Moa. Attila hatte keine Ahnung, welches sein Part in diesem Spiel sein sollte und deshalb zog er es vor, den Bizeps anzuspannen, um ihn einige Sekunden später wieder zu entspannen. Er guckte auf den Monitor, beobachtete den leeren Hausflur und spürte die Blicke der beiden Frauen.

»Äh«, war alles, was er zu Stande brachte.

»Wir hatten ausgemacht, dass niemand unsere Sitzungen stören würde, es sei denn, es würde sich um einen Kunden handeln«, sagte die Kruschwitz schnippisch zu Attila gewandt. In diesem Moment sah Attila einen Schatten, der sich der Kamera näherte. Dann konnte er einen attraktiven Mittzwanziger erkennen, der sich die Bilder von Moa an der Türe anguckte. Er trat von einem Bein aufs andere und klingelte.

»Tja. Das wäre jetzt wohl der Fall X, von dem wir gesprochen haben«, sagte Moa erleichtert. Sie stieg in die High-Heels, puderte kurz die Nase und ging zur Tür. Das alles nahm weniger als 30 Sekunden in Anspruch. Attila stand ebenfalls auf, wusste aber nicht, wohin er gehen sollte und blieb daher sicherheitshalber einfach stehen. Die Psychiaterin räusperte sich kurz und begann, einige Notizen zu machen. Moa kam mit einigen Geldscheinen zurück und guckte fröhlich in die Runde. »Ich bin dann mal eine Viertelstunde besetzt. Im Strengen Zimmer.«

»Dann nutze ich diese Zeit und versuche mich nochmals kurz aufs Ohr zu hauen. Im Softsexzimmer.« Er strich sich seine Jeans glatt, nickte der Psychiaterin zu, trollte sich und hechtete auf das Bett. Etwas, das er seit seiner Jugend zu tun pflegte, allerdings meistens nur in sein eigenes Bett, da er sich nie sicher war, ob fremde Betten dieser Art Sprung standhielten. Als er eben wieder die Decke zu mustern begann, hörte er einen spitzen Schrei. Es klang nicht so, als ob das zu Moas Liebesspiel gehören sollte, also stand er erneut auf und drückte sein Ohr an die Wand. Aufgeregtes Fußgetrampel, das von Moa zu stammen schien, schließlich wurde die Tür zur Küche geöffnet und er hörte von dort ihre Stimme.

»Das alles dauert wohl etwas länger, wir müssen die Therapiestunde abbrechen. Wann haben sie wieder einen Termin?«

»Rufen sie mich in meiner Praxis an und lassen sie sich einen Termin geben«, sagte die Kruschwitz. Es klang etwas zu verständnisvoll, um unter diesen Umständen glaubwürdig zu sein. Offenbar war die Psychologin genervt, was Attila sehr gut nachvollziehen konnte. Er wartete, bis er die Eingangstür hörte, und ging dann in die Küche. Dort stand Moa aufgelöst und deutete ohne ein Wort hervorzubekommen auf den Monitor. Das Strenge Zimmer war zu sehen, darauf lag nackt der Freier. Einer, der in jeder Hinsicht gut gebaut war, wie Attila feststellen musste.

»Der da«, sagte Moa schließlich und war um Fassung bemüht. »Der da ist eben gestorben. Kaum hatte er sich ausgezogen und den ersten Klaps auf den Po gekriegt, ist er abgekratzt. Griff sich an seine Brust, stöhnte noch was von Druck und weg war er.« Einfach so. Tschüss.«

»Also dass er vor Druck stöhnt …«

»Atilla, hör auf, das ist nicht komisch. Der zweite Todesfall. Am zweiten Tag. Das hat was zu bedeuten. Das kann kein Zufall sein, verdammt. Den können wir nicht wieder einfach so vergraben!«

»Das ist garantiert ein Zufall«, widersprach Attila, glaubte aber selbst nicht so recht daran.

»Zufall ist ein Wort ohne Sinn, nichts kann ohne Zufall existieren«, sagte Moa. Auf diesen altklugen Schwachsinn hatte Attila nichts zu erwidern.

»Zufall ist ein Wort ohne Sinn, nichts kann ohne Zufall existieren, verdammt!«

»Schon gut. Ich habe es gehört. Schon wieder Schiller?«

»Voltaire.«

»Aha«, sagte Attila ohne Begeisterung und ging in den Flur. Dort öffnete er die Tür zum Strengen Zimmer und guckte vorsichtig hinein. Tote hatten manchmal die Eigenschaft, plötzlich wieder aufzustehen. In Filmen jedenfalls. Aber irgendetwas war nicht so, wie wenn er einfach schlafen würde.

»Ich könnte mich ohrfeigen! Die Psychotante hat den doch auch gesehen. Wir haben jetzt also Zeugen!«

»Ganz ruhig«, sagte Attila und war selbst um Ruhe bemüht. Er griff in die Jeans des Toten und suchte nach dessen Brieftasche.

»Der hat noch nicht mal einen Ausweis dabei, nur noch etwas Bargeld und sonst nichts.« Attila versuchte es in der Gesäßtasche und fand dort einen weißen, fein säuberlich zusammengefalteten Zettel. Darauf war die Nummer von Moas Salon geschrieben und einige wirre Zeilen, die Attila laut vorlas:

»Von der Verstümmelung bis zur Wegnahme.
Agnus Dei
Von der Verstümmelung bis zum Krampf.
Dich hier zu sehen – welche Ketzerei.
Meine Arme werden alt und schwach.«

»Großer Gott«, sagte Moa und nahm Attila den Zettel aus der Hand.

»Voltaire?«

»Das ist jetzt aber wirklich etwas makaber.« Sie las weiter:

»Von der Verstümmelung bis zur letzten Ölung –
Agnus Dei
Ich, die Gottlose habe mein Letztes gegeben.«

»Ich die Gottlose? Nicht, ich *der* gottlose?« fragte Attila und blickte über Moas Schulter.

»Vielleicht ein Schreibfehler?«

»Bestimmt nicht. Das hat was zu bedeuten. Bei diesen durchgeknallten Freaks hat alles immer etwas zu bedeuten!«

»Zieh dir mal was über, dann trinken wir einen Schnaps und

machen eine Sitzung. So wie man das in solchen Fällen zu tun pflegt.« Attila nahm ihr den Zettel aus der Hand und las den Schluss:

»Ich entferne mich von allem.
Ich bin weit weg von Euch.«

»Was heißt denn *Agnus Dei* eigentlich?«, wollte Moa in der Küche wissen. Ihre Stimme hatte etwas leicht Hysterisches, wofür Attila aber vollstes Verständnis hatte. Sie kam zurück und hatte ein weißes Höschen an, das irgendwie unbequem und zu klein aussah. Darüber hatte sie sich einen ebenfalls weißen Bademantel übergeworfen, nicht zugeschnürt, den sie aber im Zimmer sofort wieder auszog.

»Jetzt habe ich wenigstens *endlich* ein psychisches Problem, so amortisiert sich die Kruschwitz. Ich hatte einen kleinen Moment lang den Verdacht, dass du Recht hast und mir eigentlich gar nichts fehlt. Aber jetzt – mit den Leichen – gibt es doch einiges zu erzählen.«

»Lamm Gottes«, sagte Attila trocken.

»Hä?«

»Du hast mich gefragt was *Agnus Dei* heißt. Es ist Lateinisch und bedeutet Lamm Gottes. Und ich würde der Psychotante nichts von den Leichen erzählen. Nicht bevor wir nicht wissen, was wir selbst tun werden.«

»Und was tun wir denn?«

»Wir machen jetzt eine Flasche Wein auf und dann überlegen wir«, sagte Attila, öffnete den Kühlschrank und musste enttäuscht feststellen, dass nichts mehr da war.

»Quatsch, ich habe noch jede Menge Wein. Erst letzte Woche ist eine Lieferung gekommen!« Moa ließ sich wenn möglich alles ins Bordell liefern. Es gab jede Menge findige Verkäufer, die genau diese Nische besetzten: Der Kleiderverkäufer hatte sich auf überteuerte, aber ausgefallene und exklusive Arbeitskleidung spezialisiert, der Weinmann verkaufte meist geklauten Moët-Champagner billiger, als er im Laden zu kriegen war, selbst der Sexshop um die Ecke hatte so etwas wie einen Boten, der heiße Filme und entsprechendes Spielzeug zur Ansicht in die Salons schickte.

»Wo soll denn diese Kiste Wein sein? Hm?« Attila überlegte sich bereits, ob er wegen der Hitze nicht doch bei Wasser bleiben sollte.

»Im Keller, mein Lieber. Du kannst gleich mal drei Flaschen rauf bringen!«

»Ich habe keine Ahnung, wo dein Keller ist!«

»Billig, Attila. Sehr billig. Von so einem Prachtmann wie dir erwarte ich, dass er die Treppen runter rennt und dann schwungvoll die Kellertür öffnet, die Flaschen unter die Achselhöhlen klemmt, um dann wie ein junges Reh die Treppen wieder hoch zu rennen.«

»Auch schwungvoll, nehme ich an«, sagte Attila und zog sich seine Turnschuhe an.

»Das pflegen junge Rehe so zu tun.«

Atilla verdrehte die Augen.

»Bis dahahnn«, sagte Moa charmant, als sie ihm die Tür aufhielt.

»Jaja.«

* * *

Attila war in weniger als zwei Minuten wieder zurück. Moa hatte es gerade mal geschafft, die Gläser zu polieren.

»*Drei* Flaschen habe ich gesagt, nicht vier!«

»Du weißt gar nicht, wie ich zulangen kann. Ich liebe diesen Schweizer Dole!«

»Dole? Der Halsabschneider hat mir Dole geliefert? Den kann doch kein Mensch trinken …« Sie nahm ihm eine Flasche aus der Hand und hielt sie hoch.

»Dole, tatsächlich.«

»Nun hab dich nicht so. Ich habe übrigens gar nicht gewusst, dass dieses Haus hier so alt ist!«

»Wie kommst du denn jetzt darauf?« Sie entkorkte die Flasche und goss ein.

»Na, ich meine, wo findet man in Zürich denn noch Häuser

mit Naturboden. Das gibt es praktisch nicht mehr. Das wäre der ideale Weinkeller!«

»Deshalb habe ich den Wein schließlich auch da unten, Herzchen. Das ist ein *richtiger* Weinkeller.«

»Dafür ist deine Auswahl aber eher dürftig.«

»Scheißkellerboden! Ich bin mir sicher, dass wir deswegen alle paar Jahre mal wieder diese dämlichen Kakerlaken haben. Die stammen von diesen bescheuerten Tamilen vom Haus nebenan im Reisegepäck, klettern dann das Mauerwerk rauf und runter und kommen durch den Naturboden in unser ehrenwertes Haus. Da vermehren sie sich, und ich muss wieder *Rentokill* engagieren.«

»Musstest du tatsächlich schon mal die Kammerjäger holen?«

»Nein. Aber es klingt dramatisch. *Rentokill.* Findest du nicht?« Sie trank einen großen Schluck. Der Wein hatte genau die richtige Temperatur.

»Köstlicher Tropfen. Wie nennen wir ihn?«

Moa guckte ins Glas. »Den Wein?«

»Nein. Den Mann. Wir hatten den Zimtstern und jetzt haben wir einen, den wir nicht kennen. Wir müssen ihm einen Namen geben!«

»Wie wäre es mit Macker?«, fragte sie und prostete Attila zu.

»Nicht gerade originell.«

»Leiche?«

Attila schüttelte den Kopf. »Nein.«

»Toter?«

»Nein.«

»Zwerg?«

»So klein ist der auch wieder nicht. Ich schätzte ihn auf einen Meter 80. Also etwa so groß wie ich. Ich bin kein Zwerg.« Er trank einen großen Schluck Wein und stellte das Glas auf den Boden.

»Nächster Vorschlag«, sagte Moa und grinste. »Long Dong?«

»Long Dong?«

Moa nickte. »Wegen seines Dinges da«, sie deutete zwischen ihre Beine.

»So groß ist der nicht.«

»Angeber. Deiner ist kleiner.«

»Nein. Ich nenne stramme 19x5 mein Eigen.«

»Manche Dinge *will* ich gar nicht wissen, Attila.«

»Neunzehnmalfünf.«

»Jaja. Also. Wenn dir keiner der Namen passt, dann weiß ich auch nicht. Es wäre wohl auch wichtiger, wenn wir wüssten, was wir mit ihm machen sollen und weniger, wie wir ihn nennen sollen.«

»Wer ihn?«, stichelte Attila.

»Die Leiche.«

»Siehst du. Um solchen Missverständnissen vorzubeugen, muss er einen Namen haben. Wie wäre es mit Agnus?«

»Agnus? Wie kommst du darauf?

Attila nahm den Zettel. »Wegen Agnus Dei. Das was da darauf steht, auf diesem Zettel. Dieses depressive Gedicht.«

»Agnus ist gut. Wenn Agnus Dei »Lamm Gottes« heißt, steht dann Agnus für Gott?«

»Nein. Für Lamm.«

»Ein Lämmchen war er ja nicht gerade. Eher ein Schwein«, sinnierte Moa.

»Das wäre aber auch etwas blasphemisch. Er starb schließlich im Puff.«

»Was soll denn das jetzt heißen?«, fragte Moa und mimte Empörung. »Gott war schließlich auch im Puf«, das steht in der Bibel so.«

»Meinst du nicht eher Jesus? Gott war nicht wirklich auf der Welt.«

»Ha! Und wie konnte er denn mit Maria schlafen?«

»Darüber streitet man sich seit 2000 Jahren, ich denke nicht, dass wir da jetzt auch mitmachen müssen. Also. Agnus muss entsorgt werden und dann müssten wir uns mal überlegen, was dieses Gedicht soll.«

»Es ist Lyrik!«

»Es ist ein abgefahrener Text und mehr nicht.«

»Es ist Prosa. Eine lyrische Prosa.« Moa goss sich Wein nach.

»Wie dem auch sei. Ich habe auf jeden Fall keine Lust mehr auf eine nächtliche Friedhofstour. Zu aufwändig und zu makaber«, sagte Attila. Moa zuckte mit den Schultern und spähte wieder auf den Monitor, der immer noch den leblosen Agnus zeigte.

»Wir müssen uns nun wohl überlegen, wie wir künftig deine Leichen entsorgen. Wenn das in diesem Tempo weitergeht, dann wäre so eine Art Schacht, so wie die in Amerika einen für den Müll haben, doch ganz praktisch.«

Moa schüttelte amüsiert den Kopf: »Das wäre eine extrem kostspielige Angelegenheit. Da müsste man ja das halbe Treppenhaus aushöhlen und das funktioniert bei einem Haus wie diesem nicht. Zu alt.«

»Ich hab's«, brüllte Attila und stellte sein Glas in die Spüle. »Wir vergraben die Leiche im Keller. So machen die das in Belgien auch. Dort vergraben alle ihre Leichen im Keller, weil die Naturboden haben. Genau wie du!«

»Im Keller?!«, sagte Moa mäßig begeistert. Sie hatte sich etwas Originelleres vorgestellt.

»Das geht ruckzuck. Wir lassen die Leiche dort, bis wir eine bessere Lösung haben. Oder bis wir wissen, warum die alle hier sterben.«

»Du tust beinahe so, als ob eine Verschwörung im Gange sei. Denen war eben einfach allen zu heiß und sie hatten ein schwaches Herz und so sterben die. Das gibt es immer wieder. Jetzt hat es einfach mich zwei Mal getroffen. Dafür habe ich dann die nächsten zwanzig Jahre Ruhe. Warum sollte das denn gleich eine Verschwörung sein? Hm?«

»Moa, du hast selbst gesagt, dass du nichts von Zufällen hältst! Zudem: Von der Verstümmelung bis zur letzten Ölung.«

»Ach das«, sagte Moa und winkte ab.

»Ist das nicht Hinweis genug? Das ist garantiert eine Verschwörung!«

»Gratuliere«, sagte Moa und grinste Attila an. »Endlich mal einen Hauch Homosexualität!«

»Was habe ich getan?«

»Du hast dramatisiert. Das ist sehr schwul. Schwule sind Drama-Queens. Und du vermutest eine Verschwörung gegen mich. Oder uns. Nur wegen eines Zettels, auf dem was von letzter Ölung und Lamm Gottes steht. Das ist schwul.«

»Ach, was du nicht sagst.«

»Die dritte Lektion. Schwule sind Drama-Queens und kennen jede Folge der *Golden Girls* auswendig. Die Superschwulen können sogar den englischen Originaltext über die deutsche Synchronfassung sprechen, beherrschen die verschiedenen Stimmlagen und sind sich sicher, dass sie im nächsten Leben als Blanche zur Welt kommen.«

»Und das wäre wer?«, fragte Attila gelangweilt.

»Hast du noch nie *Golden Girls* gesehen?«

»Nein. Noch nie. Ich hab einmal den Vorspann gesehen. Eine billige Filmvilla aus den frühern 80ern und drei alte Vogelscheuchen.«

»Spinnst du?« Moa war entsetzt.

»Naja, also knackig sehen die nun wirklich nicht aus«, sagte Attila.

»Es sind nicht *drei!*»

»Nein?«

Moa zählte: »Also. Wir haben – und das musst du dir nun merken, wenn du jemals einen Mann haben willst:

Blanche
Dorothy
Sophia
Rose.

Es sind vier. Und damit wären wir auch gleich bei der dritten Lektion angelangt. Die vier Golden Girls heißen: …«

»Äh – ehrlich gesagt, konnte ich mir nur Rose merken. Ich kannte mal eine Rose, die allerdings tatsächlich Rose hieß. Und mit der ist mir ein Missgeschick passiert. Sie war eine Schulfreundin und klingelte an einem Nachmittag bei mir, weil sie mit mir spielen wollte. Das war die Zeit, als man Doktorspiele spielte, allerdings bereits in der vorpubertären Form. Sie fummelte an mir rum und untersuchte mich, ich fand das etwas langweilig und dachte, es würde viel mehr Spaß machen, wenn man tatsächlich etwas zu untersuchen hätte. Also nahm ich die Schrotflinte meines

Großvaters und feuerte auf Rose. Das war selbstverständlich dann nicht wirklich lustig. Vor allem nicht, als sie ins Spital musste, und zu uns eine Frau vom Jugendamt kam. Die nahm mich zwei Stunden in die Mangel, die Tante. Und Rose hatte ab diesem Zeitpunkt einen leichten Gehfehler. Bis heute. Die humpelt, die Rose.«

»Wir sollten dann mal bald zu graben beginnen. Der Boden im Keller ist nicht so locker wie der auf dem Friedhof. Da müssen wir die ganze Arbeit alleine machen, weil niemand schon vorgegraben hat.«

»Ich.«

»Was *ich?*«

»Ich werde die ganze Arbeit alleine machen müssen. Gestern warst du auch nicht gerade eine Superhilfe!« Attila seufzte beim Gedanken an den steinharten Kellerboden. Er würde auf jeden Fall darauf bestehen, dass Moa wenigstens während der Arbeit bei ihm blieb – er hatte keinen Bock auf einen einsamen Sommerabend alleine im Keller eines Puffs im Kreis 5.

»Ich werde dann und wann oben nach dem Rechten sehen, denn ich habe meine Miete zu zahlen und …«

»Du wirst gar nichts«, viel Attila ihr ins Wort. Er kam sich etwas ausgenutzt vor. »Du willst aus mir unbedingt eine Tunte machen, aber andererseits soll ich dann die Mackerarbeiten wie graben und ähnliches erledigen.«

»Was musstest du denn sonst noch erledigen?«

»Schaufel organisieren. Auto ebenfalls. Auto zurückbringen.«

»Das waren jetzt nicht ausgesprochen männliche Angelegenheiten. Ich hätte das Auto selbst geholt, wenn ich denn Auto fahren könnte!«

»Kannst du nicht?«

»Nein«, murmelte sie kleinlaut. »Ich habe keinen Führerschein. Ich fahre nur in Notfällen und dann auch nur Autos mit Automatikgetriebe.«

»Ohne Führerschein fährst du mir gar kein Auto, Moa! Gehen wir.«

»Wohin?«

»Graben!« Attila öffnete die Tür. »Kommst du?«

Moa stand unschlüssig im Flur. »Jetzt? Jetzt ist *Primetime.* Da habe ich die meisten Kunden. Und sollten wir Agnus nicht auch noch etwas zurechtmachen?«

Attila sah nicht ein, weshalb eine Leiche noch gestylt werden sollte, wenn sie wenige Minuten später im Keller verbuddelt wurde. »Nein. Wir machen sie nicht zurecht, die Leiche. Wir stellen den Agnus dieses Mal auch nicht in die Ecke und wir werden keinen deiner blöden Freier mehr reinlassen, bis der Mann nicht satt in der Erde liegt! Gehen wir.«

»Wir lassen ihn also hier liegen und graben und holen ihn dann und legen ihn ins Erdloch und graben wieder zu?«

»Genau«, sagte Attila ungeduldig. »Ist das Madame genehm?«

»Aha. Wieder etwas Tuntiges. Einen leichten Anflug von Zickigkeit«, sagte Moa und schloss die Tür ab. Attila stand mit der Schaufel im Flur und hoffte, dass ihn niemand sehen würde. Eine Schaufel mit Mann dran, in einem Haus, das ausschließlich Sexsalons beherbergte, konnte schon Verdacht erregen.

»Juhu!«, brüllte eine Blondine aus der Etage unter Moas Salon.

»Juhu«, sagte Moa. Es klang weniger enthusiastisch.

»Was haben wir denn da? Mit Schaufel? Hm?«

»Ich bin Attila«, sagte Attila unsicher.

»Trisa«, sagte die Blonde.

»Wir gehen mal auf Schabenjagd«, sagte Moa so harmlos wie möglich. Trisa schien keinen Verdacht zu schöpfen. »Haben wir wieder diese grauenhaften Küchenschaben? Ich habe noch keine gesehen! Seltsam eigentlich, normalerweise habe ich die immer einige Tage vor dir bei mir im Laden.«

»Scheinen dich diesmal verschont zu haben«, sagte Moa scheinheilig gelangweilt und wollte die Treppen weiter nach unten steigen.

»Ich denke, das hat was mit meinem neuen Teppich zu tun. Die haben derart viel Klebstoff verwendet, dass ich bestimmt Krebs kriege. Tagelange hatte ich Kopfschmerzen. Sogar Frank hatte eine Triefnase und der schnüffelt ja sonst so allerlei …«

Moa mochte Trisa, aber manchmal war ihre Angeberei mit dem Talkshowmoderator etwas penetrant. Sie musste ständig erwähnen, dass sie ihn gut kannte und dass sie zu ihm besten Kontakt pflegte. Moa ergriff die Gelegenheit beim Schopf: »Attila ist auch schwul und hat einen perfekten Body. Überdies ist er ein Goldschatz. Frank ist doch wieder alleine, oder?« Attila hätte Moa mit der Schaufel erschlagen können, versuchte sich aber so elegant und souverän wie möglich aus der Affäre zu ziehen. »Meine Mutter ließ, als ich noch Kind war, ebenfalls neue Teppiche verlegen. Sie *liebte* den Klebstoff aber. Sie liebte ihn so sehr, dass sie dauernd Klebstoff kaufte, ohne dass wir irgendwie gebastelt oder sonstwie geklebt hatten. Ich sah sie nur manchmal Klebstoff schnüffeln. Erst heute weiß ich, weshalb sie das gemacht hat, wenn ihr wisst, was ich meine …«

»Ah«, sagte Trisa verunsichert, dann war es einen Moment still im Flur. Schließlich klatschte Moa unternehmungslustig in die Hände. »Lass uns Kakerlaken erschlagen!«

»Ich lass euch dann wohl mal ziehen«, meinte Trisa. »Kommt doch später noch vorbei, ich habe Sekt!« Attila und Moa nickten brav, beide würden nach der Graberei ganz bestimmt nicht bei ihr vorbeischauen.

* * *

Im Keller guckte sich Attila erst nach einer geeigneten Stelle für die Leiche um. Es herrschte ein ziemliches Durcheinander und so mussten sie erst allerlei Gerümpel zur Seite räumen. Sie entdeckten witziges Bordellzubehör, das teilweise noch von Moas Vorgängerin stammte. Unter anderem war ein alter Gynäkologenstuhl dabei, der derart schwer war, dass ihn selbst Attila kaum bewegen konnte.

»Das war damals noch Qualitätsarbeit«, sagte Moa und fuhr bewundernd über die rote Lederpolsterung.

»Wie kann man so etwas stimulierend finden?«, fragte Attila und versuchte erneut, den Stuhl beiseite zu rücken. Dann begannen sie zu graben.

DIE VIERTE LEKTION

»Wie war denn dein Abend gestern?«, fragte Moa. Attila hätte sie erwürgen können. Nach dem Verbuddeln der Leiche musste er den Rest des Abends beim Kaufleuten seinem Job nachgehen, da ein Arbeitskollege ausgefallen war. Die halbe Nacht herumstehen und die billigen Annäherungsversuche der weiblichen Gäste abwehren. Er wusste nicht, was schlimmer war: Moas Anruf, der ihn unsanft aus seinen Träumen katapultierte, die Beine, die ihm vom Herumstehen schmerzten, oder die Phrasen der Mädels, die unbedingt in den Club hereinkommen wollten, und noch immer in seinem Kopf nachhallten.

»Es ist wichtig, hörst du?!« Moa bestand darauf, dass er jetzt gleich die Gratiszeitung *20 Min.* organisieren gehen sollte.

»Ich bin nackt.«

»Wurst. Du holst diese Zeitung und kommst zu mir. Es gibt da noch etwas, was ich mit dir besprechen muss ...« Ihre Stimme klang ganz und gar unfreundlich.

»Ich komme. Aber ich will auf keinen Fall graben, heute ist es irgendwie noch heißer.«

Attila verzichtete weder auf sein kurzes Frühstück, noch auf die ebenso gewohnte Morgendusche und kam eine Stunde später bei Moa im Salon an. Die war stinksauer.

»Ich habe gesagt, du sollst *sofort* kommen. Jetzt ist der halbe Tag bereits vorbei«, jammerte sie. Attila setzte sich auf den Boden und guckte auf die Titelseite der Zeitung:

RECHTSRADIKALER POLITIKER VERSCHWUNDEN

Im Artikel wurde schließlich aufgrund der dünnen Faktenlage spekuliert, dass sich Zimtstern wegen einer Schwarzgeldaffäre ins

Ausland abgesetzt hätte. Seine Frau wurde zitiert, die ihn einen »aufopfernden, lieben Ehemann« nannte. Moa kriegte einen Lachanfall.

»Der hatte ziemlich viel Dreck am Stecken, scheint's.«

»Trotzdem. Ich denke nicht, dass die Polizei drauf kommt, dass er bei dir war und hier … äh … starb.«

»Das ist genau das Problem. Sie werden darauf kommen. Ich habe da nämlich etwas übersehen …«

»Was denn?«, wollte Attila wissen.

»Er hat mit Kreditkarte bezahlt. Die werden …«

»Er hat was?«

»Du kannst den Mund ruhig wieder zumachen. Ist mir auch erst heute eingefallen. Politiker und Promis zahlen meistens bar. Aber der hatte zu wenig Cash dabei. Er hatte mich noch gefragt, was auf der Abrechnung der Kartengesellschaft erscheinen wird.«

»Was steht denn auf dem Auszug?«

»*M und M Trendservice.* Ziemlich cool, was?«

»*M und M Trendservice?*»

»*M* wie Moa.«

»Aha. Und das andere *M?*»

»Auch für Moa. Ich dachte, es würde besser klingen als einfach nur *M Trendservice.* Findest du nicht auch?«

»Unbedingt.«

»Jetzt ist das natürlich ziemlich blöd, weil die den Typen suchen. Und selbst bei *M und M Trendservice* werden sie wohl Verdacht schöpfen. Wir müssten daher wohl etwas unternehmen.«

»Du klingst, als hättest du einen Plan …«

Moa hielt den Kopf schräg und überlegte einen Moment. »Es ist so: ich habe einen Termin bei Dr. Kruschwitz. Wir holen nach, was wir gestern nicht zu Ende führen konnten. Das ist selbstverständlich nicht im Preis mit drin, aber da ich unbedingt ein besserer Mensch werden will, *muss* ich in die Psychobehandlung, verstehst du.«

»Was hat das nun alles mit mir zu tun?«

»Du müsstest für uns ein klitzekleines Opfer bringen. Ich habe schon alles arrangiert. Es dauert nicht lange, bringt Kohle und macht sogar noch Spaß.«

Attila war skeptisch: »So einen Job gibt es nicht!«

»Ach komm, nun sei nicht so kompliziert!«

»Ich hab Schiss! Deine Pläne sind immer ziemlich gefährlich Und meistens steh ich dann am Ende im Fadenkreuz!«

»Der echte Adel weiß von keiner Furcht.«

»Voltaire?«

»Nein. Shakespear.«

Als Moa Attila ihren Plan erklärte, war er ganz und gar nicht begeistert. Es war zu abenteuerlich. Und absolut unanständig.

* * *

Moa war etwas zu früh in der Praxis von Dr. Kruschwitz und musste warten. Sie war die einzige Patientin und es gab weder ein richtiges Wartezimmer noch eine Praxishilfe. Im Vorraum standen ein riesiger Schreibtisch aus Glas und einige Aktenschränke aus Chrom. Eine Grünpflanze sollte dem Raum die Kälte nehmen, aber da diese ganz offensichtlich aus Kunststoff war, gelang das nur bedingt. Der Schreibtisch war unaufgeräumt, irgendwo im Gewühl klingelte ein Telefon. Gerade als Moa lautstark »Telefon« brüllen wollte, nahm ein Anrufbeantworter das Gespräch an. Moa versuchte zu lauschen, aber sie konnte nichts hören, da auf lautlos gestellt war. Dr. Kruschwitz öffnete die Praxistür und lächelte Moa an. »Ich bin gleich so weit, noch zwei Minuten, okay?« Ohne eine Antwort abzuwarten, schloss sie die Tür wieder. Moa war wieder allein. Sie musste sich eingestehen, dass sie nervös war. Das hier war nicht ihr Territorium, aber wahrscheinlich war das ganz gut so. Vielleicht sollte sie künftig doch lieber ihre Sitzungen hier abhalten. Sie schaute sich erneut im Raum um. Die Psychologin hatte keine Kameras, das konnte ihr geübtes Auge auf den ersten Blick erkennen. Es gab weder Spiegel mit eingebauten Linsen noch einen Hinweis auf versteckte Objektive. Sie ging zum unaufgeräumten Schreibtisch und guckte auf die unzähligen Akten. Offenbar waren es Patientendossiers. Ihr

Blick fiel auf die aktuelle Ausgabe von *20 Min.* mit der Titelstory, die über den verschollenen Politiker. Daneben sah sie eine braune Aktenmappe mit der Überschrift *Zimtstern, P. 1990 – 2000.* Offenbar war der bei ihr in Behandlung gewesen. Moa spürte, wie ihr Herz lauter zu klopfen begann. Da lag die Akte. Stand da drin, dass er bei ihr Gast war? Moa guckte sich erneut um. Der Raum war größer als ihre Küche – und wie ihr erst jetzt auffiel, da sie hinter dem Schreibtisch stand, gab es in diesem Raum eine Tür mehr als in ihrer Küche. Was war wohl hinter dieser Tür? Noch ein Praxisraum? Oder eine Gummizelle für renitente Patienten? Hatte die Kruschwitz echt durchgeknallte Typen? Solche, die Nägel aßen oder sich selbst verletzten? Wie war es wohl, wenn man in einer Gummizelle landete, mit weißem Schaum vor dem Mund? Oder gab es das auch nur in den amerikanischen Filmen?

Sie setzte sich wieder auf den einzigen Stuhl im Wartezimmer, das keins war, als sie von der Psychologin gerufen wurde.

»Na?«

»Na was?« fragte Moa zurück und stand in der Praxis. Es sah so gar nicht aus wie man Psychopraxen in Filmen zeigte. Es gab weder eine Couch noch einen alten Ohrensessel. Auch keine seltsamen Bilder an der Wand. Nur ein kleiner Schreibtisch mit einigen Stiften und einem Block. Sonst lag da nichts drauf. Kein Zweifel; das war ein *pro-Forma*-Tisch. Da wurde nicht drauf gearbeitet.

»Wie geht es denn so, hm?«

»Wie soll es denn bei dieser Hitze schon gehen?! Und die Kunden bleiben somit auch aus. Ich wäre besser in die Ferien gefahren!« Moa dachte an den toten Zimtstern und Agnus, der im Keller lag. Das wäre definitiv nicht passiert, wenn sie weggefahren wäre. Wobei der Gedanke an Urlaub eben erst aufkeimte. Sie war schon jahrelang nicht mehr weg gewesen. Warum fragte die Kruschwitz nur, wie es ihr gehe? Schöpfte sie Verdacht? Stand in der Akte irgendwas? Die Therapie wurde im Jahre 2000 offenbar abgeschlossen, war der Zimtstern damals Kunde bei ihr? Sie überlegte – und die Kruschwitz bekam mit, dass etwas nicht stimmte.

»Sie sehen nicht sehr entspannt aus, meine Liebe. Möchten sie ein Glas Wasser?«

»Nein, danke.« Moa setzte sich auf den Stuhl, der sehr teuer, aber nicht besonders bequem aussah.

»Nun haben wir genug Zeit«, sagte die Psychologin sichtlich zufrieden mit der Situation.

»Zeit, die ich doppelt bezahle. Die Kunden stehen vielleicht Schlange vor meiner Tür, und sie kosten mich ein kleines Vermögen«, maulte Moa. Sie durfte hier unhöflich sein, die Frau kriegte Geld dafür. Eine Menge Geld, und da musste man nicht so höflich sein.

»Haben sie nie das Gefühl, schäbig zu sein?«, fragte die Kruschwitz und fuhr sich durchs Haar.

»Blöde Frage. Ich kassiere für eine Dienstleistung ebenso Geld wie sie für ihre. Nur dass ich mehr bieten muss fürs Geld als sie!«

»Warum kommen sie denn dann zu mir, wenn sie so denken?«

»Finden sie sich nicht etwas schäbig? Sie verlangen für Hilfe Geld. Eigentlich müssten sie doch helfen wollen und …« Moa machte eine kleine Pause, spitzte die Lippen und suchte nach den passenden Worten »und daher müssten sie logischerweise wieder mich bezahlen.«

»Da komme ich nicht mit.«

»Nun. Sie wollen helfen. Sonst hätten sie ja nicht dieses seltsame Studium gemacht und den ganzen Schnickschnack, sondern hätten wie jeder halbwegs normale Mensch irgendwann mal mit Arbeiten begonnen anstatt vom Staat und ihren Eltern Kohle zu kassieren. Sie haben ja bestimmt noch nie richtig gearbeitet, oder?« Moa hatte sich in Fahrt geredet: »Sie wollen also helfen, das ist wie eine Sucht bei Ihnen. Leute wie ich brauchen ihre Hilfe und deshalb helfen wir *Ihnen.* Wir befriedigen sozusagen Ihre Sucht.«

»Gewissermaßen, ja.« Dr. Theresa Kruschwitz lächelte.

»Stimmt das?« Moa war irritiert. Sie hatte mit einer anderen Reaktion gerechnet.

»Stimmt. Sozusagen.«

»Stimmt es oder nicht? Sozusagen gibt es nicht!«

»Sehen Sie? Sie haben ein Problem mit Ihrem Job!« Dr. Kruschwitz war offensichtlich zufrieden.

»Ich? Ich sollte ein Problem mit meinem Job haben?«

»Ganz genau. Ihr Denken wird ausschließlich von Geld geleitet. Das ist nicht in Ordunung!«

»Na, dann verzichten Sie doch auf Ihr Honorar, Frau Doktor und dann wäre mein Denken nicht mehr von Geld geleitet!«

»Da haben wir es wieder! Sie denken nur an Geld!« Die Psychiaterin grinste. Moa war sprachlos. Sie spürte, dass sie diese Frau nicht mochte. Sie war eine gefährliche Frau.

»Finden Sie Ihr Handeln nicht ganz und gar unemanzipiert?«

»Kommen Sie mir nicht damit!« Moa sprach jetzt sehr laut. »Ich bin emanzipierter als die meisten anderen Frauen. Nur weil ich Prostituierte bin, heißt das nicht, dass ich nicht Frauenpower habe! Mir ist schon klar, dass sie damit Ihre Mühe haben. Ich habe nämlich Sexappeal und Sie nicht!« Moa war sicher, dass die Kruschwitz jetzt beleidigt sein würde, aber sie lächelte lediglich süffisant, was Moa noch mehr ärgerte.

»Sexappeal hat eine Frau dann, wenn alle Männer sie reizvoll finden und alle Frauen sich fragen, warum«, sagte die Psychologin.

»Schiller?«

»Nein.«

»Jetzt haben sie mich derart in Rage gebracht, dass ich aufs Klo muss!«

»Bitte!« Dr. Regine Kruschwitz zeigte auf die Tür. »Die Toilette ist im anderen Zimmer. Dort wo sie gewartet haben.« *Das* also war die andere Türe, dachte Moa leicht enttäuscht, und ging wortlos in den anderen Raum.

»Ich denke, Sie laufen vor sich selbst davon«, sagte die Psychologin.

»Verdammt. Warum? Weil ich aufs Klo muss?«

»Sie wissen, was ich meine.« Moa donnerte die Tür zu, ohne wirklich zu wissen, was sie hätte wissen sollen. Das war eine dieser ganz doofen Formulierungen. *Du weißt, was ich meine.* Und man hatte meistens keinen blassen Schimmer, wovon die Rede war. Auf dem Weg zur Toilette blieb ihr Blick an den Akten hängen. Sie nahm ihre Handtasche und steckte den Ordner hinein – das ging so schnell, dass es wie ein Reflex aussah. Dann ging sie auf die Toilette, brachte ihre Haare in Ordnung, überlegte, ob dieser Vorfall Konsequenzen haben könnte, wenn er denn auffliegen würde, wusch sich die Hände, holte Luft und ging wieder zur Kruschwitz. Vor lauter Aufregung hatte sie vergessen, dass sie tatsächlich hatte pinkeln müssen.

* * *

Attila wartete, wie mit Moa besprochen, in der Küche des Bordells. Er goss sich Wein nach und verfluchte sich. Warum nur sagte er immer zu allem Ja. Er guckte auf den Monitor, so wie er es die letzten zwanzig Minuten schon mindestens vierzig Mal getan hatte. Nichts. Vielleicht wurde er auch nur verarscht. Vielleicht war das eine weitere Lektion, die sich Moa für ihn ausgedacht hatte. »How to be gay« oder so.

Attila legte sich auf den Küchenboden und versuchte zu schlafen, was ihm natürlich nicht gelang. Irgendwie war die ganze Angelegenheit ja auch ziemlich schrill. Hätte er einen festen Freund gehabt, dann hätte er jetzt einiges zu erzählen. Aber er hatte keinen. Er hatte genau genommen noch nicht mal so etwas *Ähnliches.* Warum mussten die Schwulen nur alle derart oberflächlich, falsch und kompliziert sein? Warum war er so verklemmt? Gerade als er ins Grübeln verfiel, sah er ihn an der Tür stehen. Moa hatte nicht übertrieben: Er war tatsächlich ein Prachtexemplar von einem Mann. Genau sein Typ, obwohl er eigentlich nicht so sehr auf irgendeine spezielle Art Mann abfuhr. Sie mussten einfach nett sein – was sich zugegebenermaßen nicht wirklich anhand eines Videobildes auf einem Puffffernsehgerät beurteilen ließ. Er klingelte und Attila öffnete die Tür, wie es besprochen war. Wenn der Freier erstaunt war, dann ließ er sich nichts anmerken. Attila grinste und sagte den Satz, den er in den letzten Minuten immer wieder vor sich hingemurmelt hatte:

»Los, Sklave, komm rein, zieh dich aus und lege dich auf den Boden. Deine Herrin will nicht noch länger auf dich warten!«

Der Typ guckte dann doch einen Moment lang leicht verunsichert. Attila wusste nicht, ob er den Satz doch falsch gesagt hatte. Hätte er nur »Sklave, komm rein, deine Herrin will nicht auf dich warten« sagen sollen? Vielleicht auch einfach »Los?« Oder lag es an seiner Stimme, die noch etwas tiefer als üblich klang? Egal. Der Freier kam rein und tat wie geheißen. Attila verzog sich in der Zwischenzeit in die Küche. Hoffentlich würde Moa bald kommen, sonst wäre er gezwungen, das Ding alleine durchzuziehen und das würde wieder jede Menge Nerven kosten. Attila schaltete am Fernseher den Ton des laufenden Programms ein, aber ließ auf dem Monitor das Überwachungsvideobild nicht aus den Augen. Vielleicht dachte der Typ, dass Moa tatsächlich in der Küche war. Immerhin nahm der weibliche Anteil der Talkshowstimmen die Mehrheit ein und wenn man nicht so genau hinhörte, dann klang es so, als ob einige Frauen in der Küche miteinander sprachen, mit etwas Fantasie wenigstens. Attila schrieb eine SMS an Moa, die kürzer kaum hätte sein können: *Komm!*

Der Sklave hatte eine Stunde bezahlt, Attila wusste, dass man diese Stunde auf höchstens 70 Minuten ausdehnen konnte, es blieben ihm jetzt noch gut 50 Minuten. Allzu lange würde der Typ wohl auch nicht mehr einfach so auf dem Boden liegend warten. Sklave hin oder her. Moa antwortete nicht. Sie war also noch immer bei der Psychotante. Nach weiteren 10 Minuten ging Attila zu Plan B. Er öffnete die Tür und brüllte:

»Sklave, deine Herrin war mit deinen Putzdiensten letztes Mal gar nicht zufrieden. Sie ist verärgert und will dich nicht mehr sehen!«

»Bitte, ich werde mich bessern«, wimmerte der Hetero.

»Einen Dreck wirst du«, sagte Attila und musste sich ein Lachen verkneifen. Er hätte nicht gedacht, dass es tatsächlich funktionieren würde. Offenbar war der Mann derart geil, dass er alles tolerierte, sogar einen Mann. Oder er dachte, dass Attila eine Art männliche Zofe war. Er blickte da nicht ganz durch, aber es musste etwas in dieser Richtung sein. Attila spürte, dass er Spaß am Befehlen hatte und das machte ihm Angst. Er hatte solche Spielchen bislang immer kategorisch abgelehnt und jetzt stellte er plötzlich fest, dass irgendetwas ihn doch daran faszinierte.

»Du ziehst dich jetzt ganz aus und dann stellst du dich mit dem Gesicht zur Wand. Ich werde mal schauen, ob ich die Herrin besänftigen kann. Warte!«

»Ja, Meister!«

Attila grinste und verließ das Zimmer, dieser Typ war ganz und gar durchgeknallt. Er ging in die Küche und startete einen erneuten Versuch, Moa auf dem Handy zu erreichen. Da sie aber weder eine SMS als Antwort geschrieben noch selbst angerufen hatte, standen die Chancen schlecht, dass er sie jetzt erreichen würde. Attila verstand nicht recht, weshalb sie dem Sklaven, wenn er doch tatsächlich so devot war, nicht einfach befohlen hatte, später zu kommen. Er ging wieder zurück ins Zimmer, der Typ stand an der Wand und hatte eine Erektion. Attila schloss die Tür sofort wieder, da er spürte, wie ein Lachanfall ihn zu schütteln drohte, wenn er noch länger zusähe.

In der Küche klingelte das Hand. Moa. »Ich bin in frühestens 15 Minuten hier und ich habe Neuigkeiten, die dich umhauen. Wie geht es mit dem Sklaven? Konntest du ihn hinhalten?«

»Alles bestens, ich denke aber nicht, dass der noch lange bleibt – ich denke, er nimmt an, dass du in der Küche bist …«

»Ihr denkt zu viel!«

»Was für *Neuigkeiten* hast du?«

»Sage ich dir später. Du musst jetzt noch was erledigen, bevor der Typ abhaut. Ich habe einen kleinen weißen Umschlag im Kleiderschrank im Softsexzimmer. Sollte gut sichtbar sein, wenn du die Tür öffnest. Du gehst ins Zimmer rein und gibst ihm den Umschlag. Sag' ihm, es sei von seiner Herrin und er dürfe ihn erst öffnen, wenn er zu Hause ist.«

»Was steht dort drin?«

»Du bist vielleicht neugierig. Ich muss jetzt auflegen. Gib ihm den Umschlag und halte ihn irgendwie hin.«

»Wie irgendwie hinhalten? Ich bin nicht wie du! Ich kriege Durchfall nur beim Gedanken, dass ich wieder zu diesem Typen muss!«

»Gefällt er dir nicht?«

»Das hat damit nichts zu tun. Die ganze Situation gefällt mir nicht!«

»Ich komme bald, bleib ganz ruhig, okay?« Moa hängte auf, Attila ging so leise wie möglich ins andere Zimmer und holte den Umschlag. Er war nicht zugeklebt, aber Attila wollte gar nicht wissen, was drin stand. Je weniger er wusste, desto unbefangener würde er an die Sache herangehen. Er öffnete die Tür, der Sklave stand noch immer mit dem Gesicht zu Wand.

»Herrin?«

»Nein. Verdammt. Sie will von dir nichts wissen, Sklave«, sagte Attila. Es klang barsch und offenbar verfehlte es seine Wirkung nicht, Attila konnte sehen, dass sich zwischen den Beinen des Sklaven wieder etwas regte. Er knallte dem Freier den Umschlag zwischen die Füße.

»Da. Das ist für dich. Aber nicht jetzt öffnen!«

»Ich will meine Herrin!«, sagte der Sklave trotzig. Attila wusste, dass bei dieser Art von Spiel eigentlich keine Widerrede geduldet werden durfte, aber er hatte keine Lust mitzuspielen. Wortlos verließ er das Zimmer und beobachtete den Mann auf dem Monitor in der Küche. Der regte sich nicht, bewegte noch nicht mal seinen Kopf. Immerhin schien er wenigstens zu atmen, sein Brustkorb bewegte sich langsam auf und ab. Das war nach den letzten Tagen doch ziemlich beruhigend.

Als sich Attila gerade wieder aufs Ohr hauen wollte und sich dabei überlegte, wie der Sklave wohl andeuten würde, dass er zu gehen gedenke, kam Moa. Sie war sichtlich gut aufgelegt und strahlte übers ganze Gesicht. Attila legte den Finger auf den Mund und deutete ihr an, dass der Sklave noch immer im Zimmer war. Sie zog sich kurz um, stieg in hohe, silberne Stiefel und stakste zum Strengen Zimmer. Attila hörte einige Peitschenhiebe und Moa, die ihn anschrie. Nach weniger als 5 Minuten schien der Spuk vorbei zu sein.

»Und wo sind *wir* stehen geblieben, Herzchen?«, ächzte Moa, als sie aus ihren Stiefeln stieg.

»Sehen nicht gerade Furcht erregend aus, deine Stiefel.«

»Was passt dir an denen nicht?« Sie massierte sich die Füße. Offenbar waren die Dinger nicht fürs Gehen gemacht. Oder sie hatte die Stiefel eine Nummer zu klein gekauft.

»Nirgends sind wir stehen geblieben. Du hast mir gesagt, ich soll ihm den Umschlag geben und dann wolltest du mit einer absoluten Neuigkeit aufwarten!«

»Stimmt. Meine Therapiestunde war der Hammer!«

»Deswegen bist du so gut drauf? Weil die Psychotante, die du nicht brauchst, dir einredete, dass du auf dem richtigen Weg bist?«

»Ach, das.« Moa winkte ab. »Die Therapie an sich ist mir egal. Ich habe eher das Gefühl, dass die Psychotante selbst einen Psychiater braucht. Aber ...« Moa machte eine Pause, dies sollte der Geschichte wohl einen Hauch Dramatik verleihen, »aber ich habe das hier!« Stolz zog sie die Akte Zimtstern aus der Tasche.

»Ich habe noch keinen Blick reingeworfen, aber ich denke, dass das ziemlich spannend sein wird!« Moa öffnete die Mappe. Das Dossier bestand aus losen und gehefteten Zetteln. Einige waren mit Schreibmaschine beschrieben und wiesen Spuren von Korrekturflüssigkeit auf:

»So was kriegt man heute nur noch selten zu sehen: Originalmanuskripte in Schreibmaschine«, murmelte sie. Attila beugte sich über einen der Briefe. »Die sind an einen Regierungsrat gerichtet, die Briefe«, sagte Attila und gähnte. »Lies mal vor.« Moa nahm den ersten der Briefe und ihn las vor:

»Sehr geehrter Herr Regierungsrat,
›Es ist nicht genug zu wollen, man muss auch tun‹, hat Goethe gesagt. Darum weg mit dem Staat von Egoisten und Lügnern mit seinen alten, fest gefügten Strukturen. Rechtlich gesehen ist eine Person ein Individuum, dem die Rechtsordnung die Fähigkeit zuschreibt, Rechte und Pflichten zu haben. Die Erosion der Werte nimmt aber auch in so genannten Demokratien weiterhin seinen Fortgang. In unserer Zweiklassengesellschaft wird die Menschenwürde der Randständigen der moralischen Bewertung entzogen. Vergebens sind die Erwartungen an den Rechtsstaat, dessen Tätigkeit vom Recht bestimmt und begrenzt sein sollte: Sicherheit, Schutz vor staatlicher Willkür, gerechter Ausgleich und rechtlich geordnete Ver-

fahren. Der Grundsatz der Rechtssicherheit, formal besonders ausgeprägt in den verschiedenen Prozessordnungen, garantiert allen Staatsbürgern gleiche rechtliche Wertung.«

»Aha«, unterbrach Attila Moas immer wieder ins Stocken geratenden Versuch, das Papier vorzulesen, und gähnte erneut.

»Das ist ziemlich wirr, das Zeugs hier, findest du nicht? Ich verstehe ehrlich gesagt nur Bahnhof.« Moa goss sich ein Glas Wasser ein und las weiter, Attila zog sich die Turnschuhe aus und legte sich wie üblich auf den Boden:

»Seit 1960 erkennt das Bundesgericht ungeschriebene Grundrechte wie persönliche Freiheit und Meinungsfreiheit an. Als weitere Grundrechte sind zu nennen; die Menschenwürde, die freie Entfaltung der Persönlichkeit, das Recht auf menschenwürdiges Leben und körperliche Unversehrtheit (Fesselung, Zwangsspritzen), Anspruch auf rechtliches Gehör, ehrlich gehandhabtes Beschwerderecht. Die Grundrechte sind die ideelle und funktionelle Voraussetzung der Demokratie überhaupt. Das menschliche Zusammenleben soll so geregelt sein, dass Konflikte weitgehend vermieden werden (objektives Recht), aber auch für aus diesem objektiven Recht resultierende <u>Ansprüche von Einzelnen</u> im Hinblick auf gleiches Recht für alle (subjektives Recht) …

»Und so weiter und so fort« sagte Moa mit schwacher Stimme. »Willst du noch mehr hören?«

Attila schüttelte den Kopf. »Um ehrlich zu sein, ich habe mich bereits bei diesen Grundrechten ausgeklinkt …«

»Dann hast du mir also gar nicht zugehört? Und das, obschon du etwas hättest lernen können?« Sie verdrehte theatralisch die Augen und griff sich an den Busen. »Politik im Bordell und erst noch kostenlos! Wo kriegst du das sonst, Türsteher? Na?«

»Das ist Müll. Der Typ ist komplett durchgeknallt. Und mal was ganz anderes: Wie erklärt du deiner Psychotante, dass du dieses Dossier hast mitgehen lassen? Die wird demnächst anrufen oder vorbeikommen. Wahrscheinlich mit der Polizei im Schlepptau. Mit oder ohne Kruschwitz werden die eh bald bei dir vorbeischauen!«

»So weit habe ich bisher noch nicht gedacht. Aber als ich diese Mappe sah, *musste* ich einfach zugreifen! Schließlich steht da bestimmt auch etwas über mich drin!«

Sie nahm den nächsten Brief, wieder an einen Regierungsrat gerichtet, wieder ohne Datum und überflog ihn. »Derselbe Müll«, sagte sie. »Hier! In diesem Brief geht es um die *Evolution.* Auch sehr interessant! Gott, was du alles bei mir lernst!«

Sie guckten weiter. Schließlich fanden sie eine Art Lebenslauf, in der die Psychiaterin die wichtigsten Eckdaten des Politikers festhielt. Offenbar litt er in den fünf Jahren der Behandlung an einer leichten Psychose, die medikamentös behandelt wurde.

»Der war schizo, der Politiker?«, fragte Attila wenig taktvoll.

»So was in der Art. Irgendwas von gespaltener Persönlichkeit steht da …«

»Was noch?«

Moa blätterte weiter, wobei sie darauf bedacht war, die Blätter möglichst in derselben Reihenfolge, wie sie im Dossier abgelegt waren, zu belassen.

»Hier steht was von *devoter Haltung* Frauen gegenüber.« »Und steht da auch was von euren komischen Sadomaso-Spielen?«

Moa las kurz, schüttelte dann aber den Kopf. »Nee. Er hat wohl nichts von mir erzählt. Gott sei Dank. Ich hatte schon Angst, dass da was von seinen regelmäßigen Besuchen drinsteht. Wir sind aus dem Schneider. Wenigstens was das hier betrifft. Ich hoffe nur, dass wir das mit der Kreditkarte noch hinkriegen.« Sie guckte auf die Uhr.

»Sollte eigentlich bald so weit sein …«

»Müsstest du nicht langsam etwas erklären? Ich habe schließlich meinen Teil erledigt … und du hast gesagt, es würde Spaß machen. Außerdem soll noch Kohle raus springen!«

»Spaß hat es wohl gemacht, wann hattest du denn schon mal einen Sklaven zur Verfügung? Und die Kohle habe ich gekriegt, der hat nämlich bezahlt, der Sklave!«

»Also bin ich mal wieder der Dumme, oder? Ich sehe nichts von dem Geld!«

»Du würdest doch nicht deiner besten Freundin das Geld abluchsen, oder? Pfui!«

»Du bist und bleibst eine Krämerseele, Moa.« Attila zog eine Schnute und spreizte seine Zehen.

»Du gehörst wohl zu den wenigen glücklichen Menschen, deren Füße nie stinken, hm? Ich muss bei dieser Hitze und diesen Schuhen«, sie zeigte auf die Stiefel, »meine Treter im Stundentakt waschen.«

»Nö. Habe ich nicht. Hatte ich noch nie. Kann es sein, dass du ablenken willst?« Attila schaltete auf Fernsehbetrieb um und zappte wahllos durch sämtliche Kanäle. Er stoppte bei einem alten Liz-Taylor-Film, um dann doch weiterzuschalten.

»Das war *Liz Taylor!!*«, brüllte Moa und riss Attila die Fernbedienung aus der Hand.

»Mir doch egal. Ich mag keine Schwarzweißfilme.«

»Großer Gott! Wenn du ein richtiger Schwuler sein willst, dann musst du lernen, Liz zu lieben, verstehst du?«

»Nein. Ich hasse die alte Krähe. Ich hoffe, dass ich mich im Alter nicht so lächerlich machen werde wie die!«

»Lektion Nummer vier«, sagte Moa und stand auf, wobei sie sich mit der Fernbedienung am Busen kratzte. »Die wichtigsten Schauspielerinnen eines jeden Schwulen sind:

Liz Taylor
Barbara Streisand
Liza Minelli
Bette Midler
Kylie Minogue.«

»Die singt doch«, sagte Attila und konnte kaum ein erneutes Gähnen unterdrücken.

»Ha! Das war auch eine Falle! Ich wollte nur sehen, ob du mir auch wirklich zuhörst. Außerdem hatte Kylie tatsächlich mal in einem Film mitgespielt, sie war eine blondierte Tussi, die schwanger wurde und abhaute. Und dann machte sie noch was mit Jean Claude Van Damme. Aber den musst du nicht kennen, weil sich unsere Lektion ausschließlich auf weibliche, noch lebende Schauspielerinnen beschränkt. Wir wollen dich ja nicht überfordern!«

»Du lenkst ab. Wir sprachen vom Sklaven und nicht von hysterischen Schauspielerinnen«, brummte Attila.

»Schon gut. Der Sklave von eben arbeitet bei Mastercard. Ich habe ihm einen Arbeitsplan gegeben.« Attila hatte keine Ahnung, was man unter einem solchen Plan zu verstehen hatte. Wenigstens nicht in diesem Zusammenhang.

»Lass mich raten – du hast ihn irgendwie mit reingezogen, nicht?«

»Er – also der Sklave – hat von mir eine Art *To-Do*-Liste gekriegt, da steht drauf, wann er selbst Hand anlegen darf, wann er sich selbst bestrafen muss und wann er wieder zu mir kommen soll.« Attila guckte etwas verwirrt.

»Zwecks Nacherziehung selbstverständlich.«

»Aha.«

»Das richtet sich nach seinem Einkommen. Ich kann ihn nicht jeden Tag behandeln, dann hätte er nämlich bald kein Geld mehr und ich auch nichts mehr davon. Es ist wichtig, dass er in der Gesellschaft nicht weiter auffällt.«

»Würde das tatsächlich funktionieren?« Attila konnte sich nicht vorstellen, dass sich jemand voll und ganz einer Domina hingab. Und Moa schon gar nicht.

»Das würde funktionieren – ich hatte mal einen Sklaven, der unbedingt in einem Erdloch leben wollte. Er hätte alles dafür getan«

»Und du hattest Skrupel?«

»Nein. Kein Erdloch.«

»Aha«, schmunzelte Attila und konnte sich nicht vorstellen, wie man in einem Erdloch leben konnte. Rein praktisch gesehen.

»Natürlich habe ich dem Mastercardsklaven einige andere Dinge aufgeschrieben. Zum Beispiel, dass er unverzüglich meine Umsätze, die ich mit der Karte gemacht habe, löschen soll.« Moa verzog schmerzvoll das Gesicht beim Gedanken, dass das Geld weg war. Andererseits hatte sie diese Woche nicht viel mit der Karte umgesetzt.

»Warum die Umsätze der ganzen Woche?« Attila traute seinen Ohren nicht. Moa verzichtete auf Geld! Unfassbar.

»Weil ich nicht genau weiß, wann die Buchung über den Kartenleser eingegangen ist. Zudem will ich sämtliche Spuren verwischen.« Attila war sich nicht sicher, ob sich Moa mit dieser Aktion nicht noch viel verdächtiger machen würde.

»Ich kann mir nicht vorstellen, dass damit unser Problem gelöst sein wird«, sagte Attila. Er wusste nicht, dass er Recht behalten sollte.

* * *

Er nahm die Ampulle aus dem Kühlschrank, steckte eine feine Nadel durch die Gummiabdichtung und zog eine Einheit auf. Er mochte den Geruch der Flüssigkeit, auch wenn es nach Chemie stank. Er nahm eine Hautfalte am Bauch, tupfte sie mit Alkohol ab und stach zu. Er spürte den Einstich praktisch nicht, was einerseits daran lag, dass die Nadel unglaublich fein war, andererseits war er in der Bauchregion nicht sonderlich empfindlich. Die Flüssigkeit pumpte er rasch in die Haut. Dann tupfte er die Einstichstelle erneut ab, klebte jedoch kein Pflaster darauf. Den Rest der Ampulle versorgte er wieder im Kühlschrank. Dann ging er ins Bad und prüfte sein Gesicht. Feine Linien umspannten Mund, Augen und Hals. Sie würden bald sichtbarer werden und irgendwann würde sein Gesicht ganz verwelkt sein.

Er schaute auf die Uhr im Bad. Jetzt war es fünf Minuten seit der Injektion, er setzte sich auf den Rand der Badewanne und atmete tief durch, das leichte Kribbeln, welches jetzt einsetzen sollte, blieb aus. Offenbar hatte sich sein Körper bereits an die Dosis gewöhnt. Morgen würde er sie erhöhen. Er duschte sich ausgiebig, seifte sich sogar zwei Mal ein, obwohl dies seine Haut austrocknete. Dementsprechend cremte er sich anschließend ein, rasierte sich, entschied sich für ein weißes Sommerhemd und Jeans und legte sich einen Moment lang hin, um Kraft zu sammeln. Er hatte keinen Termin, aber in der Regel brauchte er dies auch nicht. Und jetzt, da es derart heiß war, gab es bestimmt nicht viele andere. Er dachte an sie, mit weit geöffneten Augen. Über das Linoleum kriecht er auf die Frau zu. Sie steht an der Wand, breitbeinig und in Stiefeln. In der einen Hand die Handschellen, in der anderen eine schwarze Peitsche. Er will schneller kriechen, aber er weiß, dass sie das nicht billigt. In seinem Kopf beginnt es zu hämmern, in den Ohren rauscht das Blut. Schließlich kann er sich nicht zurückhalten, er wird schneller. Ihre Lippen kräuseln sich spöttisch. Sie fährt mit ihrem Schuh über seine Wirbelsäule, langsam und drückt ihn dann mit einem Mal zu Boden. Sie bückt sich leicht und schlägt ihn dann ins Gesicht. Das Übliche. Dann machte er sich auf den Weg.

Eine halbe Stunde später klingelt er. Sie öffnet die Türe, schaut ihn voller Verachtung an. Er fühlt sich wie ein Mann, der nicht mehr lange zu leben hat. Was vielleicht auch gar nicht mal so schlecht wäre.

DIE FÜNFTE LEKTION

»Auf welchem Programm hast du es im Fernsehen gesehen?« Moa presste die Lippen so fest zusammen, dass sie ganz weiß wurden.

»Nur *Tele Züri*. Die haben ganz ausführlich darüber berichtet. Und dann bin ich sofort zu dir gekommen«, sagte Attila.

»Hm. Wir sitzen in der Scheiße«, sagte sie und stand auf, wobei sie laut seufzte.

»Ich habe dir von Anfang an gesagt, dass man nicht einfach so mir nichts dir nichts eine Leiche im Keller vergraben kann.«

»Wir haben diese Leiche nicht im Keller vergraben, sondern auf dem Friedhof deponiert. Und ich kann nichts dafür, wenn dieser blöde Zimtstern einfach zusammenklappt. Dazu noch nicht mal beim Orgasmus. Der hat selbst Schuld, wenn er ein schwaches Herz hat und von seinen Anti-Schizo-Medikamenten noch geschwächt ist. Außerdem frage ich mich, wie ein Mensch, der offensichtlich nur knapp der Klapsmühle entgangen ist, Politiker werden konnte?«

Attila grinste: »Das erklärt auch, weshalb es mit diesem unserem Land stetig bergab geht. Wenn die Regierung auf *Prozac* ist, dann kann ja nicht wirklich was dabei herauskommen!«

Moa schob die Oberlippe zwischen die Zähne und versuchte sich eine Strähne aus dem Gesicht zu blasen.

»Die Zeitungen sind voll mit Spekulationen über den möglichen Verbleib des Mannes. Noch können wir reagieren«, sagte sie. Attila guckte sie fragend an.

»Wir müssen kreativ sein. Jetzt kann ich definitiv nicht mehr zur Polizei gehen. Zu spät. Und auf Gefängnis habe ich keine Lust. Jetzt, wo bald die Sommerferien zu Ende sein werden, geht es hier wieder rund. Ich darf gar nicht daran denken, was ich für einen Verdienstausfall haben würde.« Sie schüttelte sich. Attila hob fragend die Augenbraue. Ihm war es ein Rätsel, wie Moa sogar in einer solchen Situation ans Geld denken konnte. Aber deswegen war sie wohl Hure und er Türsteher. Und deswegen trug sie im Winter Nerz und konnte ihn zu Kaviar und Champagner einladen. Sie ging einige Schritte im Kreis und schlug vor, etwas zu kochen. Attila aß selten warm, er war ein miserabler Koch und hatte sich selbst noch nie mehr als ein Mikrowellenfertigmenü oder allenfalls Ravioli aus der Büchse gekocht. Meistens aß er sogar die kalt, direkt aus der Büchse. Es war nicht üblich, dass Moa für ihn kochte, so richtig und ohne Weiteres. Wenn überhaupt – dann lud sie ihn zum Essen ein.

»Du kannst etwas schlafen, wenn du möchtest, ich werde in gut einer halben Stunde so weit sein«, sagte sie und begann Salat zu waschen. Höchst verdächtig. Attila war sicher, dass Moa nicht *einfach so* für ihn kochen würde. Nicht, ohne dass da noch was kommen würde. Er legte sich hin und schlief einen Augenblick später ein, um dann vom Duft gerösteter Zwiebeln geweckt zu werden. Moa hatte sogar so etwas Ähnliches wie eine Tischdekoration auf dem Beistelltisch im Softsexzimmer hingekriegt. Halb abgebrannte Weihnachtskerzen und dunkelrote Servietten. Sie hatte Rösti mit Speck, Zwiebeln und Eiern gekocht. Bei genauerem Hinsehen waren die Kartoffeln allerdings verdächtig regelmäßig geraffelt und die Speckwürfel alle gleich groß geschnitten. Attila grinste, sie prosteten sich zu. Beim ersten Bissen verschluckte er sich beinahe. Es war nichts mehr von den Kartoffeln zu schmecken – sie hatte definitiv alles versalzen.

»Sind wohl etwas rassig geraten, meine Rösti, was?«, sagte Moa unschuldig.

»Der Mensch hat so um die 2000 Geschmacksknospen auf der Zunge. Und von meinen 2000 sind gerade komplett alle verätzt worden. Das kann man doch nicht essen, Moa!«

»Da koche ich für dich, und Monsieur hat nichts Besseres zu tun als zu nörgeln.« Ihre Augenlider schlugen wie Schmetterlingsflügel.

»Aaaaber, du hast nicht ganz Unrecht. Ich habe *noch einen*

Beutel dieser Fertigrösti. Dauert nur eine Minute und ich werde nicht noch nachsalzen.«

»Aha! Habe ich mir doch gedacht, dass du nicht wirklich kochst«, sagte Attila, stand auf und kippte die Salzrösti ins Klo, während Moa die nächste Fertigpackung in Angriff nahm. Fünf Minuten später starteten sie den zweiten Anlauf, diesmal war das Essen in Ordnung.

»Moa. Du kochst für mich. Du hast liebevoll dekoriert – mehr oder weniger – da ist was faul, oder?« Aber Moa schüttelte heftig den Kopf und presste wieder die Lippen zusammen.

»Nun ja. Ich habe einen klitzekleinen Plan ausgeheckt und du musst mir dabei helfen ...«

»Moa, nicht schon wieder einer von deinen dämlichen Plänen!«

Sie hob die Stimme und sagte wichtig: »Planlos arbeiten ist glatte Zeitverschwendung.«

»Schiller?«

»Nein. Das stammt aus dem Gärtner Pötschke Gartenkalender.«

»Soso.«

»Ich weiß, dass das nicht ganz einfach für dich sein wird, aber wenn dir unsere Freundschaft etwas bedeutet, dann machst du mit ...«

»Schlimmer als es schon war, kann es wohl kaum mehr werden.« Attila hatte keine Ahnung, wie sehr er sich irrte. Als Moa ihm ihr Vorhaben erklärte, stellten sich ihm sämtliche Nackenhaare auf. Er konnte nicht mal mehr schlucken.

* * *

Stephan Zimtstern stieg aus dem Taxi und marschierte stracks in die Zeitungsredaktion von *20 Min.* Er ging an der ausgemergelten Mittvierzigerin am Empfang vorbei, die gerade Luft holen wollte, um ihre Standardfrage »Mitwemhabensiedenneinentermin« loszuwerden, als er auch schon durch die Tür zu den Redaktionsräumen verschwunden war. Er marschierte zum erstbesten Redakteur oder zu jemandem, den er für einen solchen hielt, und brüllte: »Spinnt ihr?«

Der verdatterte Journalist guckte Hilfe suchend umher.

»Ihr wisst doch ganz genau, dass ich nicht verschollen oder sonst wie weg bin! Ihr miesen Ratten wolltet mich einfach in den Dreck ziehen, oder? Habe ich Recht?« Der Journalist schüttelte den Kopf. »Wegen Typen wie euch muss ich einmal im Jahr zur Kur fahren!« Der Journalist versuchte zu lächeln. Es gelang ihm nicht. »Und das belastet unser Gesundheitswesen enorm! Darüber müsstet ihr mal schreiben! Das interessiert die Leute!« Eine junge Frau stellte sich neben Zimtstern, berührte ihn am Arm und versuchte ihn zu beruhigen.

»Ich dachte doch gleich, dass Sie es sind, Herr Zimtstern. Freut mich, Sie endlich persönlich kennen zu lernen. Ich bin eine glühende Anhängerin ihrer politischen Grundsätze. Und wie sie die Parkplatzproblematik in der Stadt in Angriff nehmen wollen, das finde ich fabelhaft. Einfach unter dem Zürichsee ein großes Parkhaus bauen – das ist einfach genial!« Die Frau wirkte entzückt.

»Deswegen bin ich aber gar nicht hier, sondern weil mich das linke Journalistenpack durch den Dreck ziehen will. Ich werde von Schreibtischtätern kaltgemacht!« Seine Stimme klang ruhiger, offenbar fühlte er sich geschmeichelt. Man hatte ihn erkannt.

»Ich habe mir gleich gedacht, dass Sie heute besonders gut aussehen«, säuselte die Frau weiter. »Man kann Ihnen die Kur förmlich ansehen.« Sie lachte wie ein Zauberkünstler beim Schlussapplaus. Zimtstern guckte sie an.

»Was gibt es denn da zu lachen?«

»Nichts«, murmelte sie leise und blickte verlegen zu Boden.

»Ich will, dass ihr schreibt, dass es mir gut geht. Mir egal, wie ihr das macht. Lasst meine Frau aus dem Spiel – ich habe mich von ihr getrennt und sie will mir bloß eins auswischen, klar?«

Die Frau und der Journalist guckten sich unsicher an.

»Wir dürfen das schreiben?«, fragte dieser schließlich.

»Das mit meiner Frau selbstverständlich *nicht*. Aber ihr schreibt, dass ich für meine nächste Kampagne Kräfte sammle. Und basta. Wenn ihr das nicht tut, dann sorge ich persönlich dafür, dass keine Krume vom Werbeetat für euch abfällt. Ich habe beste Beziehungen zu verschiedenen Großfirmen. Ich sage nur: Novartis, ABB, Orange ...«

»Schon gut, schon gut«, murmelte der Journalist kleinlaut. »Ich kann aber keine Titelstory darüber machen.«

»Ist auch gar nicht nötig. Wir sehen uns ...« Zimtstern rauschte davon und knallte die Tür der Zeitungsredaktion hinter sich zu.

Der Journalist zerbrach einen Bleistift. »Seltsam. Ich habe bisher noch nie erlebt, dass jemand einfach so mir nichts dir nichts reinplatzt und eine derartige Szene macht.«

»Doch, doch, das gibt es. Ich habe schon einige Promis erlebt, die das gemacht haben«, sagte die junge Frau.

»Das war wohl, als du noch bei der *Schweizer Illustrierten* gearbeitet hast, was?« Sie nickte.

»Woher hast du das mit den Parkplätzen gewusst? Du hast ihn für einen Moment sprachlos gemacht«, sagte der Journalist. Sie zuckte mit den Achseln und ging sich einen Kaffee holen.

* * *

Moa war nun schon gut eine halbe Stunde am Telefon. Sie hockte vor den *Gelben Seiten* und klapperte telefonisch sämtliche Drogerien ab. Die meisten reagierten mit Verständnislosigkeit auf ihr Anliegen. Einige schienen sie für nicht zurechnungsfähig zu halten. Aber sie ließ sich nicht entmutigen – sie hatte sich selbst noch 10 weitere Telefonate als Limit gesetzt.

»Guten Tag, mein Name ist Baumgartner«, Moa wählte einen möglichst harmlos klingenden Namen und »Baumgartner« hatte etwas Bodenständiges, Seriöses.

»Ich hätte gerne eine größere Menge Salzsäure bestellt.«

»Was heißt größere Menge«, fragte die Drogistin langsam. Offenbar hatte auch sie wenig Interesse, einer Frau Baumgartner Salzsäure zu verkaufen.

»Ich sollte so ungefähr 20 Liter haben.«

»Wozu brauchen sie die denn?«, fragte die Frau mit fester Stimme, wie jemand der davon ausgeht, dass ihr stets gehorcht wird.

»Ich muss *wahnsinnig* viel entkalken.«

»Da gibt es aber was Besseres. Salzsäure ist sehr aggressiv.«

»Ich muss mein riesiges Bad putzen und da sind alle Fliesen komplett verkalkt. Ich bin eben eingezogen und meine Vorgängerin hatte offenbar nie geputzt. Es sieht grauenvoll aus. Eine Katastrophe!«

Das schien der Drogistin einzuleuchten. »Ich kann Ihnen aber höchstens zehnprozentige Salzsäure verkaufen. Sie müssen einen Giftschein ausfüllen. Wenn sie konzentrierte Säure möchten, müssen sie zudem eine staatliche Sonderbewilligung haben. Aber 10 Prozent sind schon ganz schön ätzend!« Moa hatte keine Ahnung, ob die Säure tatsächlich stark genug war, aber das Wort ätzend klang schon recht viel versprechend.

»Können sie liefern?«, fragte sie und hoffte, die Drogistin würde nicht gleich den Telefonhörer auf die Gabel knallen. Das Wort Kundenservice wurde in der Schweiz nämlich nach wie vor nicht groß geschrieben.

»Das kostet aber extra. Ich weiß auch nicht, ob wir tatsächlich 20 Liter am Lager haben.« Moa blieb freundlich und versicherte, die Lieferung beim Boten auch gleich bar zu bezahlen. Sie gab die Adresse des Nachbarhauses an, sie wusste, dass dort ein sehr netter, charmanter und schwuler Mann aus dem Wallis wohnte und war sich sicher, dass der nichts dagegen hatte, wenn ein großes Fass vor seiner Türe deponiert würde. Sie hatte keine Lust, ihre Bordelladresse anzugeben, weil dann immer gefragt wurde, wo man klingeln musste. Und *Moas Penthouse* klang – vor allem für Frauen – immer verdächtig. Diejenigen, die dann tatsächlich klingelten, kriegten gewöhnlich große Augen, wenn sie an der Tür die Nacktbilder der Frauen sahen. Im Moment war freilich nur Moa zu sehen, da sie keine anderen festen Mitarbeiterinnen hatte. Die wirtschaftliche Lage war einfach zu schlecht. Also musste Melchior, so hieß der nette Mann, daran glauben. Sie hatte zwar keine Ahnung, wie er mit Nachnamen hieß, aber sie hatte gesehen, dass er auch nur seinen Vornamen an der Klingel angebracht hatte. Die Drogistin ging im Lager nachschauen und konnte wider Erwarten 20 Liter Salzsäure finden, die Lieferung würde in den nächsten Stunden eintreffen. Moa schaute auf die Uhr, Attila würde auch bald kommen. Ihn würde sie zu Melchior schicken. Und ... wer weiß, vielleicht verliebten sich die beiden ja. So hatte auch diese Sache ihr Gutes. Wenn sie sich denn verliebten. Ansonst war es eben einfach ... ein Freundschaftsdienst. Ein weiterer. Aber Moa hatte sich geschworen, Attilas Gutmütigkeit irgendwann zu belohnen.

Sie ging ins Badezimmer und wollte sich ein Bad einlassen, da es aber ewig dauerte, bis ihre Wanne voll gelaufen war, entschied sie sich dann doch für eine Dusche. Während sie sich einseifte, konnte sie ihre Reflexion in der Duschwand sehen. Sie wischte sich den Schaum aus dem Gesicht, hielt die Luft an und streckte sich. Hatte ihr Busen tatsächlich etwas an Spannkraft verloren? Sie frottierte sich die Haare, stellte sich vor den Spiegel und begutachtete sich kritisch. Alles in allem war sie nach wie vor erstaunlich jung geblieben. Unüblich in ihrem Business. Aber da sie weder rauchte, nur mäßig trank und ganz und gar nicht auf die Ernährung achtete, schien sie besser zu altern als die meisten anderen Frauen. Obwohl – ihr Busen begann tatsächlich etwas zu hängen, oder war es eine vorübergehende Gewebeschwäche? So etwas soll es geben, hatte sie gehört. Als sie sich gerade abtrocknen wollte, klingelte es drei Mal. Attila sagte verlegen nur »Oh«, als er von Moa nackt empfangen wurde,

»Was? Du hast mich schon mindestens tausendmal nackt gesehen, nun hab dich nicht so. Alles okay?«

»Hmm. Geht so. Mir macht die Geschichte ziemlich zu schaffen, ehrlich gesagt.«

»Ach, das ...« Moa schlüpfte nackt in rosa Flip-Flops. »Ich kann mich noch nicht anziehen, weil diese wahnsinnig teure Bodylotion erst einziehen muss. Sonst klebt das dann alles an den Kleidern.«

Attila ging zum Kühlschrank und holte sich ein kaltes Bier.

»Na? Hast du gut verdient?«

»Nein. Kein Mensch ist aufgekreuzt. Sag mal, soll ich mir meine Brüste machen lassen?« Sie guckte auf ihren Busen, verzog einen Moment lang ihr Gesicht, die Augen verengten sich zu Schlitzen.

»Würd ich nicht machen.«

»Weshalb nicht?«

»Meine Mutter ließ sich die Brüste machen und bekam ein Soja-Implantat verpasst, alles ging gut, sie war stolz auf die Dinger, bis sie zu rascheln begannen.«

»Sie *raschelten?*»

»Soja hatte sich nicht bewährt, leider fanden sie das etwas spät heraus. Die Titten raschelten wie dieses Plastik bei den Einkaufstüten. Es ging sogar so weit, dass meine Freunde damals riefen »Huh! Attilas Raschelmutti kommt.« Dann mussten sie alles wieder rausnehmen.«

»Soso«, sagte Mona. Ihre Miene hatte sich noch nicht wieder entspannt.

»Dann kam das Silikon rein und Muttis linke Brust verfaulte.«

»Sie tat was?«, fragte Moa entgeistert und griff sich erneut an ihre linke Brust.

»Das Gewebe wurde nicht mehr richtig durchblutet und schließlich wurde es schwarz. Und weil Mutti dachte, das sei alles ganz normal, ging sie etwas zu spät zum Arzt. Jetzt sieht das gar nicht mehr nett aus.«

»Okay, du hast mich überzeugt, ich lass das mit den Brüsten«, Moas guckte eine Spur entspannter, ihre Augen waren aber immer noch verkniffen.

»Du hast das auch gar nicht nötig, dein Busen ist perfekt. Ich wüsste nicht, was man da verbessern könnte«, sagte Attila schließlich.

»*Das* wollte ich hören, Herzchen. Nicht das mit den verfaulten Brüsten!«

»Dann sei doch nicht so kompliziert und frag beim nächsten Mal einfach, ob ich deinen Busen in Ordnung finde!« Moa nickte. Für sie schien sich die Sache erledigt zu haben. Sie öffnete den Kühlschrank und fand einen Joghurt, der erst zwei Tage über dem Verfallsdatum war. Attila guckte auf die Uhr. »Ich sollte bald mal losziehen, wir haben heute noch eine Infositzung, weil ein neuer Club eröffnet wird und dort soll ich manchmal eingesetzt werden. Aber sonst habe ich noch nichts vor …«

»Wann bist du zurück?«, fragte Moa. Attila zuckte mit den Schultern. Sie erklärte ihm, dass sie Salzsäure bestellt hätte und dass die Ware ins Nachbarhaus geliefert würde. Er war, wie angenommen, mäßig begeistert von seinem Auftrag, tat aber wie ihm geheißen und klingelte bei Melchior, dem Nachbarn. Der hatte nichts gegen die Fässerlieferung und versprach, sobald die Ware angeliefert würde, Moa kurz anzurufen. Er verabschiedete sich, Moa war wieder alleine und wartete auf Kundschaft. Die Zeit vertrieb sie sich mit dem Sortieren von Kleidern. Sie hatte bisweilen ein ziemliches Durcheinander, und da immer ausgefallenere Wünsche gefragt waren, beschloss sie eine extra Lack-Leder-Gummi-Abteilung in ihrem Kleiderschrank zu eröffnen, zwischen den Kleidern für Mädchensex und der Kategorie »Ausgefallen«, wo sie alles verstaute, was sogar für ihre Verhältnisse speziell war. Dazu gehörten Windeln für Babysex. Oder die Krankenschwestertracht aus dem Kostümverleih. Dann hörte sie die Klingel – sie eilte in die Küche, um einen Blick auf den Monitor zu werfen und traute ihren Augen kaum. Es war der Sänger Tony Thomas. Sie hielt einen Moment die Luft an, deckte in Windeseile einen Pickel ab und versuchte dann so charmant wie möglich die Tür zu öffnen. Er schien verunsichert zu sein und guckte zu Boden. »Was machen wir?«, nuschelte Moa und ließ ihn rein. Er guckte sich einen Moment um und murmelte »Strenge Erziehung.«

»Das macht dann 250 bei Barbezahlung, sonst kostet es 280.« Der Sänger zahlte – wie erwartet – bar. Moa verlangte bei Kreditkarte meistens 10 Prozent mehr, da sie einen kleinen Teil des Kreditkartenumsatzes der Gesellschaft abgeben musste. Es war nicht legal, aber keiner ihrer Freier hatte sich bisher – aus verständlichen Gründen – über diese Geschäftstaktik beklagt. Sie fragte ihn, ob er die Toilette benutzen wolle, er schüttelte den Kopf und war sichtlich erleichtert, als er in ein dunkles Zimmer geführt wurde. Moa ging nochmals in die Küche, um sich einen Schluck Schnaps zu genehmigen, sie war ebenso nervös wie der Sänger, welcher einst ihr Idol gewesen war. Sie hätte nie gedacht, dass sie ihn jemals kennen lernen würde. Gleichzeitig war sie etwas enttäuscht, sie hätte nicht gedacht, dass er zu Prostituierten gehen würde. Er konnte bestimmt so ziemlich jede haben, auch wenn er nicht mehr gerade sehr populär war. Bestimmt hatte er immer noch dann und wann Auftritte. Sie schätzte ihn auf 30, also jünger als sie war. Moa stellte fest, dass Tony Thomas wohl bereits mit 17 seine ersten Erfolge verbucht haben musste. Oder er war doch älter als 30 und hatte ein Lifting hinter sich. So oder so – sie fand es etwas tragisch, dass er, der einstige Star, jetzt in einem Puff auf Sadomaso-Spielchen abfuhr. Je länger sie im Gewerbe war, desto langweiliger fand sie diese Nummern. Meistens irgendwelche Pseudo-Mackers, die auf Leder machten und dabei nur Waschlappen waren. Ein richtiger Mann hatte das nicht nötig. Aber das war ihre persönliche Einstellung und die war nicht gefragt. Moa hätte gerne gefragt, wie er ausgerechnet auf *ihren* Laden gekommen war, aber auch das wäre unprofessionell gewesen. Vielleicht würde sich das noch in einem kleinen Gespräch ergeben – manche ihrer Kunden hatten danach noch Lust, etwas zu plaudern. Sie band sich ihre Haare zusammen und ging zu ihrem Kunden.

* * *

Als Attila zurückkam, war er sichtlich gut gelaunt. Moa musste grinsen. Sie waren quasi ein Ehepaar – lebten zusammen, tauschten sich aus und eigentlich wären sie ein absolutes Traumpaar. Wäre er nicht schwul, sie nicht Hure und wenn sie Sex hätten. Aber vielleicht war genau das das Geheimnis, warum es bei ihnen funktionierte. Vielleicht mochten sie sich deshalb so, weil sie nicht miteinander schliefen.

Attila legte sich auf den Küchenboden, verschränkte die Arme hinter dem Kopf und blickte an die Decke. Moa beobachtete ihn und dachte, dass er richtig zum Anbeißen aussah. »Und?«, fragte sie.

»War ziemlich langweilig, die Sitzung. Die Obermacker erklären uns, wie wir uns zu verhalten hätten. Wir dürfen keine Leute mit Turnschuhen reinlassen. Egal ob sie sonst gut gekleidet sind. Turnschuhe sind nicht erlaubt.«

»Und wenn Madonna in diesen Club reinschneien würde? Mit Turnschuhen?«

»Dann dürften wir sie auch nicht reinlassen. Die Turnschuhregel gilt auch für Promis.«

»Und deswegen bist du so gut gelaunt? Weil ihr den armen trendy Leuten mit Turnschuhen Hausverbot geben müsst?«

»Nein. Aber da war ein Typ.«

»Aha. Aha. Aha«, sagte Moa und beugte sich interessiert vor. »Details, Details, bitte!«.

Attila guckte verlegen zu Boden. »Es gibt nichts zu erzählen. Er arbeitet neu bei der Firma und guckte die ganze Zeit zu mir rüber. War nicht tuntig oder so. Bot mir einen Kaffee an.«

»Und? Wann trefft ihr euch?«

»Nicht so. Er bot mir in der Pause einen Automatenkaffee an.«

»Gott. Wie unromantisch. Schrecklich. So wird das nie was mit euch. Du musst zugreifen! Lege etwas *Elan* hin! Hast du seine Adresse?« Attila schüttelte den Kopf. »Ich habe mich nicht getraut!« Attila hatte keine Lust, noch weiter darüber zu sprechen und wechselte das Thema: »Und bei dir? Alles okay?«

Sie erzählte ihm von ihrem berühmten Gast. Sie wusste, dass sie sich auf hundertprozentige Diskretion verlassen konnte. Attila zeigte sich wenig erstaunt. Dann klingelte das Telefon und Melchior von nebenan sagte, dass ein großes blaues Fass geliefert worden sei und er noch eine gute Stunde zu Hause erreichbar sei. Moa zog sich etwas über und ging mit Attila das Fass holen. Es war so schwer, dass Attila beinahe keine Luft mehr kriegte. Moas Hilfe beschränkte sich auf kurze Kommandos wie »Achtung Stufe« oder »jetzt nach links.« Klitschnass standen sie nach einer guten Viertelstunde mit dem Fass im Badezimmer.

»Und du findest, dass das wirklich nötig ist?«, fragte Attila. Weniger, weil er die Idee schlecht fand, sondern weil er keine Lust hatte, das Fass in den Keller zu tragen.

»Ich bin mir nicht sicher, aber ich gehe davon aus, dass die verbuddelte Leiche bald mal stinken wird. Und dann sind wir – glaube mir – mit Salzsäure gut bedient. Wir tragen einfach die oberste Schicht des Erdreiches ab und gießen die Säue drüber. Das hilft garantiert.«

»Hätten wir da nicht besser etwas Stärkeres genommen?«

»Mir ist nichts Besseres eingefallen, nichts, was man einfach kriegt, so über den Ladentisch ...«

»Batteriesäure wäre bestimmt stärker gewesen.«

»Aber das bekommt man nicht in größeren Mengen, ich habe mich informiert! Da hätten wir von Autowerkstatt zu Autowerkstatt tingeln müssen und das hätte Tage gedauert.« Sie griff sich ans Dekolletee, guckte in die Luft und sagte dann mit einem dramatischen Augenaufschlag:

»Ich meine, wer bin ich denn? Reinhold Messner?«

»Das ist ein Bergsteiger. Kein Langstreckenläufer. Kann ich mich hinlegen?«

»Äh, das ist jetzt gerade nicht so gut. Ich habe eine fürchterliche Unordnung im Strengen Zimmer und das softe werde ich in einer guten halben Stunde brauchen.« Attila nickte. Manche Freier, besonders die Stammkunden, machten einen festen Termin ab. Das garantierte, dass Moa dann auch Zeit hatte. Besonders diejenigen, die etwas ausgefallenere Wünsche hatten, mussten sich im Voraus anmelden. Trotzdem, normalerweise scherte sich Moa wenig um den Zustand ihrer Zimmer.

»Liegt da etwa wieder ein Sklave?« Attila ging vor einigen Wochen ohne vorher zu fragen in ein Zimmer, um ein kleines Schläfchen zu machen und sah, dass hinter dem roten Vorhang ein Paar Schuhe hervorlugte. Da die wenigsten Freier aber den Puff ohne Schuhe zu verlassen pflegten, dachte Attila, dass es sich um einen Einbrecher handelt. Mangels Alternativen nahm er sich eine Peitsche, hielt sie verkehrt und näherte sich mit Gebrüll dem Vorhang. Dahinter befand sich – wie vermutet – ein Mann, allerdings handelte sich es um einen Sklaven, der von Moa die Anweisung bekommen hatte, hinter dem Vorhang auszuharren. Weil er jedoch kalte Füße und eine Blasenschwäche hatte, zog er sich Schuhe an. Der Mann entging knapp einer Einlieferung ins Spital und Moa war sauer, da sie einen guten Stammkunden verloren hatte und Attila konnte einmal mehr die Heteros nicht verstehen. Wenn schon jemand Sklave spielen wollte, dann richtig und dann hatte man auch keine Blasenschwäche. Seit diesem Zwischenfall pflegte er jeweils erst zu fragen.

»Da ist kein Sklave, ich will nur nicht, dass du jetzt in dieses Zimmer gehst. Du kannst dich hier etwas hinlegen oder du wartest, bis ich fertig bin und das andere Zimmer frei wird. Oben wäre sonst auch noch ein Plätzchen frei!« Die dritte Möglichkeit, dass er nach Hause gehen würde, kam beiden erst gar nicht in Sinn.

»Ich mag die Galerie nicht, dort spüre ich unangenehme Schwingungen«, maulte Attila, der absolut nichts von Esoterik hielt, aber wusste, dass Moa an solche Dinge wie Schwingungen glaubte. Moa nahm die Fernbedienung und schaltete die Videoüberwachung auf »Flur.« Dort saß ein junger, aber ziemlich kaputt aussehender Mann und setzte gerade die Nadel an.

»Verdammte Scheiße«, zischte Moa. »Muss denn das immer sein? Warum können die nicht sonst wo ihre Drogen konsumieren? Da kommt doch kein Kunde mehr, wenn da einfach so ein Junkie auf der Treppe sitzt!« Der Fixer war bemüht, mit der Nadel in die Vene zu stechen, aber irgendwie schien das nicht zu klappen. Schließlich legte er mit zittrigen Fingern die Spritze auf den Boden und zog sich die linke Socke aus.

»Was wird das denn jetzt?«, fragte Moa und begann einen Eimer mit heißem Wasser zu füllen.

»Der sticht sich jetzt zwischen die Zehen. Das machen die immer, wenn die Venen nichts mehr hergeben.« Moa nahm den Eimer. Sie hatte ihn randvoll gefüllt und daher schwappte das Wasser über, direkt auf Attilas Füße, der schrie auf und machte einen Satz rückwärts.

»Musst du denn tatsächlich *heißes* Wasser nehmen?«

»Ja. Das muss ich. Im Winter gibt es kaltes, im Sommer heißes Wasser, weil das erstens verdammt weh tut und zweitens sind sie danach etwas sauberer.«

»Das finde ich ziemlich daneben. Du verbrühst den armen Mann!«

»Quatsch. Der spürt sowieso nichts – in dem Zustand.« Moa ging in den Flur, stieß ein paar laute Flüche aus und übergoss den Junkie mit dem Wasser. Dieser war gerade mit seinem Schuss beschäftigt und hörte Moa daher nicht kommen – er konnte nur die Hälfte des Heroins spritzen, dann traf ihn das Wasser. Er zuckte zusammen, wollte aufstehen, vergaß die Nadel zwischen den Zehen, schrie auf und fiel die Treppe runter. Einen Moment lang blieb er regungslos liegen, dann rappelte er sich auf und verließ humpelnd das Haus.

»Für einen kurzen Augenblick habe ich gedacht, dass der nicht wieder aufsteht – dann hätten wir eine weitere Leiche in unserer Sammlung gehabt. Aber der wäre wohl nicht so schnell verwest, bei all dem Gift, das der in seinem Körper hat.«

»Du kannst ganz schön herzlos sein«, Attila war sauer. Er fand, dass jeder Mensch mit Respekt behandelt werden sollte. Aber das Thema *Junkies* sorgte regelmäßig für Diskussionen.

»Der war doch absolut friedlich, der Junkie!«

»Dem Friedlichen gewährt man gerne den Frieden«, sagte Moa.

»Und? Zufrieden?« Attila setzte sich mit verschränkten Armen auf den Küchenboden. Er war sauer.

»Schiller«, sagte Moa. »Da das Treppenhaus jetzt nass ist, werde ich die Gelegenheit nutzen und gleich mal sauber machen. Selbstverständlich nur meinen Teil. Ich putze nicht für die anderen!«

* * *

Als sie fertig war, guckte sie auf die Uhr – der nächste Freier hätte schon längst hier sein müssen. Das war auch so ein Ärgernis – Freier, die nicht erschienen. Moa konnte aber momentan nichts dagegen machen. Wenn er nächste Woche anrief, dann wird sie so freundlich wie immer sein, sie konnte es sich nicht leisten, dass er nicht mehr kommen würde. Aber es ärgerte sie maßlos, schließlich musste man beim Arzt, Frisör oder sonst wo auch pünktlich sein. Sie hockte sich neben Attila und sinnierte darüber, ob sie den Laden verkaufen sollte und mit dem Geld irgendwo einen neuen Start wagen könnte. Als Attila – wie immer – sie darauf hinwies, dass sie dann maximal 7000 verdienen würde, gab sie den Gedanken – wie immer – sofort auf. Moa rollte die Augen: »Soll ich eine Suppenküche aufziehen?« Attila verstand nicht. Erst das Wasser, nun ein plötzlicher Anflug von Nächstenliebe. Manchmal konnte Moa schon sehr sprunghaft sein, aber nicht derart. Das war nicht typisch.

»Eine *Suppenküche?* Für Obdachlose und Junkies?«

»Na ja. Ich habe gehört, dass alles, was man gibt, irgendwie irgendwann mal zurückkommt. Das sagen die Juden. Oder die Buddhisten, glaube ich.«

»Das wird in jeder Religion propagiert. Auch im Christentum«, sagte Attila trocken.

»Ich meine, ich hab diese Leute ja eh im Haus, wenn ich denen so gegen 12 eine kleine Mahlzeit geben würde, dann könnte man deren Aufenthalt irgendwie – äh – kanalisieren. Sozusagen.«

»Sozusagen. Ja. Ich stelle mir das mal bildlich vor. Da stehst du also mit einem Hauch von nichts, weil jederzeit ein Kunde kommen könnte und verteilst kleine nahrhafte Snacks? Und das dann von zwölf bis eins?«

»Ich würde eine Suppenküche machen. Weißt du, ich habe ein echtes Umsatzproblem und wenn ich den Menschen was gebe, dann kommt auch was zurück, daher müssten dann, wenn das stimmen würde, meine Umsätze wieder anziehen. Zudem macht mir Kochen Spaß!«

»Aha. Und das seit wann? Du kochst nicht wirklich gerne!« Attila wusste nicht recht, ob Moa den Vorschlag tatsächlich ernst meinte.

»Ich bin ja nicht Mutter Teresa, das nicht. Aber etwas mehr Nächstenliebe könnte ich wohl schon noch geben. Ein Hauch …« Sie klatschte in die Hände. »Wir haben also ein Projekt – Suppe für alle. Lass mich überlegen, was braucht man dazu wohl so?«

»Ich würde mal mit Suppe anfangen …« antwortete Attila sarkastisch. Er war mäßig begeistert, aber wenn Moa sich einmal etwas in den Kopf gesetzt hatte, dann war sie mit vernünftigen Argumenten nicht mehr davon abzubringen.

»Das kostet aber eine Menge«, warf Attila etwas kläglich ein. Geld war – wenn überhaupt – einer der Gründe, der sie von ihrem Vorhaben abbringen könnte.

»Ach, die paar Kröten für einen Beutel Suppe. Und das Fleisch oder Gemüse bringen wir auch noch zusammen. Los, schreib auf, ich diktiere.«

Attila nahm die Rückseite des Sexanzeigers, der auf dem Boden lag, suchte eine unbedruckte Stelle und kramte nach einem Stift.

»Suppe. Grosse Pfanne. Fleisch und Gemüse ...«

»Ist das alles? Das muss ich aufschreiben? Das können wir uns auch so merken«, sagte Attila.

»Homepage. Handzettel.«

»Homepage?«

»Man muss schließlich mit der Zeit gehen. Heutzutage haben alle eine Homepage. Alle!«

»Denkst du, die Junkies surfen?«

»Etwa nicht?«

»Nein. Die haben nicht direkt einen Internetzugang. Oder hast du schon jemals eine Gassenküche gesehen, die Internetzugang hat?«

»Ich will ja nicht den Zugang anbieten, sondern nur eine Homepage. Da können sich die Angehörigen der Junkies über unser Angebot informieren. Die Menüpläne beispielsweise. Wir könnten eine Rubrik *Moa verrät* einrichten.«

»*Moa verrät?*»

»Ja. Da schreibe ich die besten Suppenrezepte auf. Vielleicht auch Livesex? Wo man mit Kreditkarte bezahlen kann?« Vor Enthusiasmus ging Moa im Kreis und klimperte aufgeregt mit den Augenlidern. »So würde die Homepage denn auch finanziert werden. Wir machen eine Sexrubrik ...«

»Das kostet ein Vermögen! Du brauchst Kameras, musst einen separaten Vertrag mit den Kreditkartengesellschaften abschließen und so weiter ...«

»Du bist nicht gerade offen, was neue Technologien betrifft, Attila! Merke dir: Schwule *lieben* das Internet. Jeder rechte Schwule hat mindestens vier verschiedene Emailadressen. Zum Beispiel solche wie

swissbeauty@gmx.net

oder

manforyou@hotmail.com«

»Aha. Ist das die nächste Lektion?«

Moa nickte heftig. »Genau. Lektion Nummer fünf, glaube ich.«

»So eine Homepage, wie du sie willst, kostet eine Stange Geld!«

Das schien sie zu überzeugen.

»Dann streich Homepage wieder. Beginnen wir mit den Handzetteln.«

Sie diskutierten, was auf den Zetteln stehen sollte, wie sie unter die Obdachlosen und Junkies gebracht werden sollten sowie einige administrative Probleme, zum Beispiel wer von beiden beim Sozialamt oder anderen geeigneten Institutionen um Beiträge nachfragte. Nach über einer Stunde – es zeigte sich nach wie vor kein Freier – ging Attila ins Softsexzimmer und schlief. Moa wollte unverzüglich mit der Suppenküche starten und ging währenddessen Pfannen, Suppenbeutel und allerlei Gewürze einkaufen. Die Handzettel würde sie von einem ihrer Stammkunden gestalten und drucken lassen. Als Attila aufwachte, war Moa bereits wieder zurück und begann, allerlei Suppenrezepte zu studieren. Attila duschte und machte sich am Abend schließlich auf zu seiner Arbeit als Türsteher.

DIE SECHSTE LEKTION

Als Dr. Chris Vankin vor etwas mehr als einem halben Jahr beschloss, sich rundum zu erneuern, hatte er noch keine Ahnung, dass ihm das auch Spaß machen würde. Vor Weihnachten war er noch beinahe 90 Kilo schwer, und jetzt brachte er gerade noch sage und schreibe 65 auf die Waage – und das bei einem traumhaften Körperfettanteil von unter 6 Prozent. Klar konnte man den Gewichtsverlust sehen – die Haut hatte sich noch nicht wirklich erholt, deswegen brauchte sie viel Pflege. Wäre er eine Frau gewesen, dann hätte er wohl Zellulitis bekommen. Chris war heute ganz in weiß gekleidet: lange Trainerhose, die – eben erst gekauft – schon wieder zu groß war, ein weißes T-Shirt ohne Aufdruck und passend dazu ein kleines Trainingshandtuch. Chris versuchte, so effizient wie möglich zu trainieren und verzichtete auf das übliche Studiogetratsche. Er setzte sich auf eine kleine Hantelbank und stemmte die Gewichte. Aus seinen Augenwinkeln sah er, dass Stephanie ihn beobachtete. Sie war ein nettes, aber sehr einfältiges schwarzhaariges Fitnessgroupie. So nannte er die Frauen, die aus Langweile ganze Nachmittage oder Abende im Studio verbrachten, meistens nie schwitzten, da sie sich nicht wirklich bewegten, dafür aber größten Wert auf ihr Sportoutfit und ihr Make-up legten. Dummerweise hatte er ihr bereits von seinem Job als Arzt erzählt und das machte ihn für Stephanie noch interessanter. Sie hatte ihn mehr oder weniger direkt nach einem verschreibungspflichtigen Appetitzügler gefragt. Er war sich sicher, dass sie mit ihm sogar ins Bett steigen würde, wenn er ihr die Pillen gäbe. Aber erstens konnte er mit Frauen wie Stephanie nicht viel anfangen und zweitens wusste er, dass sie nie und nimmer ihre Klappe halten würde. Es wäre wohl nur eine Frage von Stunden gewesen, bis die eine oder der andere ihn darauf ansprechen würde. Die Männer standen mehr auf die härteren Sachen – alles was half, schnell mehr Muskelzuwachs zu bekommen, war gefragt. Chris arbeitete seit einem Jahr nicht mehr als Arzt, weil er entlassen worden war. Er hatte im Spital etwas mit einer Krankenschwester gehabt – er war damals tatsächlich auf der Suche nach einer Affäre, obwohl er verheiratet war. Aber eine hübsche kleine Geliebte hatte ihm gut gepasst, eine, die da war, wenn er Lust hatte, nicht zu viele Fragen stellte und ihr eigenes Leben lebte. Ihr Mann kam aber bald hinter die Affäre und die ganze Angelegenheit flog auf. Dummerweise war ihr Mann Chris' Vorgesetzter. Das hatte er freilich gewusst, aber wenn man verliebt ist, vergisst man manchmal, eine gewisse Vorsicht an den Tag zu legen. Sie wurden im Parkhaus der Klinik erwischt – dummerweise vor laufender Kamera, weil die Parkplätze überwacht wurden. Die Krankenschwester war jung und schön und das belastete ihn, er fühlte sich neben ihr alt und welk, deshalb hatte er damals auch beschlossen, sich zu verjüngen. Und hatte eine sensationelle Idee. Allerdings brauchte er beinahe ein halbes Jahr, diesen Vorsatz in die Tat umzusetzen. Jetzt war er derart mit sich selbst und seinem Aussehen beschäftigt, dass er gar keine Zeit mehr für amouröse Abenteuer hatte. Zudem nahm er ein Haarwuchsmittel, das arg auf seine Potenz drückte. Er hatte nun wohl wieder beinahe volles Haar, aber dafür praktisch keine Libido mehr. Einmal kam es aber doch zu einer Affäre und da griff er dann auf die Potenzpille Viagra zurück. Was sich wiederum sehr negativ auf seinen Blutdruck auswirkte, der war bereits ohne Medikamente schon viel zu niedrig. Manchmal war sein kantiges Gesicht dann aschfahl, was man bei ihm wegen seiner schwarz gefärbten Haare noch besser sehen konnte.

Er wünschte sich, er hätte seinen Walkman dabei gehabt – das war jeweils ein untrügliches Zeichen dafür, dass man seine Ruhe haben wollte. Aber das Ding lag im Auto. Stephanie wartete, bis er die Gewichte zurücklegte, um dann mit einem Satz neben ihm zu stehen.

»Naaa? Trainieren wir fleißig?«, fragte sie und kaute ordinär auf einem Kaugummi. Stephanie würde zweifelsohne eine Auszeichnung für die schlechtesten Anmachsprüche der Frauen bekommen, wenn es denn so etwas gäbe.

»Hmm«, brummte Chris und guckte Hilfe suchend umher. Wenn einer seiner männlichen Kollegen in der Nähe gestanden hätte, dann hätte er diesem mit den Gewichten helfen können. Es war aber niemand da.

»Man merkt, dass du trainierst! Du siehst viel jünger aus«, flötete Stephanie. Er konnte sich nicht erinnern, ihr jemals gesagt zu haben, wie alt er war. Und wenn, dann hätte er ihr garantiert nicht sein wahres Alter verraten, sondern das, was er seit gut fünf Jahren sagte: vierzig.

»Ich finde, ich sehe nicht gerade jung aus – Gewichtheben ist ganz schön anstrengend und Stress lässt einen nicht gerade jünger erscheinen«, sagte er und hoffte damit, das Gespräch zu beenden. Er war unfreundlich gewesen, aber das schien sie nicht zu stören. Er nahm eine etwas größere Hantel und hob sie so an, dass Stephanie unwillkürlich einen Schritt zurücktreten musste. Aber selbst dieses Signal schien ihr – wie gewöhnlich – zu entgehen.

»Ich mache jetzt weiter«, sagte Chris schließlich.

»Du bist aber schon noch ein richtiger Doktor, oder?«, fragte sie und starrte auf seinen Bizeps. Eine Frage, die er hasste. Wenn man erst mal ein Medizinstudium hinter sich hatte und während all der Jahre auf so vieles verzichten musste, war es wohl klar, dass man ein Leben lang Arzt war. Es sei denn, die Arbeitserlaubnis würde einem durch die Ärztekammer entzogen, aber dafür hätte es mehr gebraucht als ein Techtelmechtel mit der Frau des Chefs.

»Sicher bin ich noch Arzt, ich habe einfach so viel Kohle gemacht, dass ich vorerst wenig Lust auf Arbeit habe«, schmetterte er ihr entgegen. Sie hatte noch immer nichts kapiert. Oder sie war derart scharf auf die Medikamente, dass ihr alles egal war.

»Ich muss jetzt trainieren, wir sehen uns später, ja?« Keine Chance. Sie kam wieder einen Schritt näher, beugte sich zu ihm und sagte dann: »Hast du schon mal was von dieser Hormontherapie gehört? Da soll es etwas geben, das den Alterungsprozess dramatisch verzögert. Kennst du das?« Chris ließ beinahe die Hantel fallen – woher wusste sie davon? Er musterte sie und hatte plötzlich das Gefühl diese Frau schon lange zu kennen. Sie schien seinen Blick nicht zu bemerken und fragte erneut: «Kennst du diese Therapie?»

Es war eine typische Frauen-Fangfrage. Würde er mit Nein antworten, dann würde sie ihm alles erklären, seine Zeit stehlen und er inkompetent wirken, ein Ja würde unweigerlich sofort zu der nächsten Frage führen: Kannst du mir das besorgen?

»Diese Therapie ist aber umstritten«, sagte Chris vorsichtig. »Ich habe gehört, dass sie im Verdacht steht, Krebs auszulösen.«

Stephanie rollte die Augen: »Das sagen sie doch nur, weil sie Angst vor Millionenklagen haben, wenn auch nur einer stirbt. Wenn dieses Hormon plötzlich offiziell für einen anderen Verwendungszweck als für den ursprünglichen zugelassen würde, ohne dass da noch jede Menge Tests gemacht werden, dann – paff – gute Nacht!«

»Da hast du Recht«, sagte Chris diplomatisch. »Wir werden sehen, was sich machen lässt, ich werde mich mal informieren und wenn wir uns nächstes Mal sehen, weiß ich Genaueres!«

So sehr er diese Frau auch verabscheute, etwas musste er ihr lassen: Sie war erstaunlich gut informiert. Das konnte eigentlich nur bedeuten, dass irgendjemand seinen Mund nicht gehalten hatte. Was ihn ärgerte. Dennoch – diese Frau konnte ihm gefährlich werden.

Stephanies Hand verschwand kurz zwischen ihrem Busen, um eine Visitenkarte aus dieser Gegend hervorzuzaubern. Chris staunte erneut ob ihrer Unverfrorenheit, lächelte und nahm sie entgegen. Er guckte kurz auf die Karte, konnte mit dem Nachnamen aber nichts anfangen. Er ärgerte sich, ein Gesicht, welches er irgendwoher zu kennen schien, aber ein Name, der nicht dazu passte. Wurde er doch langsam alt? Er schüttelte den Gedanken von sich. Es war ja auch möglich, dass er meinte, das Gesicht zu kennen, weil sie im selben Fitnessclub trainierte. Bestimmt war es so.

»Dann hören wir uns?«

»Bestimmt«, log er und machte sich wieder an seine Übung. Er guckte auf die große Uhr im Studio. Er hatte noch gut eine halbe Stunde Zeit. Eigentlich hatte er noch vor, in die Sauna zu gehen, aber dafür war die Zeit viel zu knapp. Auch Fettverbrennung lag nicht mehr wirklich drin, weil sämtliche Laufbänder, Step-Geräte und Fahrräder besetzt waren. Er ging kurz in die Garderobe, holte etwas aus seiner Sporttasche und ging dann zurück zu Stephanie. Die lächelte, als sie ihn sah.

»Darf ich mal einen Schluck?«, fragte Chris so freundlich wie möglich und zeigte auf ihre Wasserflasche.

»Ist aber nicht nur Wasser«, sagte sie. »Da habe ich noch Vitaminbrause reingetan, ich möchte mir keine Sommergrippe holen und daher dachte ich, es sei wohl besser …«

»Danke«, sagte Chris, drehte sich zur Seite und tat so, als ob er trinken würde. Plötzlich wusste er, woher er die Frau kannte.

***

»Ist es nicht ganz erstaunlich, was wir hingekriegt haben?«, fragte Moa und klatschte in die Hände. Attila nickte. Widerspruch wäre sowieso zwecklos gewesen.

»Das wird ein Wahnsinnserfolg. Garantiert.«

»*Wenn* denn welche kommen«, warf Attila ein. Seit einigen Stunden war Moa damit beschäftigt, die Suppe nach dem Rezept ihrer Großmutter zuzubereiten. Da der Topf viel größer als die Herdplatte war, dauerte es beinahe eine Stunde, bis das Wasser endlich brodelte.

»Ich finde, du hast da etwas viele Suppenknochen reingetan. Vielleicht ist einer der Junkies Vegetarier?«

»Blödsinn. Das war in den 90ern hip. Aber jetzt essen alle wieder Fleisch. Das ist gar nicht so ungesund, wenn man es nicht übertreibt!«

»Wenn du meinst …« gab sich Attila geschlagen und guckte in den Suppentopf, es roch ganz appetitlich.

»Schon an der Suppe erkennt man die Hausfrau«, sagte Attila. Moa reagierte, indem sie noch heftiger rührte, und laut *I am what I am* dazu sang.

»Ich beginne dann wohl schon mal mit dem Aufbau unserer

Suppenküche«, sagte Attila kopfschüttelnd. Moa sagte nichts und rührte laut singend im Topf.

Er packte das Plastikgeschirr in eine große Tüte und ging in den Keller, um von dort einen kleinen Klapptisch hochzuholen. Als er die Kellertür öffnete, schlug ihm feuchter Moder entgegen, eigentlich ein Geruch, der widerlich war, aber Attila hatte dennoch Freude daran: Es roch nicht nach Leiche. Immerhin ein kleiner Lichtblick. Wie immer das auch riechen sollte – Leiche. Glücklicherweise waren die Toten bislang alle noch in frischem Zustand gewesen und rochen nicht. Wenn Moa aber so weitermachen würde, dann würde er über kurz oder lang mit Leichengeruch konfrontiert werden. Ihm grauste davor.

Er fand den Tisch, allerdings war er kleiner als angenommen. Fürs Erste würde es auf jeden Fall reichen und bestimmt würde Moa bald genug von der Suppenkocherei haben. Spätestens wenn wieder mehr Freier kämen, dann würde Schluss sein. Wieder oben im Flur sah er bereits zwei Junkies auf der Straße. Beide waren noch keine 20. Er hatte bislang noch nie mit einem gesprochen und hatte auch keine Ahnung, wie er das angehen sollte. Die Entscheidung wurde ihm abgenommen: »Gibt's hier was zu essen?«, fragte der eine, der einigermaßen gesund aussah, wäre er nicht derart dünn und bleich gewesen. Außerdem trug er eine viel zu warme Jacke.

»In ungefähr 10 Minuten beginnen wir mit Suppe, solange könnt ihr hier schon mal warten.« Es klang schulmeisterlich. Attila rückte den Tisch unsicher etwas zur Seite, um ihn anschließend wieder an den alten Platz zurückzustellen.

Die Junkies musterten Attila und fragten ihn dann nach Zigaretten.

»Habe ich nicht, ich rauche nicht.«

»Kann man hier welche kaufen?«

»Nein, wir verteilen nur Suppe. Wenn wir vom Sozialamt mal Geld sehen, dann gibt es auch noch mehr. Jetzt ist nur Suppe angesagt. Wir machen das nämlich freiwillig.« Der eine Junkie stellte sich auf Zehenspitzen und fiel dabei beinahe hin. »Willst du mich verarschen? Ich sehe nur dich!«

»Meine Kollegin kommt gleich. Sie bringt die Teller und die Suppe!«

»Aha. Dann bist du nicht alleine. Dann darfst du von *wir* sprechen …«

Attila hörte Moa kommen. Die war sichtlich erfreut, dass bereits jemand da war.

»Guten Tag, meine Lieben«, flötete sie.

»Könntet ihr bitte einen Moment hier bleiben und schauen, dass nichts gestohlen wird? Ich will nur ganz kurz mit meinem Freund nach oben gehen, um den Topf zu holen, ich kann ihn nämlich nicht alleine tragen.« Attila guckte Moa entgeistert an. »Die sollen darauf aufpassen, dass nichts geklaut wird? Ausrechnet die? Fixer klauen doch wie die Raben!«

»Nun hab' dich nicht so und sei nicht so zickig!«, entgegnete Moa. Die beiden Junkies grinsten und stellten sich hinter den Klapptisch. Offenbar fanden sie es klasse.

»Wir werden niemanden ins Haus reinlassen«, sagte der Größere. Moa wollte sich umdrehen, um die beiden darauf hinzuweisen, dass durchaus Leute ins Haus kommen durften, solange sie als Freier kamen, aber das hätte zu lange gedauert.

***

Attila sagte kein Wort, hievte den Topf vom Herd, ließ ihn aber beinahe fallen. »Das ist zu schwer für mich!«, jammerte er.

»Darum bin ich hier und helfe dir …«

»Das nutzt nichts. Du bist zu klein und schwach. Wir müssen das irgendwie umgießen.«

»Was soll denn das nun heißen?«

»Zu klein und schwach!«

»Zierlich und fein«, protestierte Moa und suchte nach einem kleineren Topf.

»Klein und schwach!«

»Die Zierliche und Feine gießt nur mal ganz kurz die heiße Suppe um. Und da würde Monsieur gut daran tun, einen kleinen Schritt zurücktreten.« Als sie mit dem kleineren Topf unten ankamen, waren die beiden Junkies weg, der Tisch stand aber noch da. Moa hörte eine Polizeisirene. Ein kleines Grüppchen stand beim Hauseingang.

»Was ist denn hier los?«, wollte Moa wissen und guckte ungehalten in die Runde. Eine total abgemagerte, beinahe zahnlose Frau mit seltsam jugendlichen Gesichtszügen sagte was von »jetzt wird's ungemütlich« und brachte Bewegung in die Gruppe. Beinahe alle hauten ab.

»Was ist los?«, fragte nun auch Attila. Einer der Junkies, der noch da geblieben war, deutete auf den Boden. Dort lag eine Leiche.

* * *

Dr. Chris Vankin duschte und ärgerte sich, dass die Männergarderobe wieder einmal völlig überfüllt war. Am meisten hasste er die Typen, die mit ihren Sporttaschen, Handtüchern und anderem Krimskrams das letzte bisschen Platz belegten. Er seifte sich ein, gegenüber stand ein Typ, der ebenfalls mal irgendetwas Muskelaufbauendes wollte. Offenbar hatte er es auch bekommen, anders war sein Körperbau nicht zu erklären. Die Hoden waren ziemlich sicher auch geschrumpft, aber so genau guckte Chris nicht hin. Sein Gegenüber nickte ihm kurz zu und drehte sich dann leicht schräg ab. Offenbar waren ihm Chris Blicke unangenehm. Wenn sie ein Medikament von ihm wollten, gaben sie sich alle Mühe und wenn sie schließlich nicht das bekamen, was sie wollten, dann war er uninteressant. Und genau das war die falsche Strategie: Solche Leute schrieb Chris prinzipiell ab. Besonders diejenigen, die noch nicht mal mehr die Lippen bewegten, um zu grüßen, sondern nickten. Oder Leute, die auf die andere Seite guckten, um nicht grüßen zu müssen. Chris rubbelte sich trocken und ging zurück zur Garderobe. Wie erwartet hatte sich die Situation nicht entspannt, ganz im Gegenteil. Es gab absolut keinen Platz mehr. Er zog sich an – verzichtete aber auf Bodylotion, Deo und Haargel. Er ging zur Toilette und sogar hier herrschte vor dem Spiegel ein Gedränge, die Kontaktlinsen- und

Krawattenträger standen in Reih und Glied vor dem Spiegel, die Hände am Hals oder Auge. Chris verschwand in einer der Toilettenkabinen, sperrte zu, stellte die Tasche auf den Boden und hielt die Luft an. Warum nur mussten Männerklos immer derart stinken? Er kramte in seiner Tasche, nahm Spritze, Nadel und Ampulle und zog die Flüssigkeit auf. Er holte Luft, der Gestank der Toilette wich dem angenehmeren, chemischen Geruch, den er so mochte. Er griff mit Daumen und Zeigefinger eine Hautfalte am Bauch und stach zu. Anschließend massierte er die Einstichstelle, wickelte die Spritze in Klopapier und verstaute sie in der Sporttasche, ein letzter Kontrollblick, um sicherzugehen, dass er nichts vergessen hatte, dann drückte er aus Alibigründen die Spültaste und verließ das Studio.

2. Teil

MODELS, LIGHTS, GUESTLIST

Das Verhör dauerte nur wenige Minuten. Moa war unglaublich nervös, daher war Attila der Wortführer, was dem Polizisten recht war: Wenn ein Junkie im übelsten Stadtkreis im Hauseingang eines Bordells starb, dann gab es auch nicht mehr viel zu verhören. Der Fall war offensichtlich, eine Überdosis Heroin.

»Möchtet ihr auch was von meiner Suppe«, fragte Moa die Polizisten. Die grinsten und schüttelten den Kopf.

»Die Suppe schmeckt ganz vorzüglich«, sagte Attila.

»Okay, warum nicht«, willigten sie ein.

»Ganz köstlich«, sagten sie schließlich. Mittlerweile kamen einige Obdachlose, die dem Duft von Moas Suppe trotz Anwesenheit der Polizei nicht widerstehen konnten. Auch sie waren von der Suppe begeistert.

»Gibt es auch Bier oder so was?«, fragte einer der Obdachlosen. Attila schüttelte den Kopf und begann die gebrauchten Teller wieder einzusammeln. Weniger aus Umwelt- als aus Kostengründen. Angezogen durch die essenden Junkies und Obdachlosen kamen immer neue dazu und nach weniger als einer Stunde war alles aufgegessen. Die Polizisten sprachen nicht länger über den toten Junkie und lobten stattdessen Moas Kochkünste, versprachen für sie bei den Kollegen von der Sittenpolizei ein gutes Wort einzulegen und zogen ebenfalls ab. Kurz bevor der letzte Rest gegessen war, kam ein scheu wirkender, schwarzhaariger Junkie und fragte neugierig, was denn hier los sei.

»Suppenküche«, sagte Attila sachlich und nahm den Topf vom Klapptisch.

»Ist noch was da?«

»Halt mal, vielleicht kriegen wir noch einen Teller voll«, sagte Attila und drückte ihm einen Teller in die Hand, während er den großen Topf stemmte. Es reichte nur für einen halben Teller.

»Macht ihr das jetzt jeden Tag?«

»Also bestimmt morgen noch mal, wir haben noch jede Menge Gemüse und Fleisch und es wäre schade, wenn wir das einfach wegschmeißen müssten«, sagte Moa und fiel damit Attila ins Wort.

»Selbe Zeit?«

»Selbe Zeit.« Diesmal war Attila schneller. Der Typ würde gut aussehen, wenn er sich mal waschen würde.

»Ich heiße Manuel«, sagte dieser und setzte sich mit dem Teller auf den Boden. Es war der erste Junkie, der sich vorstellte.

»Attila«, sagte Attila. Manuel streckte ihm die Hand entgegen. Attila zögerte. Moa blickte ihn kurz an, bewegte den Kopf ruckartig und schließlich schüttelte Attila Manuels Hand halbherzig. Er konnte nichts dafür, aber er ekelte sich grundsätzlich vor drogenkranken Menschen. Auch wenn Manuel frisch gewaschen wäre – es wäre ihm genauso schwer gefallen. Die Tatsache, dass jemand Drogen konsumierte, reichte.

»Zigarette?«

Attila schüttelt den Kopf. »Ich rauche nicht.«

»Bist wohl so ein Gesundheitsfreak?«

»Ich rauche nicht und nehme auch sonst – ähm – nichts.«

Manuel grinste. »Das sieht man dir an. Du hast so diese übergesunde Gesichtsfarbe. Machst wohl jede Menge Sport, was?«

»Nicht so viel. Ich hatte schon immer einen dankbaren Körper. Ich gehe nicht in ein Studio oder so, wenn du das meinst.« Moa räumte den Klapptisch weg und ging in den Keller. Attila bot Hilfe an, sie lehnte ab.

»Ich war mal wie du, denke ich«, sagte der Junkie, griff sich an den imaginären Bauch, stöhnte leise und lehnte sich an die Wand.

»Wie meinst du das?«

»Ich hatte auch mal mordsmäßig viele Muskeln, hab nicht geraucht und jede Menge Sport gemacht.«

»Und jetzt?«, fragte Attila vorsichtig. Er wollte Manuel nicht mit einer ungeschickten Frage vor den Kopf stoßen.

»Das kann manchmal verdammt schnell gehen, weißt du. Ich hätte das auch nicht gedacht. Und dann, plötzlich – paff – ist es zu spät.«

Attila fiel keine passende weitere Frage ein. »Hast du Bauchschmerzen?«, fragte er daher. Manuel guckte einen Moment lang erstaunt, dann lachte er. »Ach nein, aber ich habe schon ein paar Tage nichts mehr gegessen und jetzt spüre ich meinen Magen. Der ist offenbar etwas von deiner Suppe überfordert.« Er stand auf, streckte sich kurz und setzte sich wieder hin.

»Deine Kollegin hat mich mal mit Wasser übergossen, ich weiß nicht mehr genau, weshalb und wann – ich war total drauf – aber ich kann mich irgendwie erinnern, dass sie es war.« Attila schluckte, das war typisch. Er würde Moa anschließend die Leviten lesen. So etwas konnte man wirklich nicht machen.

»Was machst du heute denn so?«

»Ich?« Attila tippte sich mit dem Zeigefinger auf die Brust.

»Blödmann. Wer denn sonst? Oder siehst du sonst noch jemanden hier? Die sind doch alle schon längst wieder auf Stoffsuche. Ich muss auch bald los!«

»Du gehst ...?«

»Klar gehe ich. Oder denkst du, man wird einfach so mir nichts dir nichts clean?«

»Aber warum fragst du mich denn, was ich heute mache?«

»Junge. Ich habe mich ziemlich im Griff, wenn ich drauf bin. Ich würde mich freuen, wenn wir heute, morgen oder sonst wann mal 'nen Kaffee trinken gehen würden. Ich kenne nicht viele Leute, die nicht auf der Straße leben, weil die mich normalerweise ganz schön ankotzen. Also, was is'? Treffen wir uns?«

Attila hatte Mühe sich vorzustellen, mit einem Junkie irgendwo zu sitzen und Kaffee zu trinken. Er hatte keine Ahnung, wie er reagieren sollte. Was, wenn der plötzlich zusammenbricht? Was, wenn er ihn versuchte zu Drogen zu überreden? Aber damit hätte er ja bei ihm überhaupt keinen Erfolg. Und körperlich war er ihm sowieso absolut überlegen – im Falle einer Schlägerei oder eines Überfalles hätte Manuel keine Chance.

»Klar, können wir. Ich arbeite heute Abend nicht. Wo wollen wir hingehen?« Manuel strahlte und Attila schämte sich, dass er derart seltsame Gedanken hatte.

»Ich komme dich hier abholen, okay? Wohnst du hier? Bist du Zuhälter?«

»Nein.«

»Kein Zuhälter. Gut so.«

»Nein.«

»Doch Zuhälter?«

»Nein. Ich wohne nicht hier und bin auch nicht Zuhälter, aber ich hänge die meiste Zeit hier rum, weißt du ...«

»Ist sie deine Freundin?«

»Nein.«

»Sprichst du immer so wenig?«

»Nein. Es ist nur so, dass ich eigentlich mit kaum jemandem, den ich nicht kenne, ein Gespräch führe.«

»Führen kann«, korrigierte Manuel. »Du bist ziemlich einsam, nicht? Das sieht man an deinen Augen.« Attila spürte, wie ihm das Blut in den Kopf schoss und hoffte, er würde nicht rot werden. Und wenn, dann so, dass es Manuel nicht sehen konnte.

»Man sieht es in deinen Augen.«, wiederholte Manuel. Attila sagte nichts und versuchte stattdessen ein Grinsen hinzukriegen. »Und die sind verdammt schön.«

* * *

Als Manuel an der Ausstellungsstraße auf dem Babystrich stand, wusste er bereits nichts mehr von der mit Attila getroffenen Verabredung – die Gier nach Stoff ließ keinen anderen Gedanken mehr zu. Er brauchte ganz dringend Stoff. Er stand bei den meist noch nicht volljährigen Nutten, nicht weil er selbst anschaffen wollte, aber weil die Möglichkeit dort am größten war, schnell an Stoff zu kommen. Die Nutten verkauften ihm nichts, das war abzusehen. Die meisten Mädchen standen auch nur dort, wenn sie bereits ganz unten waren. Oder dermaßen verpeilt, dass sie keine Ahnung hatten, was sie gerade machten. Aber vielleicht würde bald mal einer vorbeikommen und ihm ein Gramm verkaufen. Er lehnte sich beim Schulhaus an den Zaun. Es gab immer wieder Proteste der Bevölkerung, dass die Szene dort, in unmittelbarer Nähe des Schulhauses, geduldet wurde. Aber das wurde sie nicht. Die Polizei fuhr stets ihre Runden. Meistens aber waren die Junkies schnell weg. Zudem hatte es die Polizei auf die Dealer abgesehen und nicht auf die kleinen Junkies, und die Dealer wussten immer recht genau, wann eine Polizeistreife vorbeikommen würde. Offenbar war dies der Fall, anders konnte sich Manuel nicht erklären, dass kein ihm bekanntes Gesicht nach Kundschaft Ausschau hielt. Er hasste diesen Ort, er hasste die Polizei, die Freier, die sich in ihren Autos von den Mädchen für praktisch kein Geld befriedigen ließen und die Mütter der Kinder, die ihn anspuckten, wenn sie ihre Brut zur Schule brachten. Die meisten der Ehemänner dieser Mütter gingen genau zu diesen Drogenhuren. Da war er sich sicher. Als Nadine, eine seiner Freundinnen, hier starb, hatte er sich vorgenommen, nie mehr an dieser Straße zu stehen. Aus Respekt. Aber nach wenigen Stunden schon trieb ihn die Sucht wieder hierher. Manuel atmete die heiße Luft ein. Füllte seine Lungen damit, aber die Schmerzen ließen sich nicht von ein bisschen warmer Luft eindämmen. Sie wurden stärker und stärker. Hier ungefähr musste sie gestanden haben, einen Schritt weiter vorne wahrscheinlich, damit sie die Freier besser sehen konnten. Den Rest kannte er nur vom Gerede und aus Zeitungsberichten, die er zufällig irgendwo gelesen hatte. Es war am Abend, sie verhandelte mit einem Mann, der Sex ohne Gummi wollte. Nadine versuchte ihn zu überzeugen, dass es auch für ihn mit Kondom besser wäre. Zumal er ja einen *Baby-an-Bord*-aufkleber an der Heckscheibe seines Autos hatte. Er willigte ein und sie verzogen sich in einen Hauseingang. Einige Papiertaschentücher am Boden blieben von dem schnellen Akt zurück und – die tote Nadine. Vor Gericht hatte der Mann gesagt, dass sie Sex gehabt hätten, natürlich ohne Gummi und sie ihm gesagt hätte, sie sei aidskrank, woraufhin er durchgedreht sei und sie erwürgt habe. Nadine war noch keine 20 gewesen, als sie umgebracht wurde. Manuel seufzte. Ihm war schlecht und die Schmerzen wurden stärker, ein höllischer Muskelkater. Er beschloss, einmal die Straße auf und ab zu gehen, in der Hoffnung, einer seiner Dealer würde ihn aus einem Auto heraus beobachten und ihm den Stoff geben. Er wusste nicht, wie schnell oder langsam er ging. Aber er ging und so spürte er die Schmerzen nicht so stark. Er würde noch gut eine Stunde haben und dann würde er nicht mehr gehen können. Die Droge hieß Heroin. Sie hatte alles von ihm in Besitz genommen. Alles.

* * *

»Das hat er gesagt?« Moa beugte sich über den Berg Abwasch.

»Wo hast du denn eigentlich dieses Suppenzeugs her? Vom Großmarkt?«

»Du lenkst ab, Attila. Ich will wissen, ob er das mit den Augen gesagt hat. Das ist sehr unüblich für einen Junkie. Die machen doch nie was mit Nicht-Junkies ab, weil sich deren Leben ausschließlich um die Drogen dreht, weißt du.«

»Denkst du, ich lüge dir hier was vor?«

»Nein. Aber ich mahne zur Vorsicht. Das ist ein gefährliches Spiel. Der will garantiert Geld von dir!«

»Glaub ich nicht.«

»Doch. Alle wollen Geld!«

»Das sagst du. Nur weil *du* so ein Raffzahn bist!«

»Altmodisches Wort!«

»Krämerseele!« Attila setzte sich auf den Küchenboden.

»Kompliment!«

»Dann eben Geizhals.«

»Nicht präzise!«

»Doch. Du bist so geizig, dass du für ein paar Kröten über Leichen gehen würdest.«

»Das stimmt nicht und das weißt du!«

»Das stimmt!«

»Stimmt nicht, du Tussi!«

»Eine Tussi? Wer soll hier eine Tussi sein? Ich? Sag das noch mal, du ...«

Attila stellte sich dicht neben Moa und funkelte sie an. »Genau du. Du bist eine *Supertusse.* Und das weißt du!«

Moa schluckte.

»Und wer sagt die ganze Zeit, ich sei zu wenig schwul und will mir so seltsame Dinge beibringen wie den Songtext von *I will survive?* »

»Ha!« Moa hielt die Scheuerbürste wie ein Zepter in der Hand. »Jetzt hast du dich verraten. Das war *I am what I am* und du sagtest, du hättest noch nie was von Gloria Gaynor gehört! Ha! Du hast gelogen!«

»Du bist eine Wortverdreherin!«

»Und du ein Lügner. Du kanntest also Gloria Gaynor bereits und hast nur so getan, als ob das alles total neu für dich wäre. Da hätten wir auch bereits die sechste Lektion. Schwule tun manchmal so, als ob sie richtige Männer sind, dabei sind sie die größten Tunten. Da bin ich doch lieber geizig als eine scheinheilige Tunte!« Da sie nichts weiter zu sagen wusste, nahm sie den Suppentopf und begann wie verrückt darin zu scheuern. Dabei drückte sie so fest auf, dass der Kunststoffgriff der Bürste abbrach, die Bürste selbst quer durch den Raum flog und genau zwischen Attilas Beinen landete. Der weiße Seifenschaum troff an Attilas Hose herunter. Er guckte erst verdutzt zu Moa, dann zwischen die Beine und dann wieder zu ihr. Dann begann Moa laut zu lachen und auch Attila konnte sich nicht mehr zurückhalten. Schließlich lagen beide auf dem Küchenboden und hielten sich die Bäuche.

* * *

Manuel hatte diese Art Krämpfe, die er fürchtete. Und jetzt wusste er auch, weshalb er sie fürchtete. Selten hatte er einen derartigen Schmerz gespürt. Er konnte nicht verstehen, weshalb keiner seiner Lieferanten sich blicken ließ. Und er konnte sich nicht verstehen, weshalb er nicht schon längst zur Langstraße gegangen war. Er hätte schneller reagieren müssen. Manuel lehnte sich matt an eine Hausmauer. Nebenan war ein Fitnesscenter, er bekam noch mit, wie die Sportbegeisterten ihn mit Hohn anstarrten. Aber er bekam auch mit, dass gegenüber Betty saß, die Vorbereitungen traf, sich einen Schuss zu setzte. Manuel kannte sie von der Straße, er hatte ihr einige Male Stoff verkauft, aber außer ihrem Namen wusste er nichts von ihr. Er sammelte seine letztem Kräfte, stolperte über die Strasse, bedacht darauf, sich so leise und unauffällig wie möglich zu bewegen. Dann fiel er über Betty, die gerade die Nadel ansetzte, her. Manuel spürte, wie ihm der Speichel aus dem Mund troff. Oder war es Rotz? Egal. Ein zittriger Griff, er hatte Bettys geladene Fixe in der Hand. Noch bevor sie merkte, was vor sich ging, spürte Manuel schon das Heroin in seinen Venen. Er zuckte kurz zusammen, spürte die Wärme, die

Geborgenheit und die Ruhe. Er spürte, wie Betty um sich schlug, ihn in den Arm biss, dort, wo die frische Einstichstelle war. Er hörte ihre wütenden Schreie, aber er spürte nichts. Sie war ihm egal. Er blieb einen kurzen Moment liegen, checkte dann aber, dass Bettys Geschrei bestimmt die Bullen auf den Plan gerufen hatte. Die Anwohner waren nicht zimperlich und griffen jedes Mal sofort zum Telefon. Er murmelte etwas, das wie eine Entschuldigung klang, rappelte sich auf und ging. Er fühlte sich mit jeder Sekunde besser. Nach weniger als 10 Minuten war er wieder funktionsfähig. Aber immer noch in Watte eingepackt. Genau so, wie es sein sollte, allerdings wusste er auch, dass dieser Zustand, der früher beinahe einen ganzen Tag dauerte, jetzt nur noch kurze Zeit anhalten würde.

* * *

Am Limmatplatz sah er sich um – es ging offenbar auf den Abend zu, sonst wären nicht so viele Menschen in Anzug und Krawatte, die auf die Straßenbahn warteten, unterwegs. Irgendetwas lag heute Abend in der Luft, aber er konnte sich nicht mehr genau erinnern, was es war, das änderte sich aber schlagartig, als er die Langstraße entlangging und in die Heinrichstraße einbog. Er hatte sich an die Suppenküche erinnert und klingelte jetzt im Erdgeschoss, aber weil dort niemand öffnete, versuchte er es auf der nächsten Etage. Dort wurde ihm zwar geöffnet, aber die Frau musterte ihn kurz, stieß dann Flüche in einer fremden Sprache aus und knallte die Tür vor seiner Nase zu. Er hörte, wie ein Stockwerk weiter oben eine Tür geöffnet wurde.

»Hallo, Manuel, hier sind wir«, es war Attila. Manuel nahm zwei Stufen auf einmal und war sofort außer Puste.

»Ich wusste nicht mehr genau, wo ihr wohnt«, sagte er und grinste. Attila fiel erst jetzt auf, wie groß Manuel war.

»Komm rein«, sagte Attila. Manuel schien sich absolut nicht für das Bordell zu interessieren, er guckte weder nach links noch nach rechts, sondern folgte Attila in die Küche. Moa saß auf dem Boden und stellte den Fernseher ab. Sie wollte nicht, dass Manuel sah, dass sie sämtliche Zimmer und den Flur mittels Kameras überwachen konnte. Das hätte noch gefehlt! Wenn die Junkies wüssten, wo die Kameras waren, dann wäre das Ding in der Folge wohl dauernd demoliert worden. Junkies ... sie konnte sich mit dem Gedanken, dass ein Heroinsüchtiger in ihrer Küche saß, nicht richtig anfreunden. Sie gab ihm anstandshalber kurz die Hand und sagte: »Ich muss jetzt ein wenig putzen gehen.« Nach einer Pause fügte sie hinzu: »Im Kühlschrank steht Wein, den roten habe ich auch reingestellt, bei diesen Temperaturen würde der sonst nämlich kochen ...«

»Is' gut«, sagte Manuel und setzte sich auf den Boden. Attila begann mit den Gläsern zu hantieren. »Ich trinke eigentlich selten am Abend, da ich meistens arbeiten muss. Aber da die halbe Stadt im Urlaub ist, muss ich im Moment nicht wirklich viel ackern ...«

»Was machst du denn?«

»Nichts Weltbewegendes. Ich bin Türsteher, werde aber nur nach Bedarf eingesetzt. Deswegen auch der Wein. Ich habe nichts vor.«

»Immerhin hast du 'nen Job«, sagte Manuel und trank den Wein in einem Zug aus.

»Prost«, sagte Attila und nippte am Wein. Keine gute Idee von Moa, den Wein im Kühlschrank aufzubewahren. Er verzog das Gesicht.

»Is' was?«

»Findest du den Wein gut – ich meine, so kalt?«

»Ach. Ist mir egal. Ich freue mich, dass ich hier bin und dann spielt es keine Rolle, ob es Wein oder Wasser oder sonst was zu trinken gibt.«

»Was hast du heute gemacht?«, fragte Attila.

»Nicht viel. Rumgehangen halt«, Manuel streckte die Beine von sich und lehnte sich an die Wand. Er trug immer noch die warme Jacke.

»Findest du nicht, dass es etwas zu heiß für die ist?«

»Nö. Geht schon. Is' ja auch nicht wirklich warm draußen, oder?«

»Es ist eine Affenhitze! Wir haben bestimmt immer noch so um die 28 Grad!« Attila sah, dass sich feine Tröpfchen auf Manuels

Oberlippe bildeten, sagte aber nichts, da er nicht wusste, ob diese Schweißperlen von den Drogen oder von der Hitze stammten.

»Ich stinke sicher, ich habe schon etwas länger nicht mehr gebadet, obwohl es Sommer ist. Dann gehen wir normalerweise in den Fluss oder an den See. Wenn sie uns nicht gleich verjagen …«

Attila schnüffelte demonstrativ in der Luft. »Also ich denke nicht, dass du stinkst!« Manuel grinste und zog die Jacke aus. Darunter hatte er lediglich ein Unterhemd an. Er war dünn, hatte aber dennoch einen muskulösen, definierten Körper. Ganz so, als ob er sich irgendwie sportlich betätigen würde. Attila scheute sich zu fragen, weil ein Junkie bestimmt keinen Sport treibt. Eigentlich hatte Attila ziemlich viele Fragen, die er aber nicht stellen wollte, weil das Thema Drogen für Manuel bestimmt kein angenehmes war. Moa hörte man unterdessen staubsaugen. Attila hatte das Gefühl hier zu stören und schlug Manuel vor, in ein Café zu gehen. Ihm fiel sowieso beinahe die Decke auf den Kopf und es war ein schöner Sommerabend.

»Hast du Lust auf ein Bier oder so?«, fragte Attila.

»Klar, hier?«

»Nö, ich hab gedacht, wir gehen in eine Bar. Was meinst du?«

»Ich kenne mich barmäßig nicht sehr gut aus hier, und die, die ich kenne, da habe ich Hausverbot … es gibt nur eine kleine Schwulenbar in der Nähe, die sind ganz nett da. Wenn dich das nicht stört!«

Attila wurde rot, er simulierte einen Hustenanfall, hielt die Hand vor den Mund und hoffte, Manuel würde nichts sehen. Aber er war um einiges aufmerksamer als Attila dachte.

Manuel machte Attilas Husten nach, hielt sich die Hand vor den Mund und grinste ihn frech an. Attilas Farbe wechselte von Blassrot in dunkles Karmin.

»Scheiße, ja. Sehe ich denn so schwul aus, dass das jeder direkt sieht?« Jetzt wurde Manuel rot, was bei seinem blassen Teint absolut klar sichtbar war.

»Nö. Ich dachte da weniger an dich …«, Manuel sprach nicht zu Ende.

»Du?!«

»Ich denke schon. Aber ich bin schon so lange auf der Straße, dass ich mir gar nicht so sicher bin, ob ich überhaupt irgendeine Sexualität habe. Heroin nimmt dir alles. Auch die Lust. Aber das ist gut so, ich hätte nämlich nicht auch noch die Kraft, mich um Sex zu kümmern. Also, wollen wir?«

»Yep!« Attila spülte die Weingläser unter fließendem Wasser und öffnete die Tür zum Strengen Zimmer. Moa saß am Boden und behandelte einige hartnäckige Flecken mit einer Lösung, die derart ätzend stank, dass Attila sich ernsthaft Gedanken um Moas Gesundheit machte.

»Wie wäre es, wenn Madame mal lüften würde? Das erinnert mich an die Schnüffelphase meiner Mutter, als sie …«

»Jajaja, schon gut. Ich bin hier gleich fertig. Aber ich weiß; zu Hause soll man leben, nicht nur putzen!«

»Schiller?«

»Nö, TV Werbespot. Gehst du arbeiten? Ist der Junkie weg?«

»Nein. Der ist in der Küche. Ich gehe mit ihm einen heben.«

»Wohl eher einen stoßen, hä? Mann, du findest den Typen doch nicht wirklich toll, hoffe ich.« Attila gab keine Antwort. Moa seufzte und massierte sich die linke Hand, die ihr vom Scheuern wehtat. »Ich dachte, ich könnte dich mit einem netten, schnuckeligen Schwulen verkuppeln und du … na ja. Mach', was du nicht lassen kannst.«

»Spinnst du?!«, zischte Attila, dem die Sache peinlich wurde. »Ich gehe mit ihm ein Bier trinken und das ist alles. Ciao!«

»Schläfst du hier?«

»Mal sehen«, murmelte Attila und schloss die Tür. Manuel stand bereits im Hausflur und musterte Moas Aktbilder, die an der Tür klebten und für sie warben.

»Grafisch perfekt«, sagte er trocken und deutete auf Moas Collage aus Brüsten, Pos und Beinen auf einem grünen DIN A 4 Papier. Moa hatte diverse solcher Collagen und diese war die absolut schlechteste. Attila sagte nichts, da er sich sicher war, dass Moa sofort in die Küche gerannt war und auf Flurüberwachung umgeschaltet hatte. Sie konnte manchmal ein ganz schönes Miststück sein. Er drehte sich ganz kurz zum Objektiv und streckte die Zunge heraus, ohne dass Manuel etwas mitbekam. Er hörte etwas wie »Hau schon ab« aus der Küche, aber da die Tür geschlossen war, hätte es auch nur Einbildung sein können.

Auf dem Weg in die *Angels Bar* wurden die beiden Männer diverse Male angequatscht, es ging immer um Drogen. Manuel starrte dann jedes Mal zu Boden.

»Wir sind jetzt gerade mal 5 Minuten unterwegs und haben so viele Angebote bekommen, quasi pro Minute eins. Das ist ja unglaublich! Kommt man so leicht an Drogen?«

»Die kennen mich. Ich weiß allerdings auch nicht, weshalb *jetzt* alle Dealer hier stehen, heute Nachmittag …« Er verstummte. Und Attila fragte nicht weiter nach.

Die Bar war beinahe leer, sie setzten sich auf die Couch in der Ecke, gleich bei einem Aquarium und bestellten Bier.

»Meinst du, die Fische checken, dass sie eingesperrt sind?«, fragte Manuel.

Attila schüttelte den Kopf. »Ich hoffe nicht, obwohl Tiere wesentlich mehr verstehen, als wir denken.« Er hielt einen Moment inne. »Also sie verstehen nicht, aber sie kapieren alles.«

»Eigentlich schrecklich, wie wir mit der Natur umgehen, wenn die alles versteht, die Natur …«

»Es gab da mal so eine Studie. Wenn eine Giraffe beginnt, die Blätter eines bestimmten Baumes zu fressen, dann scheiden die anderen Bäume, die zur selben Gruppe gehören, eine Art Bitterstoff aus. Also muss da eine Art Kommunikation bestehen …«

»Echt?« Manuel wischte sich den Schaum von den Lippen und ging auf die Toilette. Attila trank sein Bier aus und bestellte ein neues.

* * *

Moa stand in der Küche und vertiefte sich in ein handgeschriebenes Rezept. Für die für morgen geplante Suppe brauchte sie Zitronengras, aber sie hatte keine Ahnung, wo man so etwas bekam. Sie versuchte sich zu erinnern, was genau Zitronengras war und wie es schmeckte. Im Lokalfernsehen wurde währenddessen eine

Frau gezeigt, die am Nachmittag in einem Fitnessclub gestorben war, sie hatte einen Herzanfall gehabt und dies, obwohl sie noch sehr jung war und täglich Sport trieb. Es wurden Bilder von ihr gezeigt, sie hatte auch mal an einer Aerobicmeisterschaft teilgenommen, dort sah sie sehr gut aus.Die Frau wurde Stephanie N. genannt, dann kam ihre Schwester, Melanie S. zu Wort, eine dicke, ungepflegt wirkende Frau, die den Tod nicht wirklich bedauerte, dafür aber sich selbst und ihre Suche nach einem Mann in den Vordergrund spielte. Offenbar war die schöne, tote Stephanie verheiratet, sonst hätte sie nicht N. und ihre hässliche Schwester S. geheißen. Ausgerechnet die hübsche musste sterben, dachte Moa Am Schluss des Beitrages wurde vor *zu viel* Sport gewarnt. Moa setzte sich auf den Boden und ließ die letzten Tage Revue passieren. So viele tote Menschen – und – das machte ihr irgendwie zu schaffen: ihre Gleichgültigkeit. War sie tatsächlich derart abgebrüht? Die Psychologin hatte Recht: Vielleicht belastete sie ihr Job als Domina tatsächlich und sie war nicht nur Meisterin im Sex, sondern auch im Verdrängen. All die Männer, die sie geschlagen, gequält, ausgelacht, beschimpft, benutzt und ausgenommen hatte. Wie viele waren es? Sie hatte im Durchschnitt mindestens drei Kunden am Tag, die auf diese Art von Sex standen – *bescheiden* gerechnet. Davon war jeweils einer ein Stammkunde, plus zwei »neue« Kunden pro Tag. Das waren 14 Kunden in der Woche. Sie arbeitete seit ungefähr 10 Jahren als Domina. Das waren also 520 Wochen. Sie nahm einen Stift und schrieb auf das Suppenrezept: 520 x 14 und kam zu dem Schluss, dass sie die Zahl gar nicht wissen wollte. Dennoch beunruhigte sie die Tatsache, dass Menschen in ihrem unmittelbaren Umfeld starben, Menschen, die eine Geschichte, ein Leben und eine Familie hatten, einfach tot umfielen, all das beunruhigte sie *nicht.* Und genau das machte ihr zu schaffen.

* * *

Sie beschloss, das Zitronengras wegzulassen und dafür mehr Suppenfleisch zu verwenden. Sie nahm ein Messer und versuchte, die größeren Knochen zu zerteilen, was nicht funktionierte. Sie hätte letzte Woche doch das Messerset auf dem Homeshopping-Kanal bestellen sollen. Da gab es ein Spezialmesser, das nicht nur Fleisch, sondern angeblich auch effektiv Knochen zerschneiden konnte. Attila hatte ihr damals davon abgeraten und sie daran erinnert, dass sie schon mal etwas über den TV-Shop bestellt hatte, was sich als absoluter Reinfall herausgestellt hatte: Ein Fleckenmittel, das nicht nur Flecken killte, sondern auch fiese, kleine Milben im Bett und in den Gardinen eliminierte, zudem auch noch als Spülmittel und Kleiderdeo benutzt werden konnte. Sie sprühte den halben Inhalt der Flasche enthusiastisch auf ihre Puffbetten, um anschließend eine ihrer sündhaft teuren Domina-Lederkluften zu desinfizieren, weil man das Teil nicht waschen durfte. Das Leder wurde brüchig und die Matratzen rochen seltsam nach Ammoniak. So stark, dass Attila sich weigerte, das Bordell zu betreten, bis sie nicht sofort mindestens eine Flasche Davidoff *Cool Water* zwecks Geruchsüberdeckung versprühte. Das Ende von der Geschichte war, dass Moa eine Triefnase hatte – wovon auch immer. Und immer wenn jetzt ein Freier mit Cool Water vor der Tür stand, musste sie gegen Brechreiz ankämpfen. Also hätte das Messerset bestimmt auch nichts getaugt. Sie starrte erneut auf das Fleisch, die Knochen, Sehnen und kam sich wie eine Metzgerin vor. Es ekelte sie und daher genehmigte sie sich einen Schnaps, um dann noch ratloser vor dem Suppenrezept zu stehen. Dann klingelte das Telefon, Moa hob ab.

»Ja?«, sagte Moa in den Hörer, obwohl sie sich vorgenommen hatte, künftig Telefonate im Stil der amerikanischen Firmen »Salon Moa, mein Name ist Moa, wie kann ich Ihnen helfen« anzunehmen. Sie war sich nicht sicher, ob dieser neue Stil bei den Kunden ankommen würde und da die Kunden sowieso ausblieben, war jetzt nicht der Zeitpunkt für Veränderungen; hinzu kam, dass sie Domina war und für potenzielle Sklaven diese Art der Begrüßung wohl zu freundlich klang. Attila fand das zwar nicht und schlug vor, »wie kann ich Ihnen helfen« einfach anders zu formulieren, aber sie kam nicht über »wie kann ich *dir* helfen« heraus.

»Herrin?«

»Ja?«, sagte Moa, wieder unwirsch, und freute sich, dass sie das Gespräch im passenden Ton begonnen hatte .

»Darf ich mich als Putzsklave bewerben?«, fragte die Stimme. Sie klang unsicher und jung. Sehr jung. Moa war sich nicht sicher, ob es nicht wieder einer dieser Jugendlichen war, die sie verarschen wollten. Die stellten aber meistens solche dämlichen Fragen wie: »Was kostet einmal bumsen?«. Einen Putzsklaven hätte sie eben noch gebrauchen können, jetzt war es zu spät, da sie selbst geputzt hatte.

»Heute läuft nichts mehr«, sagte sie und dachte: »Ich bin nämlich gerade am Kochen und habe kein Zitronengras.«

»Herrin, lass mich putzen, bitte!«, flehte die junge Stimme. Es klang absolut lächerlich.

»Ruf' morgen an! Kapiert!«, sie hängte auf und beugte sich wieder über das Suppenrezept, kam nicht weiter und wühlte in ihrer Schublade, in der sie Stifte, Papier, Batterien und allerlei anderen Krimskrams aufbewahrte, nahm den Rechner und schluckte: 7280 Männer. Das war schon enorm.

* * *

Als Manuel aus der Toilette kam, musste Attila gar nicht weiterfragen. Er hatte noch weiße Krümel an der Nase. Attila ärgerte sich – war seine Anwesenheit nicht ohne Koks zu ertragen? Konnte der Typ nicht mal eine Stunde ohne Drogen auskommen?

»Hat nichts mit dir zu tun«, sagte Manuel, als ob er Attilas Gedanken erraten hätte.

»Du blutest«, erwiderte er lakonisch und zeigte auf seine Nase.

»Scheißgift!« Manuel nahm eine Papierserviette vom Tisch.

»Ja und warum lässt du es dann nicht?«

»Weil ich nicht kann.« Manuels Augen strahlten eine seltsame Mischung aus Hilflosigkeit und Trauer aus. Trotzdem blitzte ein Funken Unternehmungslust auf. Gut möglich, dass dies aber auch vom Kokain stammte.

Attila war entnervt. Er wollte mit diesem Typen keine Freundschaft. Er hatte weder Kraft noch Lust, etwas in Manuel zu investieren. Zu anstrengend. Also musste er keine Rücksicht auf ihn nehmen und wollte daher diesen Abend nur noch so schnell wie möglich hinter sich bringen.

»Wie kann man sich nur so gehen lassen?!«, sagte Attila grob und trank sein Bier aus, winkte der Bedienung und bestellte – nur für sich – noch eins.

»Ich war mal Model«, sagte Manuel geduldig.

»Super. Und jetzt siehst du aus wie der Tod. Ich verstehe das nicht!«

»Ich auch nicht ...« Die beiden Männer saßen einen Augenblick schweigend nebeneinander, wobei Attila sich auf die Fische im Aquarium konzentrierte und jede ihrer trägen Bewegungen verfolgte.

»Sagt dir *Heroin Chic* etwas?«

Attila schüttelte den Kopf, ohne seinen Blick von der großen, gelben Wasserschnecke, die sich erstaunlich schnell bewegte, zu nehmen.

»Das war vor einigen Jahren in. Die Models – Männer und Frauen – wurden so geschminkt, wie ich jetzt aussehe. Eingefallene Augen und so ... Sie haben Kleider verkauft und die Sucht glamourisiert. Diese Arschlöcher!«

»Du willst mir doch nicht sagen, dass du deswegen derart abgestürzt bist, oder?«

»Nein. Aber Heroin hatte zu diesem Zeitpunkt den ... äh ... Schrecken verloren. Kann man sagen.«

»Was du nicht sagst. Also. Na ja. Erzähl halt. Auch wenn du auf Kokain bist. Oder kannst du nur deswegen erzählen? Wegen dem Zeugs?« Manuel gab keine Antwort. Attila guckte wieder auf die Fische.

»Von 20 Models auf dem Laufsteg sind wenigstens zwei auf Heroin, acht auf Kokain und fünf sind Alkoholiker. Der Rest isst nichts oder hat irgendeine Essstörung.«

»Aha. Ich finde Mode langweilig.«

»Damals wurden Models gezeigt, die zusammengesunken dasitzen oder wie im Drogenrausch ins Nichts gaffen. In coolen, teuren Designerklamotten. Kate Moss hat so für Calvin Klein geworben.« Attila zeigte keine Reaktion, weniger weil ihn die Geschichte nicht interessierte, sondern weil er keine Ahnung hatte, wer Kate Moss war.

»Das waren diese Schwarzweißbilder, Kate, dünn wie noch nie und irgendwie krank. Das fand die Modewelt toll.«

Attila bestellte nun doch auch für Manuel ein Bier und sagte: »Sprich weiter.«

Manuel erzählte von seinen Tagen als gefragtes männliches Topmodel, von den Partys, auf denen er nur so zum Spaß Kokain probierte, weil das alle taten. Menschen, die es seiner Meinung nach geschafft hatten. Schöne, erfolgreiche Menschen. Von seiner Angst, dicker zu werden. Von seinen fünf Entzugsversuchen, vom Knast. Von seinen Eltern, die nichts mehr mit ihm zu tun haben wollten. Von Straßenplakaten, auf denen er noch zu sehen war, als er längst auf der Straße lebte. Seine ganze Geschichte. Er erzählte von Freunden, die gestorben waren, von immer jüngeren Models und von immer neuen Drogen. Bis er schließlich nicht mehr gebucht wurde.

»Es wurde immer weniger und weniger. Bis meine Agentur beschlossen hatte, mich aus der Kartei zu nehmen. Dieser *Fall* ereignete sich in weniger als einem Jahr … ich hatte es lange erst gar nicht begriffen, dachte, dass es wegen der Rezession sei.«

»Aber hattest du denn immer das Gefühl, dass du dich im Griff hattest? Warst du derart von dir selbst überzeugt?«

Manuel nickte. »Ja. War ich. Irgendwie ganz schön arrogant, nicht?«

»Und wie finanzierst du dich?«

»Ich habe jede Menge Kohle gemacht, aber das reichte nicht lange. Jetzt habe ich keine mehr, weil ich das Geld für den Stoff brauche, weißt du. Ich penne jetzt in der Notschlafstelle und im Sommer im Freien. Etwas Geld habe ich noch, und das verwaltet eine Freundin von mir, die clean ist.«

»Und manchmal holst du dir Suppe bei Moas Suppenküche«, sagte Attila und wollte damit die Stimmung etwas auflockern.

Manuels Geschichte berührte ihn, weil sie so ganz anders war, als das, was er sich vorgestellt hatte.

»Es wird langsam spät«, sagte Attila.

Manuel nickte.

»Gut möglich, ich bin nicht müde und habe auch nicht wirklich ein Zeitgefühl …« Attila realisierte, dass er Manuel auf der Straße zurücklassen musste, während er zu sich nach Hause oder zu Moa schlafen ging. Eine Welle des Mitleides erfasste ihn. Dieser Typ, der irgendwie doch viel stärker als er selbst war, saß da und würde wohl auch noch so lange dasitzen, bis man ihn rauswarf. Ein unerträglicher Gedanke. Attila bestellte noch mal zwei Bier. Die Bar war noch immer schwach besetzt.

»Ich war auf einer Beerdigung, als ich selbst noch als Model arbeitete. Ein Freund von mir – Modelfreund, muss ich sagen, denn wir waren alle nie wirklich Freunde – starb. Wir wussten, dass er schon lange auf Heroin war. Alle wussten das, aber niemand hatte etwas dagegen unternommen. Auf diesem Begräbnis lernte ich seine Mutter kennen. Wir waren bestimmt hundert Models, Designer und Fotografen. Als wir auf dem Friedhof standen, drehte sich die Mutter zu uns um. Sie schaute mich an. Bestimmt ein Zufall, denn damals wussten nur wenige von meinem Heroinproblem, und sagte »Leute, das Zeug ist nicht schick und es ist nicht in. Und das ist keine Party. Ihr habt einen Freund verloren. Aus. Ende!« Dann drehte sie sich wortlos um und verließ das Begräbnis. Zurück blieben wir Modefuzzis mit offenen Mäulern. Heute weiß ich, dass sie Recht hatte.«

Attila sagte nichts und fühlte sich überfordert. Er war kein guter Ratgeber, er hatte keine Ahnung, was er sagen sollte. Manuels Geschichte nahm ihn mit, aber ihm fehlten die Worte. »Das tut mir Leid« hätte abgedroschen geklungen, aber etwas anderes kam ihm nicht in den Sinn.

* * *

Moa guckte auf die Uhr. Sie war bereits zwei Minuten zu spät dran. Sie wollte eben im Kopf ausrechnen, was zwei Minuten kosten würden, als es klingelte. Moa bat ihre Besucherin in die Küche, und sie setzten sich auf den Boden.

»Gestern befiel mich eine seltsame Traurigkeit«, sagte Moa. Der Satz klang jetzt sogar noch besser, als vorhin, wo sie noch geübt hatte. Lange hatte sie sich den Kopf darüber zerbrochen, wie sie die Sitzung eröffnen sollte. Die »seltsame Traurigkeit« hatte sie gestern Abend in einem Film aufgeschnappt. Sie hatte tatsächlich so etwas wie Melancholie verspürt, einerseits weil der Film traurig war, andererseits weil sie den Abend ohne Attila und nur mit einer Flasche Wein verbringen musste. Was auch nur die halbe Wahrheit war, sie hatte in einer der Werbepausen einen Kunden. Einen. Nur. Aber immerhin. Die laufenden Kosten des gestrigen Tages waren – die Suppe eingerechnet – dadurch gedeckt. Gut, dass die Psychotante erst heute dran war – wäre sie gestern gekommen, hätte Moa mit einem Tagesverlust abgeschlossen.

»Das wundert mich nicht«, sagte die Psychologin. Sie trug eine ganz altmodische Brille, die Moa vorher noch nie an ihr gesehen hatte. Zudem waren ihre Lippen zu rot geschminkt. Nur weil sie ihre Sitzungen im Puff abhielt, hieß das noch lange nicht, dass sie deswegen gleich auf Hure machen musste. Lippenmäßig wenigstens.

»Erzählen Sie«, sagte die Psychologin und lehnte sich an die Wand. Moa hatte ihr keinen Stuhl aus einem der Zimmer gebracht und war gespannt, ob sie danach fragen würde. Sie tat es nicht, sondern saß wie Moa auf dem Boden.

Dr. Theresa Kruschwitz forderte Moa erneut auf, zu erzählen und unterdrückte ein Gähnen.

Das war mal wieder typisch. Moa hatte sich den Kopf über einen tollen Einstiegssatz zerbrochen und das wurde lediglich mit einem unterdrückten Gähnen und »das wundert mich nicht«, quittiert. So würde das mit diesen Sitzungen nie was werden. Als Moa keine schmissige Antwort einfiel und ebenfalls gähnte, seufzte die Psychologin: »Sie spielen mit Menschen«. Darauf antwortete Moa, dass sie sich wiederhole und sie ihre Zweifel habe, ob sie wirklich ihr Geld wert ist. Das lockte die Psychologin aus der Reserve: »Ich habe es nicht nötig, immer über Geld zu streiten. Ich sehe, dass Sie ein Problem mit Ihrem Leben haben und entweder wollen Sie sich helfen lassen, um ein besseres Leben führen zu können – und das sollte Ihnen dann auch etwas wert sein – oder wir lassen es bleiben.«

Moa schüttelte den Kopf. Das wollte sie unter gar keinen Umständen, es war schick, eine eigene Psychiaterin zu haben. Das hatten die anderen Huren im Haus nicht, und auch sonst keine Hure hatte das. Moa begann also von ihrer seltsamen Traurigkeit zu erzählen.

»So viele Männer hatte ich im Bett, aber keinen im Herzen«, sagte sie. Dieses Zitat stammt ebenfalls aus einem Film, sie konnte sich aber weder an den genauen Wortlaut erinnern noch an die Handlung des Films. Die Worte verfehlten ihre Wirkung nicht. Das Gesicht der Psychologin legte sich in interessierte Falten, die Augen waren endlich wach. Trotz der dicken Brille.

»Hm. Hm. Hm. Erzählen Sie«, sagte sie.

»Ich meine, ich habe gestern ausgerechnet, wie viele Männer ich hier hatte zwecks … äh … Erziehung und es waren über – äh … tausend.«

»Tausend? Eine wahrlich große Zahl!«

»Ich bin auch etwas älter als sie«, sagte Moa und hoffte auf Widerspruch.

»Ich arbeite aber auch nicht im selben Gewerbe wie Sie«, konterte die Psychologin und ging nicht weiter auf die Altersfrage ein. Moa war froh, dass sie die wahre Zahl von beinahe 8000 Männern verschwiegen hatte. Manche Dinge wurden von Frauen einfach nicht verstanden. Dr. Theresa Kruschwitz stellte noch einige Fragen zu Moas Arbeitsalltag und dann beendete die Psychologin die Sitzung mit den Worten:

»Ich hätte da etwas gegen dieses Gefühl von Traurigkeit, aber ich weiß nicht, ob es nicht etwas zu früh ist. Ein Medikament, das meine Therapiebemühungen meistens unterstützt.« Moa wurde hellhörig.

»Das, was in den USA alle nehmen? Dieses *Prozac?*»

»Nein«, sagte die Psychologin und streckte sich. »Wir sprechen nächste Woche darüber.« Moa reagierte sauer, sie wollte unbedingt *Prozac* – das war ebenfalls schick. Und da ganz Hollywood diese Pillen schluckte, war es sogar noch glamourös. Da gab es nichts daran zu rütteln.

»Ich möchte das Medikament aber sofort«, trotzte sie. »Was ist, wenn mich heute Abend wieder diese seltsame Traurigkeit befällt und ich mir etwas antue? Wie werden sie mit dieser Last fertig, Frau Doktor? Könnten Sie je wieder schlafen? Wenn sie eine Ihrer Klientinnen an den Tod verlieren?«

»Das wäre nicht das erste Mal«, erwiderte die Kruschwitz trocken.

»Auch nicht gerade beruhigend …«

»Ich denke, dass Sie eine im Leben verankerte Frau sind, und daher ist es auch nicht wirklich notwendig.«

»Aber warum haben Sie dann eben diesen Vorschlag überhaupt erst gemacht?«

»Weil ich aus therapeutischen Gründen diese Möglichkeit in Betracht ziehe. Wie gesagt, wir sprechen nächstes Mal darüber!«

Moa erwiderte nichts und öffnete der Frau die Tür, diese drehte sich im Flur um, lächelte freundlich und ging. Offenbar war sie um gute Stimmung bemüht. Moa guckte auf die Uhr und rief Attila an.

»Wo bist du denn? Es ist beinahe Mittag!«

»Und jetzt?«

»Was und jetzt? Wir haben Suppenküchentag!«, sagte sie in einem ich-wurde-von-der-ganzen-Welt-verlassen-und-niemand-liebt-mich-mehr-Tonfall. Ein Tonfall, den Attila gar nicht mochte.

»Ich komme heute nicht.«

»Was soll …« polterte Moa los, aber dann klopfte es an der Tür und Moa ahnte, dass sie auf den Arm genommen wurde. Sie öffnete und tatsächlich stand Attila draußen. Sie ließ ihn rein, war aber immer noch ziemlich wütend. »Du spielst mit mir!«

Attila grinste. »War die Psychotante hier? Danach bist du immer so supersensibel …«

»Echt?«

»Quatsch. Ich habe sie eben gesehen wie sie gegangen ist. Wurde von einem Macker im BMW abgeholt …«

»Die? *Die* hat einen Mann?«

»Keine Ahnung, ob es ihr Mann war. Vielleicht macht sie auch Sprechstunde in Autos? Vielleicht war es ein Fahrlehrer?«

»Fahrlehrer?«

»Wenn sie in Bordelle geht, warum denn nicht auch in Autos? Vielleicht war es ein Fahrlehrer mit Angst vor hohen Geschwindigkeiten oder Brummis oder ...« Moa drehte sich wortlos um und stapfte in die Küche.

»Ich habe gestern bereits vorgekocht, wir müssen die Suppe nur noch mal warm machen. Aber mit viel Liebe und Gefühl! Hoffentlich kommen heute nicht mehr als gestern, sonst habe ich zu wenig Suppe!«

»Glaube ich nicht.«

»Was, dass ich zu wenig Suppe habe?«

»Ja. Nein, meine ich ... was hast du gesagt?«

Moa schmiss ihm ein Küchentuch an den Kopf. »Du bist irgendwie weggetreten, was ist los?«

»Nichts. Nichts. Wobei ... ich denke schon, dass wir heute mehr Suppenesser haben werden. Gestern hatten wir immerhin ein kleines Intermezzo mit der Polizei. Das hat mindestens 20 Leute vertrieben ...«

Attila steckte den Kopf in die große Pfanne. Mit einem »riecht lecker!« honorierte er Moas Kochkünste.

»Schon komisch«, begann Moa und schaltete den Herd an, »da stirbt ein Mensch ganz offentlich in einer Suppenküche und die schreiben in der Zeitung nichts darüber. Ich habe heute alle Tageszeitungen durchgesehen und nichts entdeckt ...«

»Ein Menschenleben zählt auch in unseren Breitengraden nicht mehr besonders viel«, philosophierte Attila.

»Ich meine doch nicht den Typen. Ich meine die Suppenküche, Idiot. Die hätten doch was darüber bringen können. Die Leiche wäre der perfekte Aufhänger für die Geschichte gewesen!«

»Geschmacklos«, meinte Attila.

»Meine Suppe?«

»Nein. Wie kannst du immer nur an dich denken!«

»Jeder ist sich selbst der Nächste!«

»Aha. Und dennoch kochst du – ganz uneigennützig Suppe für bedürftige Menschen?«

Moa gab keine Antwort und begann gedankenverloren zu rühren.

»Moa?«

»Was?«

»Du machst doch das uneigennützig, oder?«

»Mehr oder weniger …«

»Was soll das nun heißen?«

»Ehrlich gesagt …«

»Ja?« Attila wünschte, er hätte sie gar nicht erst danach gefragt.

»Eher weniger eigentlich … ich kann dir das jetzt nicht erzählen. Aber ich werd´s, okay?«

»MOA!«

»Hör' schon auf zu drängeln. Ich sage nichts!«

Attila zog eine Schnute und begann, das Plastikgeschirr, das eigentlich für den einmaligen Gebrauch gedacht war, aus einem der Küchenschränke hervorzuräumen. Es war dürftig gespült, da und dort klebte noch eine vertrocknete Karotte am Tellerrand. Attila spülte alles nochmals ab, dann klingelte es und Moa schaltete auf Flurüberwachung.

»Der ist ganz nett«, sagte Attila und versuchte damit die allgemeine Stimmung zu heben. Der Typ an der Tür sah tatsächlich nicht schlecht aus – für einen von Moas Freiern. Sie stieg in ihre High-Heels, sprühte sich etwas Parfüm in die Haare, um den Geruch von Fleisch und Suppenwürfeln zu übertünchen und öffnete. Dann folgte das Übliche: Was kostet wie viel, und wie lange. Schließlich schienen sie sich einig geworden zu sein und der Freier ging ins Strenge Zimmer, das nach Moas rätselhafter Putzaktion immer noch nach Ammoniak stank.

»Kannst du ab und zu die Suppe umrühren? Lass ja nichts überkochen – die Suppe braucht viel Liebe«, sagte sie und verschwand. Nach weniger als einer Minute kam sie wieder heraus. Einen Moment lang dachte Attila, dass er jetzt gleich wieder so was wie »Der ist tot« zu hören kriegte, und hielt schon mal präventiv die Luft an. Würde es noch eine Leiche geben, hätte er keine Ahnung, wie man sie verschwinden lassen könnte. Abgesehen von der

Säure, die immer noch im Bad herumstand, für alle Fälle. Obschon er sich sicher war, dass die Salzsäure viel zu schwach war, bestand Moa darauf, dass der Behälter vorerst griffbereit bleiben sollte.

»Wir müssen den auslachen«, sagte sie und musste grinsen.

»Auslachen?«

»Der steht darauf. Pass auf, wir machen Folgendes ...« Sie senkte ihre Stimme und erklärte Attila ihr Vorhaben. Der war gar nicht begeistert, willigte aber dann doch wie üblich ein.

* * *

Manuel hatte nicht wie angekündigt in der Notschlafstelle geschlafen – dann hätte er nämlich bereits um 23.00 Uhr dort sein müssen und zu dieser Zeit war er noch mit Attila in der Bar, aber er hatte gespürt, dass Attila sich Sorgen um ihn machte und daher sagte er nichts von den frühen Schließzeiten. Es war Sommer und daher hatte er die Nacht in einem Park verbracht, wenigstens so lange, bis er von jemandem weggeschickt wurde. Den Rest der Nacht schlief er auf dem Boden einer öffentlichen Toilette, die am Abend gereinigt wurde, sodass es dort wenigstens halbwegs frisch roch. Dort blieb er, bis die ersten Passanten kamen und über ihn stiegen. Am Vormittag ging er kurz zu jener Freundin, die sein Geld verwaltete. Nicole war ebenfalls Model gewesen, stürzte dann auch ab, allerdings nicht auf Heroin – bei ihr war es der Alkohol. Weil der Fusel ihr gewichtsmäßig zusetzte, aß sie nichts mehr und lebte von rezeptpflichtigen Appetitzüglern, die sie von ihrem damaligen Agenten bekam. Dazu trank sie den Alkohol literweise. Das Medikament verlor aber bald die gewünschte Wirkung und sie nahm zu. Außerdem merkte man ihr an, dass sie trank. Sie hatte diesen fahlen Teint und diese Unkonzentriertheit. Irgendwann fiel es einer Fotografin bei einem Shooting für Bikinis auf und Nicole flog raus. Jetzt jobbte sie als Sekretärin und als Zigaretten-Promo-Girl. Als Manuel auf der Straße landete, trafen sich die beiden. Sie gab ihm gratis Zigaretten, er vertraute ihr sein Geld an. Das funktionierte. Nicole ließ

Manuel aber nie zu sich in ihre Wohnung und wollte mit ihm möglichst wenig zu tun haben. Er akzeptierte das, mochte die kurzen Begegnungen mit ihr, auch wenn es sich jeweils nur um wenige Minuten handelte. Immerhin: Sie war die einzige Person, der er vertrauen konnte. Er war auf der Suche nach Stoff – die Hitze begann bereits zu drücken, seit Wochen schon fiel kein Regen. Für Manuel war das ganz praktisch, das Angebot an Schlafmöglichkeiten im Freien war bei Regen beschränkt und je trockener die Erde, desto angenehmer ließ es sich schlafen. Bei Regen war er auf eine geschützte Bus- oder Straßenbahnhaltestelle angewiesen, dort war es zwar verboten zu schlafen, aber die Aufsicht drückte bei ihm meistens ein Auge zu, wenigstens bis fünf Uhr früh, dann fuhren die ersten Straßenbahnen.

Manuel klapperte im Kreis 5 die Straßen ab, spähte in die Straßenbepflanzung und in die Blumenkästen. Im Hochsommer kam sogar in dieser Gegend so etwas wie ein Feriengefühl auf, dies wurde durch seltsame Dekorationen auf den Balkonen und laute, fremdländische Musik demonstriert. Manchmal deponierten die Oberdealer für die Unterdealer den Stoff im Gebüsch und der wurde dort nicht abgeholt, weil die Polizei den kleinen Dealer festgenommen hatte. Vor einigen Monaten fand Manuel so ein halbes Pfund Kokain, welches er dann vertickte. Heute hatte er kein Glück und musste selbst Stoff kaufen gehen. Es würde noch einige Stunden dauern, bis sich die ersten Entzugserscheinungen zeigen würden.

Er sah den Geschäftsmann von weitem. Der Typ war natürlich kein richtiger Geschäftsmann, sondern ein Schweizer Dealer, der stets in Anzug und Krawatte die Süchtigen mit Stoff versorgte. Soviel Manuel wusste, wurde er noch nie von den Bullen festgenommen, weil seine Tarnung die eher einfältigen Polizisten täuschte. Manuel ging schneller, um ihn an der Langstraße einzuholen. Sein Heroin war relativ rein und seine Preise – sofern es genug Stoff auf dem Markt gab – fair. Der Geschäftsmann hatte kein Heroin im Angebot, es gab lediglich Crack, Kokain und *Rohypnol,* ein starkes valiumähnliches Beruhigungsmittel. Der Geschäftmann hätte unter normalen Umständen kein Crack im

Sortiment, was ein Hinweis auf eine momentane Heroinknappheit auf der Straße war.

Manuel hatte kein Interesse und zog daher weiter. Er traf Ali, kaufte Stoff und verzog sich damit in den Klinglerpark im Kreis 4. Lange Zeit war dieser Ort fest in den Händen der Junkies und Alkoholiker, aber seit die Stadt den Park regelmäßig kontrollierte und den Fixern ihren Stoff wegnahm, war der Platz nicht mehr besonders attraktiv. Die ersten Mütter mit ihren Kindern kamen bereits wieder in den Park – Manuel war das recht. Er hatte keine Lust, das Ritual des Fixens mit anderen Junkies zu teilen, sofern er nicht auf deren Fixerutensilien angewiesen war. Die meisten Mütter guckten weg. Auf dem Weg zum Park ging er in eine Apotheke und holte sich eine Flashbox. Diese kostete wenig und umfasste alles, was man für einen Schuss brauchte. Die Macher der Flashbox hatten daran gedacht, auch ein Kondom dazuzulegen, was für Manuel aber völlig nutzlos war, da er schon seit einer halben Ewigkeit keinen Sex mehr hatte. Manche seiner Bekannten nahmen das Kondom, um damit den Arm abzubinden – auch das konnte er nicht, denn er spritzte sich meistens zwischen die Zehen oder in den Hals, er hatte das Pech, dass seine Venen sich nicht sehr gut zum Fixen eigneten, weil die Venen manchmal wegrollten, was ziemlich schmerzhaft war. In den Hals konnte er sich nicht ohne Spiegel spritzen ... außerdem konnte man die Einstichstellen an den Füssen nicht so gut sehen – ein Vorteil, den er genau genommen erst seit gestern zu schätzen wusste. Nach dem Schuss schlief er eine Weile auf der Parkbank. Er wurde kurz vor Mittag wieder wach und beschloss, Attila einen Besuch abzustatten. Soweit er sich erinnern konnte, hatte Attila gesagt, dass er Moa bei der Suppenküche helfen würde. Auf dem Weg zu Moas Bordell sah er das Mädchen, der er gestern die geladene Fixe aus der Hand gerissen hatte. Sie schien ihn nicht zu kennen. Einen kurzen Moment überlegte er, ihr etwas von seinem Stoff abzugeben, er hatte mehr als eine Tagesration bei sich. Aber nur einen kurzen Moment lang, dann ging er weiter.

* * *

Der Freier war Geschäftsführer einer großen Chemiefirma in Basel. Gut möglich, dass er in Basel prominent war und er deshalb nach Zürich kam, möglich aber auch, dass er Moas Dienste derart schätzte, dass er deswegen den Weg auf sich nahm. Moa war besonders in den etwas gehobeneren Kreisen beliebt. Sie war Schweizerin, attraktiv, nicht auf Drogen, eine echte Frau und sehr diskret. Zudem zuverlässig, was ihre Termine betraf – kam noch hinzu, dass ihr Strenges Zimmer, obwohl nicht sehr groß, keine Wünsche offen ließ.

Attila saß im Schneidersitz auf dem Teppichboden, so wie er es zuvor mit Moa ausgemacht war. Der Freier wurde mit einer Augenmaske in die Küche geführt. Attila hätte dringend noch auf die Toilette gemusst, wie immer, wenn er nervös war. Da Moa aber unbedingt pünktlich die Suppe ausschenken wollte, blieb dafür keine Zeit mehr. Der Freier sollte so schnell wie möglich bedient werden.

»Stell dich gerade hin, Herrgott«, brüllte Moa. Der Mann stand nun nackt vor Attila. Der musste gegen einen Lachkrampf ankämpfen. Das war wohl gewollt, schließlich sollte sich der Mann lächerlich machen – das gehörte zum Spiel – aber es sollte sich um kontrolliertes, *hämisches* Gelächter – und nicht um hysterisches Kichern – handeln. Also biss Attila die Zähne zusammen. Moa zückte einen Gedichtband aus ihrem Fundus, nahm seinen linken Arm und drückte ihm das Buch in die Hand.

»Jetzt machst du deine Augen unter der Maske zu, kapiert! Ich werde dir die Maske abnehmen und wenn ich es sage – und erst dann –, öffnest du deine Glubscherchen, verstanden?«

»Ja, Herrin«, sagte der Chemieboss.

Attila war ganz rot im Gesicht, es war ihm etwas peinlich, er schämte sich für den Mann. Er konnte nicht nachvollziehen, was an dieser Situation stimulierend sein sollte. Moa machte die Maske ab und setzte sich neben Attila. Sie hielt eine Peitsche in der Hand, schaute aber dennoch nicht wirklich Furcht einflößend aus.

»Augen auf!«, kommandierte sie. Er guckte einen Moment lang irritiert in den Raum, dann blieb sein Blick an Attila hängen.

»Du sollst nicht gaffen, du sollst lesen!« Der Freier nickte schuldbewusst.

»Was soll ich lesen, Herrin?«

»Schlag Seite 420 auf! Los! Mach schon!«

Der Freier blätterte im Buch und meinte dann resigniert: »Das Buch hat aber nur 380 Seiten ...«

»Hahah«, machte Moa und zeigte mit dem Finger auf ihn. Sie gab Attila einen Knuff, was das Zeichen für hämisches Gelächter war. Er lachte ebenfalls, aber es klang eher verhalten. Besonders lustig fand er das nicht, zudem wuchs beim Lachen der Druck auf seine Blase, dennoch konnte er sich unmöglich mitten in dieser Session davon machen.

»Dann liest du auf Seite ... äh ... 250!«, sagte Moa, die keine Ahnung hatte, wie viele Seiten das Buch tatsächlich hatte. Das Buch stammte aus einer Kiste von der Heilsarmee mit einem Schild *Bitte bedienen sie sich.*

Der Freier räusperte sich und wollte beginnen, als Moa erneut unterbrach:

»Du sollst gerade stehen!«

»Ja, Herrin!«

»Also los, ich hab nicht den ganzen Tag Zeit!« Attila nickte mit dem Kopf, um nicht unterbeschäftigt zu wirken.

»Wer reitet so spät durch Nacht und Wind?
Es ist der Vater mit seinem Kind;
er hat den Knaben wohl in dem Arm,
er fasst ihn sicher, er hält ihn warm.«

»Haha«, machte Attila.

Der Chemieboss wurde rot.

»›Mein Sohn, was birgst du so bang dein Gesicht?‹
›Siehst, Vater, du den Erlkönig nicht?‹«

»Gib dir gefälligst etwas mehr Mühe!«, sagte Moa und verzog das Gesicht. Attila fragte sich, was sie damit meinte, er las flüssig.

Zudem hatte sich der Chemieboss bislang kein einziges Mal versprochen – was er spätestens nach der zweiten Zeile getan hätte.

»Äh …« der Freier holte Luft und guckte, ob Attila und Moa ihm folgten, was sie mehr oder weniger interessiert auch taten. Er fuhr fort:

»›Mein Sohn, was birgst du so bang dein Gesicht?‹
›Den Erlenkönig mit Kron und Schweif?‹
›Mein Sohn, es ist ein Nebelsteif.‹«

»Herrgott noch mal, es heißt Nebel*streif!* Woran denkst du wieder, Sklave! Ich sollte dir die Peitsche dafür geben!«

Attila sah, wie die Augen des Freiers beim Wort *Peitsche* zu funkeln begannen. Moa schien es auch gesehen zu haben – und machte wohl gerade deshalb keine Anstalten, aufzustehen.

»›Du liebes Kind, komm, geh mit mir!
Gar schöne Spiele spiel ich mit dir;
manch bunte Blumen sind an dem Strand,
meine Mutter hat manch gülden Gewand.‹«

»Haha«, machte Attila. Moa knuffte ihn. Offenbar war es ein Lacher zu viel. Oder an der falschen Stelle. Attila kapierte das Spiel nicht ganz.

»Lies schon weiter!«

»Los«, sagte Attila. Der Mann las weiter, Attila sah, wie er langsam eine Erektion bekam. Offenbar schien ihm das zu gefallen.

»›Mein Vater, mein Vater, und hörst du nicht,
was Erlenkönig mir leise verspricht?‹
›Sei ruhig, bleibe ruhig, mein Kind;
in dürren Blättern säuselt der Wind.‹
›Willst, feiner Knabe, du mit mir gehn?‹«

»Haha«, machte Attila, dieses Mal, um Moa zu ärgern. Er grinste sie an, sie guckte ihn scharf an.

»Das reicht jetzt! Los, geh ins Zimmer!«, befahl Moa.

Der Mann gehorchte und ging mit dem Gedichtband und einer mittleren Erektion ins Zimmer zurück.

»Du hast was vergessen!«, brüllte Moa und hielt die schwarze Ledermaske in der Hand. Der Chemieboss kam zurück, bückte sich, küsste Moa die Füße.

»Entschuldigung, Herrin«, sagte er und verschwand. Attila konnte endlich aufs Klo und fragte sich, was einen Menschen dazu bringen konnte, sich so weit gehen zu lassen. Dieselbe Frage hatte er sich gestern ebenfalls immer und immer wieder bei Manuel gestellt. Es gab wohl einfach Dinge zwischen Himmel und Erde, die er nicht verstehen konnte. Oder wollte. Er hörte die Peitsche aus dem Zimmer und verzog sich zurück in die Küche. Die Suppe köchelte vor sich hin und Attila rührte artig. Wäre auch zu blöd gewesen, wenn etwas anbrennen würde, gar nicht auszudenken, was Moa für ein Geschrei gemacht hätte. Er schaltete die Videoüberwachung auf »Flur« und sah, dass Manuel auf der Treppe saß, das Gesicht in die Kamera gedreht. Man konnte – wenn man es wusste – erahnen, dass er wohl mal wunderschön gewesen war. Wobei »schön« der falsche Ausdruck war. Sein Gesicht war markant und dennoch hatte er etwas sehr Verletzliches in seinen Zügen. Das gefiel Attila. Dumm nur, dass er sich derart zu Grunde gerichtet hatte.

Attila öffnete die Türe und legte den Finger auf die Lippen. Die Peitschengeräusche waren verstummt und Attila wusste nicht, in welcher Phase sich Moas Liebesspiel, wenn man es denn so nennen konnte, befand. Er wollte unter allen Umständen verhindern, dass wegen ihm oder Manuel der Freier noch länger brauchte.

Attila führte Manuel in die Küche und schloss die Tür hinter sich. Sie hockten sich auf den Boden. Manuel zog seine Jacke aus, dieses Mal roch er tatsächlich. Er schien es ebenfalls zu bemerken:

»Sorry«, sagte er und wollte die Jacke schon wieder anzuziehen.

»Kein Problem … Hast du keine anderen Klamotten?«

Manuel schüttelte den Kopf. »Ich hole mir manchmal welche in der Brockenstube oder bei der Heilsarmee, aber ehrlich gesagt, stehen Kleider auf meiner Prioritätenliste nicht so weit oben.« Er machte eine Pause und grinste schließlich. »Das war früher selbstverständlich was ganz anderes …«

»Willst du was von mir zum Anziehen?« Attila war sich bewusst, dass dies bestimmt ein heikles Thema war. Er hatte keine Lust, den Wohltäter zu spielen, aber T-Shirts hatte er schließlich genug.

»Gerne!«

»Ich habe sogar was hier.« Attila ging zu seiner Sporttasche. Da er oft bei Moa schlief, hatte er Zahnbürste, Unterwäsche, Jeans und einige T-Shirts immer dabei. Nur waren das nicht die, die er nicht mehr wollte, sondern seine Lieblingsshirts.

»Such' dir was aus«, sagte er großzügig.

Manuel nahm ein schwarzes Shirt, auf dem der Aufdruck *Police* stand.

»Das ist witzig ... vor allem wenn mich die Bullen nächstes Mal kontrollieren!«

Attila hörte, wie der Erlkönig-Freier das Zimmer verließ. Er guckte auf den Monitor und bemerte, dass er dieses Mal vergessen hatte, den Kasten auszumachen. Moa kam in die Küche, guckte einen Moment lang verdutzt in die Runde und schaltete den Monitor ab.

»Puh«, stöhnte sie und fuhr sich mit der Hand durch die Haare.

»Heiß, nicht wahr«, sagte Manuel und strahlte Moa an.

Attila fragte sich, wie oft die Hitze in den letzten Tagen als Konversationsbeginn missbraucht wurde.

»Das ist ja nichts Neues«, sagte sie mit einem leicht schnippischen Unterton, den aber nur Attila hören konnte. Offenbar passte es ihr nicht, dass Manuel in der Küche saß. Auf ihrem Territorium.

»Alles in Ordnung?«, fragte Attila.

»Der Typ hätte eigentlich nachzahlen müssen, so lange wie der jetzt gebraucht hat, jetzt bin ich ziemlich geschafft«, sagte Moa und setzte sich ebenfalls auf den Boden.

Manuel fragte nicht nach, wie sie das mit dem Nachzahlen gemeint hatte, sondern zog sich aus. »Ich habe ihm einige von meinen Sachen gegeben«, rechtfertigte Attila Manuels Strip.

»Kein Problem ... willst du nicht erst noch schnell duschen?

Wäre doch schade, wenn du *so* in Attilas Lieblings-T-Shirt schlüpfen würdest«, sagte Moa.

»Es ist dein Lieblings-T-Shirt?« Manuel war erstaunt und Attila warf Moa einen vorwurfsvollen Blick zu.

»Ich finde, du solltest es tragen, du würdest mir eine Freude damit machen.« Das war die diplomatischste Antwort, die Attila einfiel. Manuel nickte bloß und ging ins Badezimmer.

* * *

»Der mieft aber ganz schön«, sagte Moa, guckte auf die Uhr und schaltete den Monitor ein. Bereits drei Junkies standen im Treppenhaus.

»Wir sollten mal mit der Suppengeschichte beginnen«, sagte sie schließlich, als Attila nicht antwortete.

»Kann ich seine Sachen waschen?«

»Spinnst du? Dann muss ich meine Waschmaschine anschließend mit Salzsäure spülen!« Sie deutete auf Manuels zerschlissene Jacke. »Das sind mehr Bakterien dran, als du jemals in deinem ganzen Leben wieder sehen wirst! Das hält keine Maschine aus!«

Attila nahm die Jacke in die eine Hand und rieb mit der anderen über den Stoff, dann ließ er die Jacke fallen und drückte seine Hand auf Moas Ausschnitt. Diese kreischte.

»Spinnst du?«

»Jetzt hast du alle Bakterien auf deinem Busen!«

»Bist du total durchgedreht?«

»Du lebst! Mein Gott. Du lebst!« Attila schlug theatralisch die Hände über dem Kopf zusammen.

»Spinner. Wirf die Klamotten in die Maschine, aber er soll erst noch seinen ganzen Drogenkram rausnehmen! Hilf mit mir dem Topf!«

Sie nahmen Teller, Löffel, Töpfe und stellten sich wieder am Hauseingang auf. Ein halbes Dutzend Junkies und Alkis begrüßten sie mit lautem Gejohle.

»Der räumt mir oben aber jetzt nicht den halben Puff leer, oder?«, fragte Moa und schöpfte den ersten Teller.

»Doch, ich habe ihn eben mit einer deiner Peitschen davonrennen sehen!«

»Übernimm du ...« Moa drückte ihm den Löffel in die Hand und ging nach oben. Einen Augenblick später kam sie mit Manuel zurück und blieb auf dem untersten Treppenabsatz stehen.

»Models ...

... Lights ...

... Guestlist ...«

Mindestens 20 Augenpaare guckten entgeistert zu ihr hoch, Manuels wurde rot und versuchte deshalb einen möglichst coolen Gesichtsausdruck hinzukriegen. Es misslang ihm völlig.

Moa drehte sich zu ihm um und sagte dann: »Okay, Honey, let's go ...«

Attila drehte sich wieder um und schöpfte weiter Suppe aus – die Junkies wussten nicht recht, ob das eine kleine Performance hatte sein sollen, ob die Frau einfach durchgeknallt oder selbst drauf war. Es kümmerte sie aber wenig.

»Nun hab' dich nicht so«, sagte Moa und hantierte geschäftig mit dem Plastikgeschirr. »Er war schließlich mal Model, ein winzigkleiner Hauch von Glamour darf dann und wann doch sein ...«

»Er hat sich, glaube ich, ziemlich geschämt – das waren seine Freunde und du hast nichts Besseres zu tun als hier runterzurasen und einen auf Supermodel zu machen!«

»Das kam mir halt einfach so spontan in den Sinn ... sag es nach! Los!«

»Spinnst du?«

»Mach' schon. Bitte! Bitte Bitte! Bitte!« Die Suppenesser begannen bereits wieder zu gucken und Attila wollte nicht, dass sich Manuel erneut schämen musste. Also murmelte er: »Models, Guestlist, Lights, let's go honey««

»Die Reihenfolge hat nicht ganz gestimmt, aber sonst war es mehr oder weniger okay. Das musst du jetzt noch ein wenig üben und dann wird aus dir mal so ein rechter Schwuler und du kriegst endlich einen Typen ab. Das wäre dann auch die sechste Lektion gewesen. Aber du musst noch üben, üben, üben!«

DIE SIEBTE LEKTION

»Sie haben also abgetrieben?« Dr. Theresa Kruschwitz war nicht wirklich erstaunt. Das war nicht wirklich erstaunlich, und dass das eine Hure früher oder später mal machen musste, war für sie klar.

»Obwohl ich größten Wert auf safer Sex lege. Aber ich bin derart fruchtbar …«

»Das verstehe ich jetzt nicht …«

»Das erste Mal war ich mit einem Mann zusammen, den ich liebte. Ich arbeitete aber bereits im Gewerbe. Er war mein fester Freund und ich hatte mit der Pille geschlampt. Da hat es eingeschlagen …«

»Verstehe.«

»Ja, aber da war unsere Beziehung schon ziemlich am Ende. Er wollte kein Kind und ich wusste, dass ich damit überfordert gewesen wäre!«

»Verstehe.«

»Ja, und dann beim zweiten Mal war es ein Freier. Da ist der Gummi gerissen, das gibt es manchmal. Klar, dass ich keine Lust hatte, ein Kind von einem Freier, der außerdem nicht besonders attraktiv war, auszutragen. Diese Abtreibung hatte ich dann im Frauenhaus in Zürich gemacht. War okay, aber danach konnte ich ziemlich lange nicht mehr arbeiten …«

»Verstehe.«

»Ja, und dann passierte das noch einmal. *Lights, Models, Guestlist …*«

»Ver… wie bitte?« Dr. Kruschwitz guckte Moa irritiert an.

»War nur ein Test. Ich war mir nicht sicher, ob Sie mir wirklich zuhören. Aber Sie haben knapp bestanden. Also: wie viele Male habe ich abgetrieben, Frau Doktor?«

»Ich lasse mich nicht auf solche Spielchen ein!«

»Na?«

»Sie haben zwei Mal abgetrieben und wollten mir von einem dritten Mal erzählen.«

»Es waren nur zwei Mal, die dritte Abtreibung war der Test für Sie!« Moa machte eine Pause, die Kruschwitz fand ihren Witz offenbar nicht sehr komisch. Wie konnten manche Menschen immer nur derart ernst durchs Leben gehen? Für Moa ein grauenvoller Gedanke. »Manchmal denke ich schon daran, wie es wohl wäre, wenn ich eins der Kinder bekommen hätte. Ich habe sie auch getauft: beides Jungs: Frederik und Florian hätten sie geheißen.«

»Sie haben mir aber einmal erzählt, Sie hätten eine Geburt hinter sich?«

»Yep«, sagte Moa und blies sich eine Strähne aus der Stirn.

»Es war so, wie ich gesagt habe. Ich bekam ein Baby und mein damaliger Freund zog von dannen. Das war kurz bevor ich als Hure zu arbeiten begann. Mir blieb nichts anderes übrig, als das Baby zur Adoption freizugeben. Mein Gott, ich war 16! Wie hätte ich denn …«

»Lassen Sie es raus!«

»Das wollte ich ja eben, aber Sie haben mich unterbrochen! Jetzt habe ich den Faden verloren!«

»16«

»Was?«

»Sie sagten, sie wären 16 gewesen.«

»Genau. Ich hielt die Schwangerschaft so lange wie möglich geheim, aber sie sehen ja, ich bin zierlich gebaut und so fiel mein Bauch ziemlich schnell auf.«

»Möchten Sie denn gerne wissen, was aus dem Baby geworden ist?«

Moa schüttelte den Kopf. »Ich habe mir lange überlegt – und tue es immer noch – wie eine Begegnung mit meinem Sohn wohl wäre. Aber was sollte ich ihm sagen? Deine Mutter wollte dich nicht, weil sie nicht richtig überlegt hat, und jetzt ist sie eine Hure?«

»Es war ein Junge?«

Moa nickte. »Es war ein Junge, ich nannte ihn Michael. Wie den Engel …«

»Engel?«

»Den Erzengel Michael. Ich hoffte, dass er so was wie einen Engel um sich herum hat. Jemand, der auf ihn aufpasst, jemand, der ihn beschützt. Ich hoffe, es geht ihm gut.« Moa wischte sich verschämt eine Träne aus dem Augenwinkel. Die Psychologin bemerkte das und fragte nach. »Hat diese Sache was mit Ihrer seltsamen Schwermütigkeit zu tun?«

Moa nickte, sprach aber nicht weiter.

* * *

Attila und Manuel beschlossen, eine Kleinigkeit zu essen. Sie waren bei der Suppenküche leer ausgegangen, und daher hatte Attila Moa etwas Geld abgeschwatzt. Es reichte für zwei Pizzas ohne Getränke oder für eine Pizza und einen Salat und zwei Bier. Attila stocherte im Salat herum, während Manuel die Pizza gierig verschlang und auf Messer und Gabel verzichtete.

»Wenn ich nicht deine Klamotten anhätte, dann würden die mich hier gar nicht bedienen«, sagte Manuel. Attila guckte auf seine Arme, jeder konnte in diesem T-Shirt sehen, dass Manuel ein Junkie war. Aber er sagte nichts. Die Kellnerin stand missmutig zwischen den Tischen der Pizzeria. Obwohl schönes Wetter war, gab es so gut wie keine Gäste auf der Gartenterrasse, die weder einen Garten noch eine Terrasse hatte.

Manuel schien das Gleiche zu denken. Er fragte kauend: »Ist das nicht so was wie Betrug?«, und deutete auf das Schild über ihren Köpfen.

»Keine Ahnung. Ich meine, man sieht ja, dass es keinen Garten gibt. Und dass man auf dem Gehsteig sitzt, merkt man auch – also ist es kein Betrug, denke ich.« Attila bestellte noch mehr Brot, was von der unterbeschäftigten Kellnerin mit einem Grunzen quittiert wurde. Dies wiederum sorgte für Gelächter. Aus dem Innern des Lokales plätscherte Musik, die plötzlich lauter gedreht wurde.

»Toll. Auch das noch. Wir haben nicht nur den Straßenlärm, Matsch-Salat ohne Brot und warmes Bier, jetzt beginnt auch noch Tony Thomas gegen den Straßenlärm anzukämpfen.«

»Das ist Tony Thomas? Klingt aber irgendwie ziemlich modern, finde ich«, sagte Manuel.

»Das ist eine neue Version seines Lieds *Major Stone*«, sagte Attila und winkte der Kellnerin erneut. Sie hatte – wie erwartet – das Brot vergessen.

»Du meinst *Major Tom,* oder?«

»Nein. Das war Peter Schilling.«

»Aha.« Manuel salzte sein letztes Stück Pizza kräftig nach.

»Peter Schilling hat *Major Tom* gesungen, das war in den 80ern. Tony Thomas hat *Major Stone* gesungen – auch in den 80ern!«

»Stimmt. Jetzt höre ich es. Kenne ich doch, den Song«, sagte Manuel und setzte beim Refrain ein. Er klang ziemlich genau so wie Tony Thomas. Attila war verblüfft. »Ich wusste gar nicht, dass du singen kannst. Das klingt ja so, als ob *du* den Song aufgenommen hättest!«

»Ich weiß. Ich wollte mal Sänger werden. Früher nahm ich mal Gesangsstunden. Wenn ich wohl wieder etwas üben würde, dann wäre ich schnell wieder so richtig gut!«

»Schade, dass du das nicht machst«, sagte Attila, der selbst so schlecht sang, dass er sich noch nicht mal getraute, allein unter der Dusche zu singen.

»Fast jeder Mensch kann singen, wenn er weiß, wie es geht!«

»Ich nicht. Ich kann nicht singen, aber das ist okay. Deshalb bin ich auch Türsteher geworden!«

»Und ich Model und Junkie. Sonst wäre ich Musiker und Junkie geworden – wenn ich es echt gewollte hätte, das mit dem Singen. Es braucht nämlich verdammt viel Disziplin. Es gibt ja kaum erfolgreiche Schweizer, im Musikbusiness, meine ich.«

Attila nickte grinsend. »Abgesehen vom singenden Konditor aus dem Aargau.«

»Aber der ist auch passé, denke ich. Ich muss aber gestehen, dass ich in den letzten Monaten einige Ausgaben der *Bravo* verpasst habe …« Die beiden Männer lachten schallend und ernteten erneut böse Blicke von der Kellnerin, die das Brot noch immer nicht gebracht hatte. Attila guckte auf seine Uhr.

»Moa ist jetzt sozusagen wieder frei. Wenn du Lust hast, können wir noch was aus Moas Kühlschrank nehmen. Sie hat meistens so was Nachtischmäßiges rumstehen, obwohl sie auf Dauerdiät ist. Schlimmstenfalls gibt's Joghurt, bestenfalls hat sie noch so was wie Eis irgendwo. Was meinst du?«

Manuel guckte erst auf die Straße, dann zu Attila und dann auf die vorbeifahrenden Autos. Tony Thomas war verstummt, der Verkehr dröhnte und Attila begriff im selben Moment, was Manuel ihm sagen wollte.

»Nein, Manuel. Nicht in Moas Puff! Hast du denn das, was du dazu brauchst?«

»Ich habe eine Tagesration bei mir …«

»Ich meine, es ist nicht wegen mir, aber Moa hat ein seltsames Verhältnis zu Drogen, und wenn sie rauskriegst, dass du dir einen Schuss auf ihrem Klo setzt, dann fliegen wir beide raus.«

»Ist sie denn nicht mit einem Freier beschäftigt?«

»Nein, sie hat ihre Psychostunde, die jetzt vorbei ist. Aber die Details soll sie dir selbst erzählen, ich will nicht aus dem Nähkästchen plaudern.«

»Also, wollen wir zahlen?«

»Und wie machst du es nun mit dem – äh – Dings?«

»Schuss. Man sagt Schuss. Oder Knall. Attila, du musst mich nicht mit Samthandschuhen anfassen, okay? Du kannst mit mir ganz normal über dieses Thema reden. Ich mag es sogar, wenn ich darüber erzählen kann. Die Sucht macht ziemlich einsam, weißt du.«

»Okay. Easy. Also. Was …«

»Nichts. Wir gehen jetzt zu Moa hoch, plündern den Kühlschrank und dann verziehe ich mich anschließend. Es muss nicht sein. Nicht jetzt sofort.«

Attila legte das Geld auf den Tisch und verzichtete, nach der Rechnung zu fragen. Sie standen auf und wie Attila erwartet hatte, stand die Bedienung plötzlich neben ihnen und prüfte das Geld. Hätte nur noch gefehlt, dass sie es gegen die Sonne hielt, um die Echtheit der Scheine zu überprüfen. Aber es war ein seltsames Viertel und sie seltsame Gäste, und dann war es auch okay, wenn seltsame Kellnerinnen in seltsamen Restaurants bedienten. Ohne Gartenterrasse.

* * *

Dr. Chris Vankin tigerte vom Kühlschrank zum Fernsehsessel und wieder zurück. Er war hungrig – wollte aber unter keinen Umständen etwas essen. Hätte er geraucht, würde er sich jetzt wohl eine um die andere anzünden.

»Herrgott, dann iss doch endlich!«, sagte Sa, seine Frau.

»Ich esse, wenn ich will. Und ich will nicht! Außerdem bist du diejenige, die mich nervös macht!«

»Ich?« Sie stand auf und ging selbst zum Kühlschrank, öffnete eine Dose Bier und trank sie in einem Zug leer. Sie achtete darauf, dass sie dicht genug neben ihm stand. Gerade so, dass er das Bier riechen konnte.

»Du provozierst mich, aber du kannst mich mal!« Er setzte sich auf den Sessel und drückte auf die Fernbedienung. Bei einer Quizshow blieb er hängen – Sa hasste Quizshows. Er hätte diese Beziehung schon längst beenden sollen. Gleich morgen würde er die Scheidung vorschlagen.

»Du weißt genau, dass es mir nicht gut geht, aber anstelle von so was wie Mitgefühl hast du nichts Besseres zu tun, als mich zu ärgern!«

Ohne zu antworten, griff sie nach der Tafel Schokolade und schob sich genüsslich ein Stück in den Mund.

»Du ärgerst mich! Ich muss hungern, und du schiebst dir absichtlich Schokolade in den Mund!«

»Selber schuld«, sagte sie, nahm die Fernbedienung und schaltete um. Sie wusste, dass diese Gifteleien den ganzen Abend dauern würden, wenn sie nicht nachgab. Er hatte mehr Durchhaltewillen, sie war sich sogar sicher, dass er die Zankereien irgendwie mochte. Oder brauchte.

Seufzend ging sie in ihr Arbeitszimmer und tat das, was sie jeden Sommer tat; alte Fotos angucken. Letztes Jahr um diese Zeit hatte sie sich einen Scanner gekauft und jedes Bild eingelesen. Dieses Jahr war das erste, in dem sie die Fotos auf dem Computerbildschirm anschauen konnte. Aus dem Wohnzimmer dröhnte französische Musik. Ihr war bewusste, dass er wusste, dass sie diese Art Musik nicht mochte und er wusste auch, dass sie die Sängerin dieser Lieder nicht ausstehen konnte. Eine weitere Provokation, auf die sie nicht eingehen wollte. Es kostete einiges an Überwindung, nicht kreischend zurück ins Wohnzimmer zu stürmen und diese verdammte Musik leiser zu drehen, stattdessen begann sie, die alten Fotos auf dem Computer nachzubearbeiten – mittlerweile waren beinahe sämtliche Bilder digital restauriert worden. Aber es half nichts – ihr Schmerz blieb. Und der ganze technische Schnickschnack half ihr letztendlich nicht darüber hinweg. Sie hatte schon oft daran gedacht, sämtliche Bilder zu vernichten. Erst die Papierabzüge zu verbrennen, dann die digitalen PC-Kopien zu löschen. Aber sie wusste, dass auch das nichts helfen würde. Ihr Sohn war tot und er würde nie mehr zurückkommen.

Die Musik im Wohnzimmer verstummte, und sie hörte ihren Mann weinen.

* * *

»Großer Gott, bin ich jetzt erschrocken«, sagte Moa, als die beiden Männer in der Küche des Bordells standen. Attila versuchte herauszufinden, ob sie sauer war – schließlich hatte er Manuel ohne Vorankündigung mitgebracht und er war sich nicht sicher, ob Moa nicht ein ganz kleines bisschen eifersüchtig auf ihn war. Nicht auf einer sexuellen Ebene, sondern vielmehr, weil da plötzlich noch jemand war. Und dieser Jemand entsprach so ganz und gar nicht dem, was sie sich unter einem Freund für Attila vorgestellt hatte. Aber stopp – sie waren keine Freunde. Kumpels. Bekannte vielleicht. Aber keine Freunde.

Moa hatte auf dem Fußboden unzählige Perücken, falsche Brüste, Theaterschminke und allerlei anderen Kram ausgebreitet.

»Spielst du Theater?«, fragte Manuel neugierig, während Attila den Kühlschrank plünderte. Es fanden sich neben einigen leicht angeschimmelten Tomaten (die morgen garantiert in der Suppe landen würden) und einigem anderen Gemüse eine Flasche Rotwein, die sie nach wie vor im Kühlschrank aufbewahrte, eine angebrochene Tüte Orangensaft, die schon seit Wochen im Kühlschrank herumstand und schließlich das, wonach er suchte: zwei kleine Schokopuddings in Plastikbechern, erst einen Tag über dem Verfallsdatum.

»Moa hatte mal die Idee, dass sie beim Theater oder Fernsehen Maskenbildnerin werden könnte«, erklärte er und suchte nach Löffeln.

»Du kannst das auch etwas weniger respektlos formulieren, Attila!«

»Was ist denn am Satz *Moa hatte mal die Idee, dass sie beim Theater oder Fernsehen Maskenbildnerin werden könnte* falsch?«

»*C'est le ton qui fait la musique*«, erwiderte sie scharf, setzte sich eine große Brille aus ihrem Fundus auf und sorgte damit für Gelächter.

»Ich suche was für einen Kunden ...« erklärte sie und schob sich umständlich eine schwarze Langhaarperücke auf den Kopf. »Er will ein ›anderes Mädchen als diese Moa‹ hat er am Telefon gesagt.« Sie guckte in den Spiegel und kicherte.

»Bist du denn so schlecht im Bett, dass er dich nie mehr will?«

»Quatsch! Es geht darum, dass er niemals zwei Mal mit derselben Frau was haben will!«

»Aha. Und du denkst, mit dieser Maskerade könntest du ihn täuschen?«

»Du weisst, dass ich das kann«, sagte sie scharf. Sie rückte die Perücke zurecht und sah tatsächlich komplett anders aus.

»Ab sofort heiße ich Lulu!«

»Lulu?«, fragten Manuel und Attila gleichzeitig, wenig begeistert.

»Lulu klingt doch gut, oder? Wenn der Typ also klingelt, öffne ich die Tür als Lulu!« Sie zog sich ihre dunkelblonden Augenbrauen schwarz nach, schminkte sich etwas stärker als sonst und sah nach weniger als einer Minute komplett anders aus.

»Donnerwetter!«, staunte Attila. »Du siehst tatsächlich Lulumäßig aus!« Moa stellte sich vor den Spiegel und spielte mit den falschen Haaren.

»Ich sage nur *Lights, Models, Guestlist* .... »

»Hör mit diesem Mist schon auf. *Das* hat gar nichts Lulu-mäßiges an sich. Du siehst nicht glamourös aus, sondern ... äh ... na ja, Lulu-mäßig halt.«

»Madame dankt«, sagte sie und prüfte ihr Gesicht erneut und nickte dann zufrieden.

»Ich habe uns was Hübsches gekauft – wurde vorhin geliefert!« Es klang beinahe stolz, aber Attila wusste, dass bei Moa *uns* meistens nur sie selbst gemeint war. Außerdem bedeutete *uns* in diesem Zusammenhang auch immer Arbeit für Attila.

Sie gingen zusammen ins Softsexzimmer und sahen zwei große Pappschachteln.

»Etwas mehr Enthusiasmus bitte!«, Moa hockte sich auf die größere der beiden Schachteln.

»Das da ist ein Computer mit allem Schnickschnack. Und das«, sie zeigte auf den anderen Karton »das ist ein Flachbildschirm!«

»Toll«, sagte Attila, der wenig mit Computern anfangen konnte. Aber er brachte dann doch noch ein halbwegs interessiertes »Weshalb?« zu Stande.

»Weil wir so ein Baby brauchen! Erstens kann ich damit meine Puffinserate für den Sexanzeiger selbst gestalten, zweitens wunderhübsche Aushänge *designen* und an die Eingangstüre pappen, drittens können wir vielleicht so was wie eine Internet-Homepage basteln und ... *tata!* Lifesex machen. Mit einer Kamera!«

»Die hast du auch?«

»Yep. Ist auch dabei. Aber nur so ein billiges Ding, damit wir herausfinden, ob das überhaupt ankommt! Wir kaufen dann eine bessere, wenn wir erst den Dreh raushaben.«

»Und weshalb sprichst du von *uns* und *wir?*«

»Wie?«

»Du hast gesagt du hättest *uns* etwas Hübsches gekauft. Du hast vier Gründe aufgezählt, die ausnahmslos für dich sprechen!«

»Du kannst damit auf Jobsuche gehen! Es soll ja diverse Internetjobbörsen geben«, sagte Moa lahm.

In diesem Moment klingelte es an der Türe. »Ihr wartet schön hier, ich habe nämlich noch was ganz Dringendes mit euch zu besprechen – setzt doch schon mal diesen Computer zusammen, sollte ganz einfach sein«, sagte sie und öffnete die Tür. Der Freier schien tatsächlich auf Lulu reinzufallen. So wie Attila hören konnte, war er von »dem neuen Mädchen« ganz angetan. Manchmal waren sie schon seltsam, diese Heteros.

»Dann mal los«, sagte Manuel und riss die Verpackung auf. Sie diskutierten eine Weile, wo das Gerät aufgestellt werden sollte und beschlossen es mangels geeigneter Alternativen in der Küche zu versuchen.

Während des Aufbaus wurde Manuel zusehends unruhiger, aber Attila gab sich alle Mühe, es zu ignorieren. Als sie bei der kabellosen Maus waren, murmelte Manuel, er müsse etwas frische Luft schnappen gehen und er würde in einigen Stunden wieder zurück sein. Attila sagte nichts, hatte aber insgeheim gehofft, Manuel würde auf den Schuss verzichten, obwohl er wusste, dass dies ganz und gar unrealistisch war. Zudem hatte er bemerkt, dass Manuel schwitzte, was bei dieser Mordshitze eigentlich nicht verwunderlich war. Eine Zeitlang redete sich Attila ein, es *würde* an der Hitze liegen.

Als er ging, konnte Attila nicht anders und schaltete die Videoüberwachung auf »Flur«. Sein Blick folgte Manuel, der bereits Mühe hatte, aufrecht zu gehen und sich am Treppengeländer festklammerte. Das war kein schönes Bild, deshalb schaltete er wieder um.

Als er sich eben wieder mit der kabellosen Maus beschäftigen wollte, klopfte es an der Tür. Wäre es ein Freier gewesen, hätte er geklingelt, Attila schaltete daher erneut um und sah Trisa, die Hure vom anderen Puff, an der Tür. Er öffnete und deutete ihr an, dass Moa besetzt war, indem er seinen Finger auf die Lippen legte.

Er führte sie in die Küche und dort sagte er: »Sie heißt jetzt sowieso Lulu, für den Moment wenigstens. Also bitte nicht erschrecken, wenn du sie siehst – sie hat eine Perücke auf und eine dicke Schicht Make-up. Was zu trinken?« Attila kannte Trisa nicht gut, aber sie hatte eine sehr herzliche Ausstrahlung. Auch sie entsprach ganz und gar nicht dem gängigen Klischee einer Hure.

»Ich muss ganz dringend mit Moa sprechen«, sagte sie schließlich und dann: »Habt ihr nur Rotwein? Keinen Sekt? Bei mir gibt es immer … aber egal …«

»Sie wird bestimmt noch ein Weilchen beschäftigt sein«, sagte Attila und räumte einige Verpackungsreste des neuen Computers beiseite, sodass Trisa sich auf den Boden sitzen konnte.

»Bei mir ist eben jemand abgekratzt, ich hatte die Polizei im Haus. Das ist vielleicht eine Scheiße!«

Attila schluckte, nickte, sagte aber nichts. Moa hatte in den letzten Tagen einige Leichen – aber die Polizei wusste ja von nichts. Obwohl er vor Neugier beinahe platzte, hielt er sich mit Fragen zurück. Nur nicht auffallen.

»Der wollte Verkehr, der Typ. Hat erst komisch …« In diesem Moment kam Moa nackt und leicht lädiert in die Küche. Ihre Perücke war verrutscht und der Lippenstift verwischt.

»Haha«, sagte Attila. Es war das gleiche »Haha« wie beim Erlkönig-Freier. Moa schaute ihn strafend an.

»Du siehst gar nicht mehr Lulu-mäßig aus«, frotzelte er weiter.

»Haha«, äffte Moa Attila nach und gab Trisa die Hand. »Wenn du hier bist, dann gibt´s dafür bestimmt auch einen Grund, oder?«

Trisa nickte.

»Bei mir ist eben einer abgekratzt und da hatte ich die Polizei im Haus!«

»Ach du Schande!«, sagte Moa, die sich aus den Resten ihres Lulu-Looks schälte. Die Perücke landete auf der kabellosen Funkmaus. Sie guckte sich einen Moment im Zimmer um und stellte fest, dass Manuel fehlte, dann setzte sie sich, noch immer nackt, neben Trisa.

»Erzähl!«, sagte sie.

»Der klingelte bei mir, zahlte, wollte Verkehr und dann ist er zusammengebrochen. Ich hatte erst keine Ahnung, was los ist. Dann checkte ich, dass er tot ist, und ich hab dann sofort die Polizei gerufen. Die waren sehr schnell, weil – na ja, du weißt ja, was hier in diesem Haus vor einiger Zeit passierte …« Moa nickte. Damals ging eine Messermörderin um und stach Huren ab. Trisa klärte den Fall auf und wurde berühmt. Klar, dass sich die Polizei bei ihr Mühe gab, schließlich konnte man bei Trisa nie wissen, ob sie nicht bereits schon mit sämtlichen Fernseh- und Radiostationen gesprochen hatte. Und da wäre es ziemlich peinlich gewesen, wenn die wackeren Gesetzeshüter ihre übliche Behäbigkeit an den Tag gelegt hätten.

»Die haben die Leiche dann mitgenommen und so. Eigentlich kein Problem, aber ich weiß, dass die Mädels tratschen und wenn sich bei den Freiern rumspricht, dass jemand bei mir gestorben ist, dann isses schnell vorbei mit der Kohle!«

Attila und Moa nickten gleichzeitig.

»Und du erzählst mir das, weil du nicht möchtest, dass ich tratsche?«, fragte Moa.

»Ich denke, die Polizei wird auch bei dir vorbeikommen und dich fragen, ob du was Verdächtiges gesehen oder gehört hast und da du ja nicht blöd bist, wirst du eins und eins zusammenzählen und früher oder später hättest du es eh rausgekriegt, daher dachte ich, es ist besser wenn du es von mir persönlich erfährst. Also. Das sind die Fakten: Mann kam, zahlte, zog sich aus, wir haben angefangen, er sagte etwas was wie ›meine Stola‹ oder so klang und dann – paff – tot!«

»Meine Stola?« fragte Attila und runzelte die Stirne. Warum sollte er an Frauenkleidung denken, kurz vor dem Tod?

»Ich hab' nicht so genau hingehört. Die hatten im Radio dieses 1000-Franken-Quiz, wo man drei Fragen richtig beantworten muss und die ersten beiden Antworten hätte ich gewusst, und daher war ich mit … ist ja auch egal … der Typ ist jedenfalls tot.«

»Kanntest du ihn?«, fragte Moa und fühlte sich sehr unbehaglich. Wenn die Polizei kam, dann würden bestimmt jede Menge unangenehme Fragen gestellt werden.

»Nein. War kein Stammkunde.« Es bellte im Flur.

»Scheiße!«, sagte Trisa. »Das auch noch. Ausgerechnet jetzt muss dieser Hund raus!«

»Hund?« Moa war erstaunt. Dass Trisa einen Hund besaß, war ihr neu.

»Ist nicht meiner, ich habe ihn nur zu Besuch, quasi so im Tagesmutterstil. Er gehört Frank.«

»Dem Talkshow-Frank?«, fragte Attila und öffnete die Tür.

Der Hund guckte etwas irritiert umher und bellte dann sofort wieder los. Als er Trisa in der Küche sah, rannte er schwanzwedelnd auf sie zu.

»Manchmal passe ich auf den Hund auf, er war schon als Baby bei mir im Puff.« Trisa kraulte den Mischling am Kopf. »Jetzt hat er rausgekriegt, wie er die Tür unten aufkriegt. Cleveres Ding, nicht?«

Moa nickte.

»Ich hätte auch gerne einen Hund«, sagte Attila und setzte sich neben das Tier.

»Das kommt gar nicht in die Tüte. Ein Hund bedeutet jede Menge Arbeit! Und du hast gar keine Zeit für ein Tier!«, warf Moa ein.

»Habe ich doch … im Moment wenigstens und am Abend könnte ich ihn mit zur Arbeit nehmen, das würde Eindruck machen.«

»Genau«, warf Moa schnippisch ein. »Besonders wenn du mit einem hübsch frisierten Pudel anrauschen würdest. Dürfte ich ihm das Fell zartrosa tönen?«

»Weshalb einen Pudel? Es könnte so was wie dieser sein, einfach etwas größer!«

Trisa überlegte einen kurzen Moment und fragte Attila dann, ob er Lust hätte, mit dem Tier eine Runde um den Block zu machen. Attila willigte begeistert ein und nach einer kurzen Einweisung zog Attila mit dem Hund los.

Der Hund musste tatsächlich ganz dringend heraus, bereits vor der Haustür pinkelte er an einen der Müllsäcke, die da herumstanden. Attila ging eine Weile, fühlte sich aber etwas überfordert. Was wäre, wenn das Tier plötzlich abhauen würde? Was, wenn ein anderer Hund käme? Attila beschloss, den Hund wieder anzuleinen und ging weiter. Beim autofreien Röntgenplatz ließ er das Tier wieder los, der Hund rannte zu einem der Bäume und begann aufgeregt zu bellen. Attila rief ihn, aber der Hund kam nicht zurück und bellte stattdessen noch lauter. Es klang schon beinahe hysterisch. Attila seufzte entnervt; er würde sich wohl doch keinen Hund zulegen. Der Hund hörte nicht auf Attila und bellte weiter, Attila ging laut schimpfend auf ihn zu und fuchtelte mit der Leine. Vergeblich, sein Bellen wurde noch lauter. Bereits schüttelten die ersten Fußgänger den Kopf, genauso, wie er es jeweils im Supermarkt tat, wenn eine entnervte Mutter ihr Gör nicht im Griff hatte. Als er bei dem bellenden Tier war und es anzuleinen versuchte, sah er etwas im Gebüsch liegen. Attila Herz setzte beinahe aus.

* * *

Manuel ging erneut zu Nicole. Er hoffte, dass sie nicht zu Hause war, aber sie öffnete nach dem ersten Klingeln.

»Du schon wieder«, sagte sie mäßig begeistert und forderte, dass er sich Gedanken über ein Bankkonto machen sollte, so was hätten die meisten Menschen und auch Junkies würden in der Schweiz ja wohl bestimmt eins bekommen.

»Vor allem jetzt, wo du mal wieder so was wie Kleidung trägst. Wenn du dich nicht gerade superdämlich anstellst, werden sie dir ein Konto eröffnen.« Manuel nickte, aber er wusste, dass es nicht ganz so einfach funktionieren würde. Aber er verstand auch, dass sie wenig Lust hatte, dauernd für ihn Sparschwein zu spielen. Sie fluchte über die Polizei, die Junkies im Allgemeinen und über eine Plakat-Alkohol-Werbekampagne, ließ ihn wie üblich nicht eintreten und gab ihm das Geld.

Heute brauchte Manuel nicht lange zu suchen und fand einen Dealer. Es schien ganz so, als ob sich die Heroinkrise in Zürich beruhigt hätte, das ging immer ganz schnell. Wenn wieder eine größere Ladung des Stoffes über die Grenze gekommen war, purzelten die Preise täglich. Vor gut einem halben Jahr war es noch beinahe unmöglich, schnell an Stoff zu kommen, zudem war das Heroin meistens gestreckt – auch das war im Moment kein Problem. Er nahm so viel, wie er für sein Geld bekam. Er kannte diesen Dealer nicht sehr gut und normalerweise kaufte er größere Mengen nur bei den Händlern, die halbwegs fair waren. Aber im Moment war es ihm egal, außerdem wusste er, dass der Stoff, den er noch bei sich trug, ziemlich rein war – also würde er mischen, um sicher zu gehen.

Manuel verzog sich auf einen der Plätze im Kreis 5, wusste aber nicht genau, wo er war. Zu sehr hatte sein vor wenigen Stunden gefasster Plan schon konkrete Formen angenommen. Es ging ihm miserabel, aber der bevorstehende Kick mobilisierte seine restlichen Kräfte, er nahm sich sogar Zeit, das Ritual des Fixens so bewusst wie möglich zu erleben. Er realisierte, wie einige Passanten über ihn fluchten, aber wie üblich blieb niemand stehen. Das war typisch für Zürich.

Der Flash setzte ein, Manuel beugte sich vor und zurück und wiegte sich hin und her. Nur wenig, kaum sichtbar.

Und da war diese Frau. Eine Art Zaubererkünstlerin, ganz bestimmt keine Fee. Die Frau war weder besonders gut noch besonders schlecht, sie wollte einfach Spaß haben. Und er wollte auch Spaß haben. Sie hatte eine Spritze für ihn dabei – er hatte Panik. Nicht vor der Spritze. Das seltsame Lächeln der Frau machte ihm Angst. Sie lächelte, dann grinste sie. Dann sah er ihre Zähne. Kleine silberne Messer. Und jedes dieser Messer bewegte sich so schnell hin und her, dass man diese Bewegung erst auf den zweiten Blick erkannte. Er nahm die Spritze, er wusste, dass kein Stoff drin war, er wusste aber auch, dass er so tun musste, als ob welcher drin war. Die Frau in Weiß würde sonst zornig werden – und dann würde er die kleinen Zahnmesser zu spüren bekommen. Als er die Spritze nahm, waren da plötzlich überall Feuer. Die Frau in Weiß war nun schwarz, das Feuer brannte, er konnte seine verbrannte Haut riechen und dann sah er nur noch die Zähne der Frau. Zwei Reihen sich schnell bewegender Messer, die sich langsam auf ihn zu bewegten.

* * *

»Die haben mich noch nicht mal in den Krankenwagen reingelassen«, Attila war verzweifelt. Moa goss kalten Rotwein nach und schüttelte den Kopf. »Andererseits verstehe ich die Krankenhausfuzzis auch, ich meine, du bist halt kein Verwandter von ihm – und in deren Augen ist er doch lediglich ein Junkie, der sich den Goldenen Schuss sezten wollte. Nichts Besonderes in dieser Stadt. Ein Routinefall für die.«

»Trotzdem. Ich habe ihn gefunden und gerettet«, sagte Attila und legte sich flach auf den Boden. »Meinst du, er wollte sich tatsächlich umbringen?«

»Keine Ahnung«, sagte Moa. Attila wusste, dass sie das genauso mitnahm wie ihn, aber sie wollte oder konnte es nicht zeigen. Er war froh, dass wenigstens *sie* so etwas wie Coolness zeigte, er selbst konnte die Tränen nur mit Mühe zurückhalten, ein ungewohntes Gefühl, das er unter keinen Umständen zulassen wollte. Als er Manuel im Gebüsch so liegen sah, wurde er erst von einer unglaublichen Wut erfasst, organisierte den Krankenwagen und fühlte sich dann entsetzlich traurig. Allerdings wusste er nicht so recht, ob ihn tatsächlich die Tatsache, dass Manuel sich umbringen wollte, traurig machte, oder ob es nicht eher so war, dass er das Gefühl hatte, er selbst habe versagt. Moa hatte es auf den Punkt gebracht: Die Aktion *Rettet den Junkie* war fehlgeschlagen.

»Dir geht es einmal mehr nur um dich und nicht um die Sache«, bemerkte sie. *Wollte er Manuel retten?*

»Was empfindest du denn für ihn?«, fragte Moa.

»Keine Ahnung.« Attila wusste es tatsächlich nicht. Tatsache war, dass er in Manuel einen Menschen sah, der einiges auf dem Kasten hatte. So etwas wie ein ungeschliffener Diamant. Aber ob *er* fähig war, diesen Diamanten zu schleifen? Und: wollte Manuel das denn überhaupt? Irgendwie war es auch ziemlich arrogant, sich als Diamantschleifer aufzuspielen.

»Dumm«, sagte Moa und wartete darauf, dass Attila nachfragen würde.

»Was ist dumm?«

»Dass er das getan hat.«

»Ich denke, dass er durch kommt, die Krankenpfleger waren nicht besonders in Sorge.«

»Die sind bei Junkies nie besonders in Sorge. Manche denken auch, dass es besser wäre, wenn sie sich alle umbringen würden, weil das das Gesundheitswesen weniger stark belastet!«

»Moa!«

»Das stammt nicht von mir, das hat mal so ein Arzt in einem Interview gesagt.«

»Wie kann so jemand Arzt werden?« Attila streckte sich.

»Dumm«, wiederholte Moa.

»Was ist denn jetzt schon wieder dumm?«

»Ich hatte einen hübschen Plan mit ihm. Besser gesagt mit uns ...«

»Was meinst du mit Plan?« Attila setzte sich abrupt auf. Er wusste, dass jetzt etwas kommen würde, das er eigentlich lieber nicht wissen wollte. Wie immer, wenn Moa irgendwelche Pläne schmiedete.

»Erinnerst du dich, als er mal gesagt hat, dass er das Publikum vermisse? Sein Publikum, dass ihm früher applaudierte, als er auf dem Laufsteg stand?«

»Er hat es nicht ganz so dramatisch formuliert, aber er sagte etwas in dieser Richtung, ich erinnere mich.«

»Ich wollte ihm dieses Publikum zurückgeben, wenigstens für einen Abend.«

»Und wie genau wolltest du das machen?«

»Funktioniert der Computer eigentlich?«

Attila nickte. »Fast, denke ich, weshalb?«

»Schalte die Kiste ein, ich zeige dir was.«

Der Computer funktionierte nicht auf Anhieb, aber Attila installierte einige Programme erneut und nach weniger als einer Stunde war die Maschine immerhin so weit, dass die beiden Internetzugang hatten. Moa hatte zwar fast gar keine Ahnung von Computern, fand sich aber im Internet relativ gut zurecht. Attila saß daneben und langweilte sich. Computer waren definitiv nicht sein Ding, aber alles was mit Kabeln, Drähten auch nur im Entferntesten zu tun hatte, interessierte ihn, daher hatte ein Computer grundsätzlich durchaus Chancen, sein Interesse zu wecken.

»Dass du dich derart desinteressiert zeigst, enttäuscht mich, Schätzchen!«

»Ich weiß nicht, was das bringen soll, dieses Computerzeugs! Wir hocken jetzt schon seit über einer Stunde hier und sprechen kaum ein Wort miteinander – das sagt doch alles! Totale Vereinsamung!«

»Du bist manchmal ganz schön egoistisch!«, sagte sie zu Attila.

»Ich? Du denkst nur an dich, ich bin der ... äh ... was ist das Gegenteil von Egoismus?«

»Altruismus.«

»Genau. Das bin ich.«

»Egoismus ist Einsamkeit«, sagte Moa und fand die Sexseite, auf der sie oben ohne zu sehen war.

»Schiller«, sagte sie, da Attila nicht nachfragte und klickte sich weiter durch die Sexseite.

»Da habe ich mal inseriert, dass war gar keine so schlechte Idee. Einige Kunden haben mich auf diese Seite schon mal angesprochen ... ich dachte aber eigentlich, dass das Bild etwas größer sei. Egal ...« Sie guckte sich die Bilder der anderen Prostituierten an und stieß dann auf Trisa.

»Ha! Das Bild ist aber *bearbeitet,* die hat nie derart straffe Brüste!«

»Siehst du? Das ist typisch PC, alles nur Lug und Trug!«, Attila grunzte zufrieden.

Moa maulte und wollte sich auch gleich die Brüste retuschieren, aber Attila erklärte ihr, dass das unglaublich lange dauern würde, und sie auch keine Software für derartige Spielchen besäßen und wenn man welche kaufen wollte, würde man ein kleines Vermögen ausgeben.

»Außerdem hast du das auch nicht wirklich nötig, du siehst so, wie du bist, einfach perfekt aus!«

»Findest du?«

»Absolut!« Das schien sie zu überzeugen.

»Trotzdem. Du solltest dich mehr mit PCs auseinandersetzen! Wenn wir schon dabei sind, du arbeitest doch heute, oder?« Attila guckte etwas irritiert. Manchmal war es nicht einfach, Moas Gedankensprüngen zu folgen.

»Ja, weshalb?«

»Ach, nur so. Das bedeutet, dass ich heute Abend alleine bin. Lass uns kurz das TV-Programm checken.« Sie gab die Adresse einer Programmzeitschrift ein.

»Ah, *Sex and the city.* Sehr gut!«, sagte sie.

»Kenne ich nicht!«

»Das darf doch nicht wahr sein! Jede anständige Tucke guckt sich das an! Lektion sieben: Ein richtiger Schwuler kennt alle Folgen davon! Kann die Dialoge auswendig ...«

»Das sagtest du schon bei den *Golden Girls!*«

»Aber das gilt auch für *Sex and the City!*«

»Ja, aber dann muss ich verdammt viel TV glotzen, wenn ich das alles lernen wollte!«

»Vergiss es«, sagte Moa und verzog theatralisch die Miene, und machte sich dann laut seufzend wieder über die Tastatur her.

Schließlich fanden sie die ursprünglich gesuchte Homepage. Moa begann, Attila ihren Plan zu erklären. Ihm wurde schon beim Gedanken daran schlecht. Vielleicht war es doch ganz gut, dass Manuel im Krankenhaus lag.

DIE ACHTE LEKTION

Attila zog es vor, erst nach Hause zu gehen. Seine kleine Wohnung machte den Eindruck, als ob dort niemand wirklich wohnen würde. Und eigentlich stimmte das auch: Er hatte diese Wohnung von Anfang an nicht gemocht und dementsprechend auch nichts in die Einrichtung investiert. Es gab nur das Nötigste, sein Schlafzimmer bestand aus einem Bett, welches er bei Ikea im Angebot gekauft hatte, seine Kleider hingen mangels Schrank an einer Kleiderstange, alles andere bewahrte er in Kartons auf, die noch nicht mal beschriftet waren, so musste er jedes Mal ziemlich lange suchen, bis er etwas fand. Im Wohnzimmer stand ein altes, aber sehr bequemes Plüschsofa in Dunkelgrün, einen Beistelltisch gab es nicht, sollte aber ursprünglich einmal angeschafft werden. Sein Fernsehapparat stand auf Ziegelsteinen und der etwas zu große Tisch stammte aus Moas alter Wohnung. In der Küche stapelte sich das schmutzige Geschirr, einen Geschirrspüler besaß er nicht. Küche, Bad, Wohnzimmer und Schlafzimmer, mehr gab es nicht. Attila suchte nach einem T-Shirt mit dem Aufdruck seines Arbeitgebers, fand eines, das noch frisch, aber ziemlich zerknittert war. Er suchte das Bügeleisen und glättete das Shirt auf dem Boden. Anschließend aß er noch einen Joghurt mit Bananengeschmack, obwohl er Banane nicht mochte, aber die restlichen Milchprodukte waren teilweise schon so lange abgelaufen, dass Attila sich nicht wundern würde, wenn sie sich von selbst bewegt hätten – und dennoch schmiss er sie nicht weg. Attila duschte und legte sich ein Weilchen aufs Ohr. Wenn er schon mal wieder einen Einsatz hatte, dann wollte er dort fit und ausgeruht erscheinen. Er legte sich hin und spürte eine eigenartige Unruhe. Kurz bevor er einschlief, war er sich sicher, dass an diesem Abend etwas passieren würde.

* * *

»Ich mache diese Besuche nicht besonders gerne und Abendbesuche schon gar nicht«, wetterte Dr. Theresa Kruschwitz, als sie sich bei Moa auf den Küchenboden setzte.

»Ich bin Ihnen auch *enorm* dankbar«, säuselte Moa und goss sich Rotwein ein. Der Psychologin bot sie nichts an, sie würde sowieso nur Mineralwasser trinken. Aber das war alle.

»Sie sagten etwas von diesen Tabletten gegen meine Traurigkeit?«

»Ja. Aber ich sagte auch, dass wir nicht sofort damit beginnen. Erst möchte ich Sie in unseren Gesprächen noch besser kennen lernen!«

»Aha. Dann gibt es also meine Ration noch nicht?« Moa nahm einen kräftigen Schluck und lehnte sich an die Wand. Wenigstens diese war etwas kühl, die Hitze hatte in den letzten Tagen bedenkliche Ausmaße angenommen. Die Temperaturen in ganz Mitteleuropa waren überdurchschnittlich hoch und in Zürich war es mit über 30 Grad nicht mehr auszuhalten. Zudem kletterten die Ozonwerte immer höher, längst schon waren die Grenzwerte überschritten.

»Sie sind doch ein kluges Köpfchen, Sie können mir bestimmt sagen, ob Ozon sich auf die Hautqualität eher positiv oder negativ auswirkt, oder?«

Dr. Theresa Kruschwitz war einen Moment lang perplex, hatte sich aber sofort wieder unter Kontrolle und ignorierte die freche Frage, äußerte stattdessen den Wunsch nach einem Glas Wasser. Moa rappelte sich auf, gab ihr ein grünes Freierglas und füllte es mit Leitungswasser.

»Also, Schätzchen, wie sieht es mit dem Gas aus? Bringt mir das – auf meine Haut bezogen – irgendetwas?«

»Keine Ahnung.« Die Psychiaterin rückte ihre große Brille zurecht und blätterte in Moas Akte. Schließlich schien sie zu finden, was sie suchte und kritzelte etwas. Moa spähte angestrengt auf ihren Stift und versuchte anhand der Schreibbewegungen herauszufinden, was geschrieben wurde. Selbstverständlich konnte sie nichts erkennen und also fragte sie danach.

»Das sage ich Ihnen nicht!«

»Sie müssen mir das aber sagen!«

»Nein!«

»Doch. Ich habe ein Recht darauf«, sagte Moa. Mittlerweile ging es ihr weniger darum, zu erfahren, was die Psychologin geschrieben hatte als viel mehr darum, wer nachgeben würde.

»Ich kann Sie so nicht behandeln!«

»Was meinen sie mit ›so nicht‹?«

»Ich spüre absolut keine Kooperation bei Ihnen«, beschwerte sich die Kruschwitz.

»Ich kooperiere doch«, sagte Moa. »Ich habe Ihnen von meiner Traurigkeit erzählt und von meinen Abtreibungen. Das sind Geheimnisse, die sonst niemand kennt!«

»Schon gut. Also, ich habe mir eine Notiz gemacht, dass ich das Gefühl habe, dass Sie das Altern fürchten.«

Moa grinste. Sie hatte gewonnen. »Ich habe aber keine Angst davor«, protestierte sie.

»Ach, kommen Sie, Moa. In Ihrem Gewerbe haben die meisten Frauen geradezu Panik davor, alt zu werden!« Das stimmte. Moa erinnerte sich an ein Mädchen, die sie Fleur nannte. Es war einige Jahre her, damals gab es noch mehr zu verdienen. Als die Kunden nach und nach ausblieben, was mehr an der flauen Konjunktur und weniger an Fleur lag, kriegte diese Panik, fuhr in die Berge und stürzte sich von einem Felsen. Das Mädchen war damals noch keine 30 Jahre alt. Und irgendwo war da schon ein Gedanke an die Zukunft und der war mit Unbehagen verbunden. Moa verdrängte diese Geschichte und die damit zusammenhängenden Gedanken so gut es ging. Sie war sich sicher, dass bald wieder bessere Zeiten anbrechen würden und als Domina konnte man auch länger arbeiten, als das sonst in ihrem Gewerbe üblich war.

»Ich habe absolut keine Angst davor. Außerdem habe ich genug Geld auf der Seite, ich könnte sofort mit dem Nichtstun beginnen!« Moa hätte sich für diese Aussage die Zunge abbeißen können. Nicht, weil es nicht stimmte, sondern weil dann die Psychotante auf die Idee kommen könnte, höhere Rechnungen zu schreiben. Moa hoffte noch immer auf einen Preisnachlass. Den würde sie jetzt wohl abschreiben können.

»Ich dachte das nur, weil sie mich nach der Wirkung des Ozons fragten. Eine unübliche Frage. Die meisten Menschen verbinden die hohen Ozonwerte mit etwas … äh … weniger Positiven«, sagte die Psychiaterin.

»Ich wollte interessiert wirken«, entschuldigte sich Moa. Hoffentlich merkte die Kruschwitz sich das mit dem Geld nicht.

»Kommen wir auf das Älterwerden zurück. Freuen sie sich denn darauf?«

»Nicht direkt, ich meine, es hat schon was mit Verfall zu tun, nicht?«

»Interessant. Fahren Sie fort«, sagte Dr. Kruschwitz und kritzelte erneut etwas in Moas Unterlagen, was sofort für Stirnrunzeln sorgte. Diesmal sagte Moa aber nichts.

»Da gibt es nichts weiter dazu zu sagen, es ist eine Tatsache: Ich freue mich nicht auf das Altwerden. Jetzt kann man sich höchstens fragen, ob das was Gutes oder Schlechtes ist. Ich für meinen Teil bin nicht gerade scharf darauf. Schließlich lebt es sich in der zweiten Lebenshälfte, wie man so schön sagt, nicht gerade so wie bei den *Golden Girls.* »

»Bei wem?«, fragte Dr. Kruschwitz. Moa seufzte. Scheinbar schien sich kein Mensch mehr für die netten alten Damen aus der amerikanischen Sitcom zu interessieren.

»Das war so `ne Serie. Haben vor allem Hausfrauen und Schwule geschaut. Wird auch heute noch im Fernsehen dann und wann gezeigt.«

»Weshalb sind sie eigentlich so mit dem schwulen Lifestyle vertraut?«

Moa wurde rot. Das passierte selten, aber wenn es passierte, dann ärgerte sie sich enorm darüber. So sehr, dass ihr Gesicht noch mehr Farbe bekam.

»Ich kenne mich einfach aus, basta. Zudem ist mein bester Freund schwul.«

»Soso. Dann haben Sie ja sicher schon mal mit ihm über die Angst vor dem Älterwerden gesprochen, oder?«

»Das ist ein billiges Klischee. Attila hat überhaupt keine Angst vor dem Verfall!«, protestierte Moa.

»So. Das wollte ich hören«, triumphierte die Psychiaterin.

»Endlich spüre ich so etwas wie Emotionen. Ich dachte schon, ich könnte Sie nie hinter dem Ofen hervorholen!«

»Jetzt spüre ich wieder diese Traurigkeit«, sagte Moa und wusste, dass die Kruschwitz ihr das nicht abkaufen würde. Sie hatte Recht.

»Ach kommen Sie, Sie sind zäher als Sie mich glauben machen möchten!« Es klingelte an der Tür.

»Gesicht zur Wand drehen«, befahl Moa und schaltete den Monitor ein. Dr. Theresa Kruschwitz tat widerspruchslos wie geheißen. Moa wollte nicht, dass die Frau irgendwelche Kunden zu sehen bekam. An der Tür standen zwei Männer. Moa hatte jetzt zwar keine Lust auf einen Dreier, aber ging Richtung Tür, nicht ohne vorher den Monitor abzuschalten. »Bin gleich zurück«, sagte sie, knallte die Küchentür hinter sich zu, hechtete sich in ihre High-Heels und öffnete die Eingangstür. Sie wollte eben etwas von »heute nicht, Jungs« erzählen, als der dickere der beiden schon mit einem Ausweis vor ihrer Nase herumwedelte.

»Sittenpolizei, guten Abend!«

Sie konnte ein lautes »Ach, du schöne Scheiße« nicht unterdrücken und ließ die beiden Polizisten eintreten.

* * *

»Ich habe keine illegalen Mädchen hier!«, wiederholte Moa. Das schien die Polizei wenig zu interessieren. Sie wollten Moas Ausweis sehen, öffneten die Tür zum Softsexzimmer und inspizierten dann das Strenge Zimmer. Moa war sich nicht sicher, ob die Polizisten das Recht dazu hatten, einfach so in ihrem kleinen Bordell herumzuschnüffeln, aber sie wagte keinen Widerspruch. Letztendlich konnte sie froh sein, dass die Sitte offenbar tatsächlich nur eine Routinekontrolle machte und nicht wegen … vermissten Personen bei ihr zu Besuch war.

»Hier können Sie nicht rein«, sagte Moa bestimmt, als sie die Küche sehen wollten.

»Wir können überall hin, und wenn sie nicht kooperieren, dann müssen wir sie aufs Revier mitnehmen!«

Das Wort *kooperieren* hatte Moa eben erst zu hören bekommen, wenn auch in einem anderen Zusammenhang. Mangels Alternativen öffnete sie die Küchentür. Dr. Theresa Kruschwitz starrte die beiden Männer entgeistert an.

»Guten Abend. Sitte. Ihren Ausweis bitte.«

»Ich bin Psychologin!«

»Jaja, schon klar. Aber wir fahren auf keins dieser Spielchen ab, Schätzchen! Deinen Ausweis, aber zackzack!«

»Ähm«, schaltete sich Moa ein. »Das ist Dr. Theresa Kruschwitz, meine Psychologin. Sie macht Hausbesuche.« Die beiden Polizisten guckten sich an und lachten schließlich schallend.

»Das ist der beste Witz, den wir heute zu hören bekommen haben. Schade, dass wir dafür keine Auszeichnung verteilen können. Zeig uns jetzt deinen Ausweis, deine Aufenthaltsbewilligung oder deinen Pass. Irgendein Dokument!«

»Ich habe nichts hier«, sagte die Psychologin und begann zu begreifen, dass es den beiden ernst war.

»Tja, dann … müssen wir dich wohl oder übel mitnehmen, Süße.«

»Nennen Sie mich nicht Süße!« Die Beamten grinsten erneut und griffen Dr. Theresa Kruschwitz unter die Arme, um sie unsanft auf beide Beine zu stellen. Begleitet von Moas und Dr. Kruschwitz' Flüchen wurde sie abgeführt.

Moas Patientendossier blieb auf dem Küchenfußboden zurück.

* * *

Attila fühlte sich unwohl. Er hasste es, wenn er mit jemandem zusammenarbeiten musste, den er nicht kannte. Vor allem, wenn es so jemand war wie Plutos. So nannte sich sein Türsteherkollege, der – wie er betonte – mehr als nur ein einfacher Türsteher war. Er hatte sich zum Sicherheitsspezialisten in Israel ausbilden lassen. Dies war, soviel hatte Attila schon gehört, eine Art Kampfschule für unterbelichtete Möchtegernpolizisten. Dabei war sich Attila nicht mal sicher, ob Plutos überhaupt lesen und schreiben konnte.

»Verdammte Sauhitze, nä?«, grunzte Plutos, Attila hüstelte.

Es blieb ihm nichts anderes übrig, als mit Plutos zu kommunizieren, deshalb antwortete er. »Verdammt, ja!« Seine Stimme klang tiefer als die von Plutos. Immer, wenn Attila seinem Job nachging, fiel die Tonlage seiner Stimme etwas. Woran das lag, vermochte er nicht zu erklären. Plutos war von einer anderen Firma angestellt als Attila und stand jedes Mal vor diesem Lokal. Immer dann, wenn sich die seltsamen Männer dort trafen. Unvermittelt dachte Attila an seinen Bruder. Dieser hatte sich komplett von der Familie losgelöst. Nicht, weil er irgend ein Problem hatte, sondern weil er mit 18 Jahren beschloss, auf eigenen Füssen zu stehen. Sein Bruder wollte sich und seinem Umfeld beweisen, dass er ein Leben auch sehr gut ohne das Geld seiner Eltern führen konnte. Attila hatte es nie geschafft, einen wirklich engen Kontakt zu seinem Bruder herzustellen. Man sah sich zu den großen Familienfesten, das war alles. Im Moment wusste Attila noch nicht mal, wo sein Bruder wohnte. Er würde sich demnächst darum kümmern und vielleicht konnte Moa im Internet etwas über ihn erfahren, sie war in solchen Dingen ja ziemlich gut.

»Verflucht!«, brummte Plutos und holte Attila damit wieder in die Realität zurück. »Ich frage mich, wie man sogar am Abend und bei dieser Hitze noch mit einem Anzug herumlaufen kann«, sagte Plutos und kaute auf einem Kaugummi, obwohl ihnen so was eigentlich untersagt war. Attila musterte seinen Kumpan, er war noch nicht mal muskulös, vielmehr war er einfach fett. Gut möglich, dass er mal Muskeln gehabt hatte, aber wie so viele in diesem Business hatte er kräftig Steroide konsumiert, dann Masse gekriegt, dann aufgehört zu trainieren und – zack – wurde er fett. Außerdem hatte er einen rasierten Schädel. Das konnte bei manchen Männern ganz neckisch aussehen, aber wenn man solche hässlichen, kleine Narben wie Plutos hatte, dann sollte man sich nicht kahl rasieren. Und Kampfstiefel in Schuhgröße 45 bei einer Körpergröße von einem Meter 80 sahen ebenfalls doof aus.

»Was sind denn das da für Leute?« Attila versuchte die Konversation möglichst harmlos verlaufen zu lassen. Er wusste nur, dass niemand ohne Einladung eingelassen werden durfte. Und die Einladungen sahen sehr teuer aus. Auf den Einladungen standen Namen der angesehensten Bürger, das Ganze in Gold gehalten, was das Entziffern der Namen im schlechten Licht der Türbeleuchtung auch nicht gerade einfach machte. Zudem mussten sie jeweils den Personalausweis kontrollieren, damit niemand mit einer Einladung kam, die nicht auf seinen Namen lautete.

»Das ist so ein Club, die treffen sich jeden Monat hier. Was die genau machen, weiß ich nicht. Hat auf jeden Fall nie Weiber dabei. Sind bestimmt alle schwul. Hähä.«

»Nur weil es ausschließlich Männer sind, müssen die noch lange nicht schwul sein«, donnerte Attila und verfluchte sich dann, weil man solche Diskussionen mit Menschen wie Plutos nicht führen konnte. Er hätte besser nichts gesagt.

»Bist wohl selber `ne Tucke, wie? Hähä.«

»Also, was machen die denn da drin?« Attila hatte keine Lust, sich über Homosexualität, weder allgemein noch im Speziellen, mit Plutos zu unterhalten.

»Das is' echt witzig. Erst singense, dann trinkense, dann wird da so geredet und sonen Zeugs und dann singense wieder und dann gehen sie.«

Gehense, dachte Attila. Der Typ war sogar zu blöd, seine Popgrammatik konsequent anzuwenden.

»Soso«, sagte Attila und dachte an Manuel. Das war einer der wenigen positiven Aspekte seines Jobs, wenn tote Hose war, konnte man stundenlang seinen Gedanken nachhängen. Er wusste, dass Manuel nicht tot war. Er wusste nur nicht, weshalb er das wusste. Und er konnte nicht verstehen, weshalb sich Manuel umbringen wollte. Schließlich – und das war sehr selbstsüchtig, dass wusste er ebenfalls – hatten sie sich um ihn gekümmert. Und da war irgendwo die Hoffnung, dass Manuel vom Stoff loskommen würde. Er könnte sich sogar vorstellen, mit ihm eine Freundschaft einzugehen. Nicht so typisch schwul oder Mann-und-Frau-mäßig, aber eine tiefe Kameradschaft. Gerade als er darüber nachdenken wollte, weshalb er eigentlich derart Angst vor einer festen Bindung hatte, meldete sich Plutos wieder:

»Das warense alle, die Sängerknaben. Die sind immer pünktlich und jetzt habenwer schon zwei Minuten nach Punkt. Da kommt keiner mehr. Ich geh mal pissen, okay?«

»Is' gut«, sagte Attila und fragte sich, wo Plutos pinkeln gehen wollte. Ihnen war es nämlich nicht erlaubt, ins Gebäude zu gehen. Plutos latschte einige Meter weg und ließ die Hose vor dem *Giorgio-Armani*-Shop herunter. Es war ihm offensichtlich egal, dass die Passanten guckten. Attila schämte sich für Plutos.

»Hähä. Das war geil«, sagte Plutos und stellte sich wieder neben Attila an die Türe. »Man darf nicht zu lange mit Pissen warten, das gibt sonst so was wie ein Blasenkrampf, weißt du ...«

»Hmm. Dann musst du aber sehr lange warten, bis du einen Blasenkrampf kriegst«, sagte Attila diplomatisch und hoffte damit das Thema beendet zu haben.

»Nä. Nich' bei mir. Das geht schnell mit dem Krampf. Manchmal habe ich auch hinten so'nen Krampf. Das tut verdammt weh!«

»Wie wäre es mit einer sanften Analmassage bei Moa?«, dachte Attila und grinste.

»Das is' so wie bei Spargel. Manche stinken danach beim Pissen, andere nicht. Ich stinke total.« Attila dachte nach, wie es wohl war, wenn man mit so einem Typen zusammenlebte und versuchte, so unbeteiligt wie möglich dreinzuschauen. Ihn interessierte es absolut nicht, in welchen Situationen Plutos stank oder nicht.

»Darf ich mal die Liste sehen?«, fragte Attila. Plutos gab ihm die Gästeliste. Alle bis auf drei waren abgezeichnet.

»Und die kommen nicht?«, wollte Attila wissen, nein, eigentlich wollte er nur das Gespräch in Gang halten, oder zumindest nicht weiter über Plutos Pisserei sprechen. Aber Plutos wusste darauf keine richtige Antwort: »Nä. Is' aber das erste Mal, dass jemand nicht kommt. Hab' ja schon gesacht, dass die immer alle pünktlich sind. Jetzt isses eh schon zu spät. Jetzt beginnense gleich mit Singen und so.« Attila studierte die Namen. Es waren ausschließlich bekannte Persönlichkeiten darauf zu finden, die meisten stammten aus der Politik. Als er die nicht abgezeichneten Namen erneut überflog, wurde er stutzig. Einer der Männer war der Sänger Tony Thomas, der andere war der Politiker Zimtstern.

Der dritte Name sagte ihm nichts. Er würde auf jeden Fall Augen und Ohren offen halten, was ihm leicht fiel, denn die Herren begannen tatsächlich zu singen. Es war ein ziemlich depressiv klingendes französisches Lied. Kein Chanson, sondern ein Popsong. Da die Akustik vor der Tür nicht besonders gut war und Attila sich mit französischen Liedern nicht auskannte, konnte er nicht sagen, von welchem Interpreten es im Original gesungen war.

De mutilation
En soustraction

»Kannste Französisch?«, fragte Plutos.

»Ja, Plutos, und du auch. Wir alle hatten das mal in der Schule. Erinnerst du dich?«

»Ich hatte nur ganz kurz Französisch«, sagte er und gähnte.

»Und Schule auch. Schule hattest du bestimmt auch nur ganz kurz«, dachte Attila wieder bei sich.

Te voir en chair
J'en perds la tête

De mutilation
En convulsion
Te voir ici
Quelle hérésie
Les bras m'en tombent

Attila guckte wieder auf Plutos Glatze. Dieser schien es zu bemerken, er kratzte sich erneut und fragte dann: »Is' was?«

»Nä«, sagte Attila in Plutos Ton.

De mutilation
En génuflexion
Excommuniée
J'ai les pieds et
Les poings liés

»Übersetz' mal, was die da singen«, forderte Plutos.

»Ist ziemlich schwierig. Ehrlich gesagt verstehe ich nicht sehr viel. Das ist mehr als Schulfranzösisch. Aber klingt schon ziemlich düster, der Song, findest du nicht?«

»Ich steh eh nich' so auf französischen Schlager. Ich mag mehr so die härteren Sachen«, sagte Plutos und trat von einem Bein aufs andere.

Die Haupteingangstür wurde geöffnet und ein ziemlich gestresst wirkender Mann hastete eilig auf den Münsterhofplatz, in der linken Hand sein Handy. Er zischte etwas, es klang wie »mit dir hat man immer nur Scherereien« und stieg dann in ein Taxi. Die Haupteingangstür zum Lokal hatte er nicht richtig geschlossen. Plutos schien es nicht zu bemerken und Attila war es gerade recht. Die singenden Männer hatten seine Neugierde geweckt.

»Das ist auch das erste Mal, dass da einer einfach so geht«, grunzte Plutos. Er kannte sich mit den singenden Männern bestens aus.

Attila sagte nichts und dachte an Moa. Sie hätte bei dieser Singerei einen Lachkrampf bekommen. »Was schallmeit mir da entgegen?«, hätte sie wohl gesagt und sich vor Lachen auf dem Boden gekugelt. Die Vorstellung, dass sich offenbar gut 20 ziemlich einflussreiche Männer zu einem Singsang-Meeting trafen, war zugegebenermaßen schon etwas grotesk. Es war tatsächlich so, wie Plutos beschrieben hatte. Singen und plaudern, manchmal hörte man lautes Lachen, aber alles schien in sehr geordneten Bahnen zu verlaufen. Attila war froh, dass der Abend bald zu Ende sein würde. Es war mal wieder typisch. Hätte er mit einem Schwulen zusammen vor der Türe gestanden, hätte er sich wohl genau so geärgert wie jetzt mit Plutos. Was bei ihm das Pinkeln und die damit verbundenen Probleme waren, wären bei einem Schwulen wohl Frisur, Kleidermarke und Shoppingtipps gewesen. Auch das nervte. Warum nur fühlte er sich weder bei den einen noch den anderen zu Hause? Als er ins Grübeln kam, erschien der Zeitungsmann. Immer gegen Mitternacht konnte man den *Tages-Anzeiger* kaufen. Die Zeitungsmänner tingelten von Bar zu Bar, um dort zu verkaufen. Attila pfiff dem Zeitungsverkäufer nach. Plutos runzelte die Stirne, Attila war klar, dass es nicht unbedingt gerne gesehen wurde, wenn Türsteher zeitunglesend an der Wand lehnten, aber er wollte wissen, wovon die Leute morgen sprachen.

Den internationalen Teil schaute er gar nicht erst an. Auf der ersten Seite des Lokalteils blieb sein Blick bei der Schlagzeile hängen. Er musste die fetten Lettern zwei Mal lesen. Dann blieb ihm die Spucke weg.

* * *

Dr. Theresa Kruschwitz war froh, als endlich ihr Mann kam. Die ganze Angelegenheit war ihr unglaublich peinlich. Sie spürte, wie sich die Polizisten auf dem Revier über sie lustig machten. Darüber hinaus waren es alles Männer, auch das gab ihr ein ungutes Gefühl. Sie konnte sich vorstellen, wie es für ausländische Prostituierte sein musste, wenn sie sich tatsächlich illegal im Land aufhielten und dann festgenommen wurden.

Als sie ihn sah, musste sie weinen. Manchmal war es doch ganz gut, einen Partner zu haben, und sei es auch nur, um mit den entsprechenden Papieren vom Polizeiposten abgeholt zu werden. Er nahm sie in den Arm.

»Sa«, flüsterte er. Obschon sie diese Abkürzung hasste, jetzt tat es gut.

»Heute wäre sein Geburtstag«, sagte sie, noch immer unter Tränen.

»Ich weiß«, sagte er und nickte im Gehen den Polizisten zu, die alle ganz unverhohlen glotzten. Einen Moment lang war er sich sicher, dass die muntere Polizistenriege im nächsten Augenblick applaudieren würde.

Sie fuhren nach Hause, ohne ein Wort zu sprechen. Theresa war froh, einen Moment lang zu zweit einfach nur schweigen zu können. Zu Hause angekommen, genehmigte sie sich einen Schluck Whiskey und setzte sich auf die Couch. Ihr Mann setzte sich neben sie. »Erzähl«, sagte er.

»Ich mache diese Sitzungen mit der Prostituierten, du weißt welche … da, wo du mich neulich abgeholt hast …« Er nickte.

»Da kam die Sittenpolizei, eine Routinekontrolle und ich konnte mich nicht ausweisen, weil ich meine Brieftasche nicht dabei hatte. Tja, und da haben sie mich mitgenommen, weil sie wohl dachten, dass ich auch anschaffen würde.« Chris Vankin lachte, es war das erste Mal seit langer Zeit, dass sie ihn so lachen hörte. Eigentlich war es das erste Mal überhaupt, dass er so lachte, seit ihr Sohn gestorben war. Sie goss sich nach. »Für mich sind diese Sitzungen auch interessant, weil diese Frau eine enorm starke Persönlichkeit besitzt. Ganz anders als die anderen Patienten, die ich betreue. Da nehme ich sogar in Kauf, diese Sitzungen in ihrem Bordell abzuhalten. Sie war einmal bei mir in der Praxis, aber da war sie total verschlossen.«

»Was ist denn ihr Problem?«

»Sie hat an sich keins. Sie hat mir mal was von Abtreibungen erzählt, wobei ich ihr das nicht recht abkaufen kann. Meiner Meinung nach ist ihr Problem, dass sie keins hat, aber alle in ihrem Umfeld auf sie einreden und ihr weismachen wollen, dass sie eins haben müsste. Sonst würde sie diesen Beruf nicht ausüben.«

Chris lachte erneut. »Dann wäre es aber nur fair, wenn du die Sitzungen bald beenden würdest, oder nicht?«

Sie nickte und legte ihren Kopf in seinen Schoss. Er fuhr ihr liebevoll durchs Haar. »Und wie war es bei dir? Kommt ihr voran?«

»Mit dem Gesang?«, fragte er. Sie lächelte und schüttelte den Kopf. »Du weißt, was ich meine!«

»Sie werden später die Spritzen verteilen, aber ich konnte mein Kurzreferat nicht halten, weil ich … na ja«, Chris guckte seine Frau an und grinste.

»Das tut mir Leid. Du hättest auch später kommen können!«

»Sa, wenn du mich anrufst und mitteilst, dass du im Gefängnis bist, dann ist es wohl selbstverständlich, dass ich sofort komme. Mein Referat wäre sowieso nur eine mündliche Ausführung des gedruckten Papiers gewesen, das alle bekommen haben …«

»Dann sind wir also reich?«

»Sehr reich. Sehr, sehr reich.«

Dr. Theresa Kruschwitz richtete sich auf. Ihre große Brille war etwas verrutscht, sie nahm sie ab, putzte sie mit einem Taschentuch und setzte sie dann wieder auf. Dies tat sie sehr langsam, beinahe liebevoll. Erst jetzt fiel Dr. Chris Vankin auf, dass er genau diese kleinen alltäglichen Gesten so mochte. Und dass er in den letzten Monaten, Jahren komplett vergessen hatte, wie sexy seine Frau aussehen konnte, wenn sie genau diese Dinge tat.

»Wie viel hast du denn jetzt verlangt?«

»Ein Monat kostet, je nach Alter, so um die 2000. Und alle haben einen Vertrag für zwei Jahre unterschrieben …« Dr. Theresa Kruschwitz stand auf und ging im Wohnzimmer hin und her.

»Das heißt also, bei 20 Personen …«

»960 000« sagte er. »Und dann die Einschreibgebühr, 10 000 pro Person und die Zusatztherapien, die im Durchschnitt nochmals 20 000 kosten. Im Schnitt werden wir alleine mit dieser Gruppe in den nächsten zwei Jahren *eins Komma fünf* Millionen machen. Brutto. Und wir haben in der Schweiz drei Gruppen. In Deutschland wird es eine geben, dort können wir aber nicht so viel verlangen, die haben weniger Geld, die Schwaben.

»Das würde ich aber nicht machen«, sagte Theresa. Ihre Augen hatten ein verführerisches Funkeln.

»Weshalb nicht?«, fragte er.

»Weil sie dann nach Deutschland rennen. Die fahren doch auch eine Stunde nach Konstanz, um da die Lebensmittel billiger einzukaufen …«

»Liebes, hier handelt es sich um die Spitzen aus Wirtschaft und Politik. Denen ist es egal, ob es ein paar Tausender mehr oder weniger kostet. Ich habe das schon im Griff!«

»Und was machen wir mit dem vielen Geld?«, fragte Theresa. Sie hatte sich das schon öfter gefragt. Sie verdiente mit ihrer Arbeit schon mehr als genug. Klar, es gab da einige Dinge, die sie sich gerne noch leisten würde. Aber dazu bräuchten sie nicht solche Summen.

»Wir kaufen uns Macht, Liebes. Ich will in die Politik. Ich will, dass die Nachwelt von mir noch spricht, wenn ich nicht mehr lebe.«

Theresa lachte. Das würde noch lange, lange nicht der Fall sein. Sie würden viel Zeit haben. Mindestens noch 100 Jahre. Da konnte einiges passieren.

Und mit Letzterem sollte sie auch Recht behalten.

* * *

»Moa«, wisperte Attila in sein Handy, darauf bedacht, dass Plutos nichts davon mitbekam. »Hast du noch eine Möglichkeit, die Zeitung von morgen irgendwie zu organisieren?«

»Nein. Es ist nach Mitternacht. Und du, wie kommst du an die Zeitung von morgen?«

»Die wird druckfrisch auf der Straße verkauft …«

»Wusste ich nicht«, sagte sie und drehte den Fernsehton leiser.

»Die haben die Kruschwitz verhaftet, weil sie keinen Ausweis dabei hatte«, gluckste Moa. Ihre Zunge stieß bei den Zischlauten leicht an. Entweder war sie müde oder leicht betrunken.

»Schlimm«, sagte Attila ungeduldig, »aber in der Zeitung steht, dass der Zimtstern nun doch verschwunden sei. Ich habe dir gleich gesagt, dass« – er senkte die Stimme – »das mit der Maskerade nicht lange klappen würde. Verdammt!« Attila hörte bei Moa im Hintergrund klassische Musik.

»Was hörst du da?«

»Ach, die zeigen eine ganz schräge Ballettinszenierung«, sagte sie und drehte den Fernsehton leiser.

»Ballett? Du?«

»Ja, Herzchen. Ballett. Und du solltest dich auch etwas mehr für Kultur interessieren!«

»Wozu?«

»Die 8. Lektion: Schwule interessieren sich für Kultur. Und im Besonderen für Ballett«, es klang kraftlos, Moa war wohl wirklich sehr müde und Attila hatte keine Lust auf diese Aussage einzugehen, abgesehen davon war auch er nicht in Plauderstimmung. Er versuchte, auf das eigentliche Thema zurückzukommen.

»Also. Maskerade. Aufgeflogen!«

»Ach«, sagte Moa. Es klang nicht sehr beunruhigt. »Dabei habe ich aus dir einen so schönen Politiker Zimtstern gemacht. Wirklich schade.«

»Ja, machst du dir denn gar keine Sorgen?«

»Eigentlich nicht. Du bist ja nach dem Puffbesuch bei dieser anderen Zeitung aufgetaucht. Die Redaktion wird der Polizei bestätigen, dass ein ziemlich aufgebrachter Herr Zimtstern in die

Redaktionsräume rauschte und mächtig auf den Tisch haute. Was danach passiert, geht mich nichts an. Verstehst du?«

»Ja, aber …«, wisperte Attila. »wenn denen nun doch auffällt, dass ich den Zimtstern gespielt habe?«

»Das ist denen nicht aufgefallen. Aber du solltest nicht solche Details am Telefon auspacken. Die brauchen uns bloß abzuhören, und dann sind wir geliefert!«

»Das ist ein Handy, das kann man nicht abhören«, maulte Attila und wusste, dass er nicht Recht hatte. »Geh ins Bett. Ich habe auch ein paar Neugkeiten, die ich dir erzählen muss. Sehen wir uns morgen früh? Machst du wieder eine Runde Suppenküche?«

»Nee. Mache ich nicht. Morgen nicht!«

Attila war überrascht. Normalerweise war Moa, wenn sie erst mal von einer Sache überzeugt war, nicht so schnell wieder davon abzubringen. Außer natürlich, wenn Geld im Spiel war. Dann konnte sie sprunghaft sein.

»Weshalb nicht?«

»Ich habe kein Fleisch mehr. Und Gemüse ist auch alle«

»Dann kauf' halt welches!«

»Nee. Lass gut sein. Treffen wir uns also am Vormittag!«

»Ist gut«, sagte Attila und legte auf. Plutos brummte etwas von Telefonieren ist verboten, während er sich auf seinem Handy mit einer SMS abmühte. Attila erwiderte nichts und widmete sich wieder dem Zeitungsartikel. Es stand nicht viel darin, nur dass der Politiker seit Tagen verschwunden war und seine Frau schließlich die Polizei alarmiert hatte. Sie tat dies erst so spät, weil ihre Ehe nur noch bis über die nächsten Wahlen hätte halten sollen, sie hatten schon längst getrennte Wohnungen und sie einen Liebhaber. Dann wurde noch etwas schmutzige Wäsche gewaschen und es folgte ein Überblick über Zimtsterns Werdegang, der ziemlich beeindruckend war. Attila blätterte weiter. Bei den vermischten Meldungen stand, dass der Sänger Tony Thomas so erfolglos wie noch nie war und die Verkäufe seiner neuen CD noch nicht über 1000 Stück lägen und er demnächst einen Auftritt in einem Frisiersalon haben werde. Attila fand den Gedanken deprimierend – einst ein Star, wenn auch nur für kurze Zeit, umjubelt und geliebt und jetzt musste der einstige Star kleine Auftritte von ausgeflippten Hairstylisten annehmen. Plutos schrieb noch immer an seiner SMS, und Attila begann sich zu langweilen. Das illustre Sängerkränzchen der einflussreichsten Männer Zürichs würde noch knapp eine Stunde dauern, erfahrungsgemäß dauerte die letzte Stunde immer am längsten, die Minuten konnten zu Stunden werden. Er würde doch mal einen kleinen Blick in Sachen Chansonclub riskieren. Es war schon möglich, dass es sich bei diesem Herrenkränzchen einmal mehr um einen deutschschweizerischen Annäherungsversuch der französischen Schweiz gegenüber handelte. Aber es war sehr unwahrscheinlich. Warum mussten sich die Deutschschweizer eigentlich immer um die französische Schweiz bemühen und nicht umgekehrt? Attila mochte die *Welschen* nicht wirklich, sie waren ihm zu arrogant und irgendwie weniger gebildet als die Bewohner der deutschen und italienischen Schweiz. Auch weigerten sie sich standhaft, Deutsch zu sprechen, weil sie die Sprache hässlich fanden.

»Plutos«, sagte Attila und versuchte, irgendwie kumpelhaft und versöhnlich zu klingen.

»Wasis?«

»Ich mach mal eine kleine Runde ums Haus. Okay?«

»Ich weiß nicht. Ich meine, wir müssen hier stehen, da können wir nicht einfach davonlatschen! Also ich würd´s mir nicht getrauen, das zu mache«, fügt er kleinlaut an. Attila brauchte einen Moment, bis er begriff, was Plutos ihm sagen wollte. Der Typ hatte Schiss!

»Haste schon mal einen Job verloren?«, fragte Plutos. Attila schüttelte den Kopf.

»Ich schon«, sagte Plutos. »Deswegen habe ich auch Schiss davor, einfach weglatschen!«

»Der echte Adel weiß von keiner Furcht.«, grinste Attila stillvergnügt.

»Hä?«

»Shakespeare«, sagte Attila. Attila wusste, dass er rein gar nichts verstanden hatte und sagte deshalb: »Ich muss mal.« Es war die frugale Übersetzung von dem, was Shakespear damit meinte.

Wenigstens so, wie Attila es verstanden hatte. Um es Plutos noch einfacher zu machen, zeigte Attila auf seinen Hintern. Jetzt schien Plutos zu verstehen. »Oh, okay, ja. Ich auch. Kann ich zuerst?«

Attila seufzte. Hätte er wirklich gemusst, dann wäre das jetzt sehr unfein von Plutos gewesen. Schließlich hatte Attila zuerst gefragt. Attila nickte, Plutos grunzte und verschwand.

Attila fixierte den Kegel einer Straßenlampe und dachte wieder an Manuel. Er wusste nicht, weshalb er ihn mochte. Bis vor wenigen Stunden hatte er noch nicht mal gewusst, *dass* er ihn mochte. Warum musste immer nur alles so verdammt kompliziert sein? Er hätte sich einen Partner gewünscht, der irgendwie gefestigt war – ein Mann, der mit beiden Füßen auf dem Boden stand, der wusste, wie das Leben funktionierte, denn genau das hatte Attila noch nicht wirklich begriffen – was allerdings bei seiner Kindheit auch nicht weiter verwunderlich war. Schließlich war seine Mutter alles andere als eine große Lebenshilfe. Sie war und ist auch heute noch einfach zu schrill. Attila war kein Wunschkind und das wurde ihm auch immer wieder vorgehalten. Er war immer auf sich selbst angewiesen.

Plutos kam zurück. Er hatte sich hinter dem Lokal einfach in den Grünpflanzen erleichtert. Für Attila stand fest, dass er ihm ganz bestimmt nicht die Hand zum Abschied schütteln würde.

»Geh nicht zu diesem großen Traubenstrauch oder wases nun is' dort war ich«, mahnte Plutos.

Traubenstrauch. Das war gut.

Attila summte das französische Lied der Männer nach, auch wenn die Melodie sehr depressiv klang – *etwas* war dran.

De mutilation En convulsion Te voir ici

Er überlegte, was *convulsion* bedeutete, kam aber nicht auf Anhieb darauf. Er hasste das. Eine Melodie, die sich festgekrallt hatte. Attila wusste, dass er für den Rest des Abends dazu verdammt sein würde, immer mal wieder diese Melodie zu summen.

»Ich suche mal eine Toilette, ich habe nämlich ...« Er hatte keine Ahnung, was er hatte, aber Plutos schien zu verstehen und nickte verständnisvoll.

Als er im Gebäude war, blieb er vor der halbgeöffneten Tür des Saales stehen und lauschte.

»Wir alle stehen nahe am Ziel«, sagte einer der Männer.

Attila wollte kein Risiko eingehen und versuchte daher erst gar nicht zu schauen, wer da gerade sprach. Es klang auf jeden Fall immens wichtig.

»Schade, dass unser verehrter Herr Doktor bereits gegangen ist, aber er hatte familiäre Pflichten. Er hätte einige amüsante Details zum Projekt erläutern können. Ebenfalls bin ich – ich habe das eingangs schon erwähnt – etwas erstaunt, dass nicht alle unserer geschätzten Mitglieder an dieser wichtigen Sitzung teilnehmen.«

»Einer davon ist tot. Und ich habe ihn gedoubelt«, dachte Attila und trat vorsichtshalber noch einen Schritt zurück. Die geschätzten Herren trafen sich also ganz offensichtlich nicht nur aus purer Freude am französischen Chanson …

»Denjenigen, die eine Abneigung gegen das Spritzen haben, muss ich leider sagen, dass es immer noch keine wirkliche Alternative dazu gibt. Aber ich kann Ihnen versichern, man spürt den Einstich kaum. Ein Mückenstich ist schmerzhafter …«

Dann raschelte es im Raum und unterdrückte Stimmen murmelten aufgeregt.

»Ich möchte Sie bitten, ausschließlich gemäß den schriftlichen Richtlinien vorzugehen. Die Einverständniserklärung haben Sie ja alle bereits unterzeichnet und alles Weitere steht in der kleinen Broschüre. Und bitte denken Sie daran – zu niemandem ein Wort!«

Attila guckte auf die Uhr. Seine Arbeitszeit würde in wenigen Minuten zu Ende sein, er nahm daher an, dass auch die Versammlung bald beendet sein würde. Er verdrückte sich. Irgendetwas stimmte hier ganz und gar nicht. Im Hinausgehen hörte er wieder:

De mutilation En convulsion Te voir ici.

Hoffentlich war Manuel noch am Leben!

DIE NEUNTE LEKTION

»Du bist etwas spät, mein Lieber!« Moa saß in der Küche vor dem Computer. Etwas war anders als sonst. Es dauerte einen Moment, bis er begriff, was es war. Der fehlende Geruch. Keine Suppe.

»Dann ist es dir also ernst mit dem Ende der Suppenküche?«

»Ja. Ich dachte, dass wir vielleicht ein wenig Puff-Publicity kriegen würden. Oder staatliche Unterstützung. Aber nichts ist passiert!«

»Dafür haben wir das Ding auch nicht lang genug durchgezogen!«

»Ich bin eh sauer«, sagte Moa, klang dabei aber sehr fröhlich. Dann sagte sie nichts mehr.

Es hatte noch immer nicht geregnet und Attilas T-Shirt war bereits durchgeschwitzt, obwohl es noch nicht mal Mittag war. Er zog seine Jeans und sein nasses T-Shirt aus und setzte sich nur in Unterhosen neben Moa.

»Was von Manuel gehört?«, Attila hatte den ganzen Vormittag über an ihn gedacht.

»Nein. Warum?«

»Ach, nur so …«

»Quatsch. Du bist in ihn verknallt!«

»Das stimmt nicht!«

»Stimmt doch. Du musst einer Hure doch nichts erzählen. Ich weiß, wann die Liebe zuschlägt.«

»Bestimmt. Ausgerechnet du. Du hast keine Ahnung von Liebe.«

»Wie findest du das?«, wechselte Moa das Thema und zeigte auf den Computerbildschirm.

»Nett. Aber wozu soll das gut sein?« Das Bild zeigte Moa mit einer Peitsche in der Hand. Obwohl sie eine Maske trug, war sie zu erkennen.

»Ich gestalte meine Inserate neu. Und jetzt – klick und schwupp – schau mal!« Sie zog mit der Maus einen Balken über ihre Maske und färbte den Balken anschließend rot.

»Wenn schon einen Balken, dann würde ich ihn schwarz machen. Das ist irgendwie klassischer.«

Moa murmelte etwas, klickte sich durch ein Menu und tauschte den Balken gegen ein Herz aus.

»Huh!«, sagte Attila. »Jetzt habe ich aber Angst vor der Domina. Sie deckt ihr Gesicht mit einem Herz ab. Huhuhu!«

»Nicht gut?«

»Nein. Lass es wie es war.«

Moa begann, ihre Haare mit schwarz zu übermalen.»Wie würde ich mich als schwarzhaarige Domina machen?"

»Abgesehen davon, dass jeder sieht, dass da eine ungeübte Anfängerin am Werk war, siehst du irgendwie lesbisch aus!"

»Lesbisch?"

»Fehlt nur noch, dass du dir die Haare ratzekurz machst, wenn man das könnte."

»Kann man bestimmt", sagte Moa und drehte sich zu Attila.

»Das darfst du sowieso nicht sagen!«

»Was?«

»Das mit dem Lesbischsein. Das ist diskriminierend und politisch völlig unkorrekt.«

»Hört hört. Ausgerechnet du kommst mir mit *political corectness.*«

»Das wäre die 9. Lektion, mein Lieber. Schwule haben Lesben gut zu finden, sie gehören nämlich beide einer Randgruppe an.«

Attila zuckte die Schultern. Er war die Randgruppe in der Randgruppe und konnte mit Lesben nichts anfangen.

»Ich kenne gar keine Lesben«, sagte er dann und guckte zu, wie Moa versuchte, ihren Brüsten mehr Volumen zu geben. Mittlerweile sah sie wie eine Comicfigur aus.

»Ich meine, eigentlich kann das mit Lesben und Schwulen gar nicht funktionieren, wir stehen ziemlich weit auseinander«.

»Was meinst du mit *weit?*« fragte Moa.

»Sexuell gesehen«

»Aha«, sagte Moa.

»Es soll ja regelrechte Killerlesben geben«, sagte Attila.

»Killerlesben?«

»Ja! SS-Lesben?«

»Jetzt wirst du aber geschmacklos«. Moa klickte so oft auf *Wiederherstellen*, bis sie das Originalbild wieder auf dem Bildschirm hatte und begann dann erneut, ihre Brüste zu bearbeiten. An die Haare wagte sie sich aber nicht mehr.

»Schnipp-Schnapp-Schwanz-Ab Lesben.«

»Das Thema scheint dich offenbar sehr zu faszinieren«, stellte Moa fest. Attila sagte nichts mehr. Sie spielten auf dem Computer noch eine Weile mit dem Programm und Moas Bildern, die teilweise enorm freizügig waren. Attila musste immer wieder staunen, wie fotogen Moa war.

Als es an der Tür klingelte, blickten beide wie immer sofort auf den Monitor, konnten aber niemanden sehen.

»Seltsam«, murmelte Moa und ging an die Tür, guckte aber vorsichtshalber doch noch durch den Spion. Attila hörte, wie sie mit dem Kunden, der vor der Türe stand, verhandelte, konnte aber nach wie vor nichts auf dem Monitor sehen. Aber zweifelsohne stand jemand vor der Tür. »Seltsam«, sage Attila.

* * *

Manuel hatte lange und intensive Träume. Oft sah er seine Mutter, die mit ihm durch grüne Wiesen spazierte. Manchmal waren es auch unangenehme Bilder, die sich dazwischen schoben. Es gab eine Szene, die tauchte in jedem Traum auf: Seine Mutter sagte, dass sie jetzt eine Autofahrt machen würden. Immer wenn er mit Mutti länger unterwegs war, pflegten sie ein kurzes Nickerchen vor der Abfahrt zu machen. Sie zog ihm den Pyjama an und er durfte in ihrem Bett schlafen. Draußen schien die Sonne und Papa war beim Arbeiten. Mutti nahm eine Wasserflasche mit ins Bett und viele weiße Bonbons. Er wollte auch eins haben, und als er schließlich lange genug gebettelt hatte, bekam er eines. Mutti sagte, dass es Erwachsenenbonbons waren und daher seltsam schmecken würden. Sie hatte

Recht. Die Bonbons waren viel zu klein und zudem ganz bitter. Er sagte nichts, kaute darauf herum und als Mutti gerade nicht hinschaute, spuckte er den weißen Brei ins Leintuch. Er wusste, dass er das nicht durfte, aber der Moment mit seiner Mutter war derart intensiv, dass er ihn nicht zerstören wollte. Er spürte auch, dass dieser Tag ein ganz besonderer Tag war. Mutti aß ganz viele Bonbons und lächelte. Ihr dunkles langes Haar glänzte in der Sonne. Sie hielt ihn fest, sang ein Lied und versprach, dass sie ganz bald losfahren würden. Manuel spürte, wie er müde wurde, er spürte, wie nah ihm seine Mutter war und er hörte sie immer und immer wieder flüstern, wie sehr sie ihn lieb hatte. Mutti war auch glücklich, sie hatte gesagt, dass sie so richtig über die Stränge hauen würde und deshalb so viele Bonbons esse. Manuels Mutter hatte sonst nie etwas für Süßigkeiten übrig gehabt. Als er einschlief, fühlte er sich so glücklich wie noch nie. Als er viel später aufwachte, war es bereits dunkel. Seine Mutter lag nicht mehr neben ihm, dafür streichelte ihm seine Oma durchs Haar. Die Oma, sie starb kurze Zeit später, hatte rote Augen und sprach mit zittriger Stimme, dass alles gut werden würde. Attila war sich sicher, dass seine Mutter den weißen Bonbonbrei im Laken entdeckt hatte und deshalb die versprochene Autofahrt abgeblasen hatte. Papa kam an diesem Abend nicht nach Hause, das war manchmal so, denn Papa hatte eine wichtige Arbeit zu erledigen, er musste Menschen helfen.

Dieser Traum wiederholte sich immer und immer wieder, bis es schließlich klarer und klarer wurde. Plötzlich konnte sich Manuel sogar an seinen damaligen Pyjama erinnern. Es war weiß und hatte kleine bunte Disney-Figuren darauf.

* * *

»Die Linse ist futsch«, sagte Moa mit einem Hunderter in der Hand. »Könntest du das irgendwie reparieren? Und ich kümmere mich um meinen Kunden.«

»*Lights, Models, Guestlist*», sagte Attila.

»Was ist denn das für eine Antwort!« Sie nahm das Deo, welches in der Küche stand.

»Das heißt nein. Schwule flicken keine Kameras.«

»Warum nicht?«

»Weil Schwule technisch unbegabt sind«, sagte Attila und grinste.

»Du hast doch den ganzen Krempel hier installiert«, protestierte Moa.

»Ich habe aber keine Lust mehr dazu. Ich bin jetzt schwul«, feixte er.

»*Ich* erteile dir Lektionen, nicht du mir, vergiss das nicht!«

»*Lights, Models, Guestlist*« Attila grinste noch breiter und hielt sich vorsorglich schon mal die Arme vors Gesicht. Moa fischte nach einem Handtuch und warf es nach ihm. Sie verschwand, er hörte das übliche Gemurmel aus dem Zimmer und dann so etwas, das wie Stöhnen klang. Wenn man jemandem beim Sex zuhörte und selbst absolut unbeteiligt ist, hatte das etwas Komisches. Es war schon seltsam: Menschen diskutieren, parlieren, debattieren oder plappern einfach darauf los, aber unter der Bettdecke herrscht meistens Stille. Die wenigsten Menschen sprachen miteinander beim Sex.

Attila stand seufzend auf und montierte den Spiegel am Eingang ab. Das erwies sich als gar nicht so einfach, da das Teil mit nicht weniger als 12 Schrauben festgemacht war – er hatte es bei der Installation wohl etwas zu gut gemeint. Als Moa den Kunden verabschiedete, guckte dieser ziemlich konsterniert auf das Loch in der Wand, welches normalerweise von dem Spiegel verdeckt war. Moa begleitete ihn hinunter auf die Straße. Auf dem Monitor war nichts außer einem Lichtkegel zu sehen, genau so sah es jeweils auch aus, wenn die Nachmittagssonne schien und in der Kameralinse Reflexionen verursachte. Nur, dass dann, sobald jemand vor dem Spiegel stand, auch etwas zu erkennen war.

Moa ging zurück in die Küche, während Attila sämtliche Kabel der Kamera kontrollierte.

»Kannst du was sehen?« brüllte er.

»Nö, nichts«, sagte Moa. Ist immer noch dasselbe Bild. Ein Lichtfleck und sonst nichts.

»Und jetzt?«

»Immer noch ein Lichtfleck.«

»Ist der Lichtfleck größer oder kleiner?«

»Nö«

»Was nö?«

»Nichts. Nur Nö.«

»Könntest du mal einen normalen Satz bilden?« Attila spürte, wie er bereits wieder klitschnass war. Die Hitze war unerträglich. Wie konnte man bei diesen Temperaturen überhaupt noch an Sex denken? Logisch, dass Moa Umsatzprobleme hatte. Es lag nicht an der Konjunktur, sondern einfach nur daran, dass es zu heiß war.

»Nö«, sagte sie wieder, obwohl er gar nichts verändert hatte.

»Und jetzt?«

»Nö.«

Attila ging in die Küche zurück, goss sich ein Glas kalten Rotwein ein und setzte sich neben Moa auf den Boden.

»Und jetzt?« fragte er spaßeshalber. Sie knuffte ihn und lachte.

»Du wirst aufmüpfig«, stellte sie fest. »Aber das gefällt mir!«

»Sollen wir mal alle Spitäler anrufen?«

»Wozu?«

»Na … wegen Manuel. Der muss doch irgendwo liegen …«

»Ach, der wird sich schon zeigen, wenn er wieder einigermaßen auf dem Damm ist. Das dauert einfach mehr als nur ein paar Stunden!«

Attila seufzte. Es war nicht nur die Tatsache, dass er sich gerne mit Manuel unterhielt, er hatte auch ein seltsam schlechtes Gewissen. Wenn Manuel sich tatsächlich umbringen wollte, dann hatte er ihm mit dieser Rettung nicht wirklich einen Gefallen getan. Und wenn er nicht sterben wollte, dann hätte er so eine Art Lebensretterstatus und das war ihm ebenfalls nicht recht. Sie würden einiges zu bereden haben.

»Jetzt sitzen wir also ohne Überwachungskamera da …«

»Ich bin kein Videotechniker. Aber mir scheint, die ist hinüber, die Kamera.«

»Hier, schau dir das mal an«, sagte Moa und gab Attila die Unterlagen, welche Dr. Theresa Kruschwitz bei der Verhaftung zurückgelassen hatte.

»Das wirkt sich aber nicht sehr positiv auf den weiteren Verlauf deiner Behandlung aus, denke ich!« Moa sagte nichts, Attila war von

Anfang an nicht wirklich von der Psychiaterin begeistert gewesen. Er blätterte eine Weile, bis er schließlich die persönlichen Notizen fand.

»Da steht aber außer deinem Namen nicht sehr viel mehr … aha. Hier. Du hast *abgetrieben?*« Attila guckte sie fragend an.

»Na ja. Habe ich so gesagt. Weil ich spürte, dass sie auf Kinder abfährt … Doof, nicht?« Attila nickte und las weiter. Es standen noch einige typische »Moa-Fragen« darin, solche, die sie offenbar besonders erstaunt hatte, aber sonst nichts weiteres. Interessant wurde erst der Teil, in dem Dr. Theresa Kruschwitz eine Art Tagebuch führte, allerdings waren es lediglich Gedankenskizzen, manche sogar mit einer kleinen Illustration versehen. Obwohl die Bilder so nebenbei gezeichnet waren, hatten sie fast etwas Künstlerisches. Kruschwitz' Notizen drehten sich meistens um Geld, aber auch um ihren Mann. Manchmal stand auf den Notizzettel nur ein Wort mit einer Zeichnung versehen.

»Ich würde die entlassen«, sagte Attila und gab Moa die Unterlagen zurück.

»Ich glaube, das hat sich sowieso erledigt. Ich brauche keine Psychotante. Auch wenn es schick war, aber letztendlich ist diese Frau wohl um einiges durchgeknallter als ich!«

Attila guckte auf die Uhr. Es war wirklich sehr ruhig im Haus und jetzt, da sie keine Kamera im Flur hatten, war es so, als ob sie komplett von der Außenwelt abgeschlossen wären.

»Jetzt wäre Suppenküchenzeit, aber kein Mensch ist hier«, stellte er fest.

»Ich habe einen Zettel an die Hauswand geklebt …«

»Ach, deswegen hast du deinen Freier auf die Straße begleitet?«

»Ja. Und weil ich auch gleich den Keller kontrollieren wollte. Womöglich fängt es schon an zu stinken.«

»Und?«

»Noch nicht. Das war ein gepflegter Kunde und der wird auch hoffentlich im Tod nicht stinken.«

»Das wird der aber schlecht kontrollieren können. Vielleicht kann er ja die Gesruchsrichtung etwas beeinflussen.«

»Ein Hauch Zimt wäre nett. Das würde den restlichen Gestank überdecken.«

»Das wäre dann aber eher unser toter Politiker Zimtstern, der auf dem Friedhof liegt. Dem würde ein Hauch Zimt gut tun. Wo du ihn doch noch so apart geschminkt hast …«

»Meinst du, der weiß, dass wir ihn noch hübsch gemacht haben?« Moa stand auf und wusch sich die Hände. Auch sie hatte mit der Hitze zu kämpfen.

»Wo ist eigentlich die Salzsäure?«, fragte Attila.

»Glaubst du an ein Leben nach dem Tod?«, fragte Moa unvermittelt und versuchte, nicht zu bedeutungsschwanger zu klingen.

»Ja. Glaube ich. Aber nicht so mit Fegefeuer und Hölle und Himmel.«

»Dann denkst du, dass man – egal wie man im Leben war – in den Himmel kommt?«

»Nein. In die Hölle.« Attila drehte sich auf den Bauch, lachte dabei und guckte Moa herausfordernd an.

»Das ist blöd. Mit dir kann man nie vernünftig reden!«

»Kann man schon, Moa, aber ich habe jetzt keine Lust, mich mit dem Tod auseinander zu setzen. Wo ist also die Salzsäure?«

»Der Kanister steht jetzt im Keller. War verdammt schwierig, das Ding runterzukriegen. Erst als ich sicher war, dass da nichts rauskommen kann, habe ich ihn die Treppe runterge … äh … schleppt.«

»Moa!«

»Was?«

»Du hast die Salzsäure einfach so alle Treppen runter gestoßen? Spinnst du? Was wäre passiert, wenn da was rausgeflossen wär?«

»Ist doch nichts passiert!«

»Also im Keller?«

»Ja.«

»Mein Gott«, sagte Attila und griff sich an die Stirn. »Du hast den Sänger Tony Thomas in der Salzsäure …?«

»Nicht ganz …«

Als Moa ihm die Details erklärte, wurde Attila derart schlecht, dass er sich auf der Toilette übergeben musste. Auch Moas aufmunternde Zurufe *Models, Lights, Guestlist* konnten ihm nicht helfen.

* * *

Dr. Chris Vankin führte über seine Erfahrungen genauestens Buch:

Die Nägel wachsen noch immer sehr stark, vor allem die Fingernägel. Zudem musste ich feststellen, dass die Struktur sich veränderte, der Nagel hat feine Rillen – beinahe so wie bei Vitaminmangel.
Mein Körperfettgehalt hat sich ebenfalls bereits um 1 Prozent verringert, was in Anbetracht der kurzen Dauer der Einnahme dramatisch ist, ich denke, wir sind auf dem richtigen Weg. Ebenfalls auffallend ist, dass ich mit enorm wenig Schlaf zurechtkomme. Ich hätte diese Nacht bereits nach weniger als 5 Stunden aufstehen können – ich fühlte mich fit. Aber dennoch leide ich keineswegs an Schlafstörungen. Unklar ist noch der zu hohe Blutdruck. Möglich, dass dies Begleiterscheinungen der Therapie sind, ich denke aber eher, dass es sich um ein temporäres Phänomen handelt, möglich, dass ich einfach zu viel Kaffee getrunken habe.

Unglücklicherweise riecht das Produkt bei der Injektion etwas stark – obwohl das Produkt direkt von der Ampulle in die Spritze wandert und von dort in die Haut, ist ein Geruch wahrnehmbar. Ich habe nichts dagegen einzuwenden, aber ich bin mir nicht sicher, ob dies bei allen so ist. Vielleicht müsste man dies bei der Weiterentwicklung berücksichtigen.

Die Versammlung verlief gut, wie erwartet hatten alle (sie wurden bereits im Vorfeld informiert) positiv reagiert. Unglücklicherweise konnte ich mein Referat nicht halten, da Sa im Gefängnis saß. Auch sie wird die Therapie mögen – vielleicht ist es für sie ein Neuanfang. Alles in allem verläuft die Kur sehr erfreulich, ich bin mir sicher, dass sich bald auch die ersten Fältchen im Gesicht zurückbilden.

* * *

Attila hatte sich nur mäßig beruhigt, aber er schließlich konnte nun auch nichts mehr ändern. Er wusste nicht, wann er das letzte

Mal erbrochen hatte, aber das hier war filmreif gewesen. Offenbar gab es durchaus Situationen, in denen er sich nicht unter Kontrolle hatte. Moa grinste, schaltete den Computer ein und fragte ihn, ob er Lust hätte, etwas zu chatten. Er hatte keine, aber es war noch immer besser als einfach so vor der Glotze zu hocken. Er hätte wissen müssen, dass Moa nicht uneigennützig handelte, als sie sich ins Internet einwählte.

»Die Kruschwitz spricht in ihren Notizen von Geld. Viel Geld. Genau das, was wir auch brauchen könnten, nicht?«

Sie gab den Namen der Psychiaterin ein. Die Suchmaschine zeigte keine Treffer. Schließlich suchte sie den Namen im Onlinetelefonbuch. Die Nummer kopierte sie und suchte erneut, nur mit der Telefonnummer. Unter derselben Nummer wurden sowohl sie als auch ein Dr. Chris Vankin angezeigt.

»Das muss ihr Stecher mit dem BMW sein«, sagte Moa. Attila staunte, Moa war manchmal ganz schön fix. Und wenn es um Geld ging, kannte ihr Unternehmungsgeist kaum Grenzen.

Sie suchte nun mit dem Namen des Mannes weiter und wurde fündig. Er war offenbar der Vorstand eines Gesangsvereins, der sich auf einer simplen Homepage vorstellte:

Wir sind: engagiert im Beruf, tatkräftig und anspruchsvoll – manchmal lustig, manchmal listig, auch intellektuell und gern gesellig

»Soso«, sagte Moa und las weiter:

Wir haben Ansprüche an
die Gestaltung des gesellschaftlichen Umfelds
die Wahrnehmung sozialer Verantwortung
die Entwicklung politischer Perspektiven
die Förderung kultureller Vitalität

»Das ist aber ein *sehr* engagierter Gesangsverein«, sagte Attila. »Irgendwie seltsam, ich dachte bislang, dass Leute, die gerne singen, eher etwas traditioneller sind. Das hier klingt ja beinahe nach Politik! Scheint irgendwie in Mode zu sein: schon das Gesangsvereinchen gestern Abend – die haben sich auch nicht wirklich nur zum gemeinsamen Musizieren getroffen. Da ging es irgendwie noch um mehr.«

»Wie bei den Kaffeefahrten«, sagte Moa und klickte weiter.

»Was?«

»Dort geht es auch nie um die Fahrt ins Blaue und auch nicht um den Kaffee, sondern um irgendwelchen Ramsch, den sie den Tanten auf der Fahrt im Bus verkaufen wollen. Heizdecken und so 'nen Krempel.«

Sie können ohne Verpflichtung drei- bis viermal zu unserem Apéro vorbeischauen oder an einem Themen-Lunch/Apéro teilnehmen und Gesangsvereinsluft schnuppern. Dort freuen sich unsere Mitglieder auf den Kontakt mit Ihnen.
Kribbelt es Sie ein wenig? Unser Sekretariat schickt mindestens 25-jährigen, engagierten Männern auf Anfrage die Vereinsstatuten, den Anmeldecoupon, die Details über die Anmeldung und die Kriterien für die Aufnahme neuer Mitglieder.
Dies gleich vorweg: Alle unsere Mitglieder haben eine maximal sechsmonatige Probezeit hinter sich, die ebenso für neue Mitglieder gilt. Während dieser Zeit stehen den Interessenten zwei Gesangsvereinsmitglieder als Paten zur Seite. Der Jahresbeitrag beläuft sich derzeit auf SFr. 1650.-.

»1650 für einen *Gesangsverein?!* Da bleibt dir ja die Spucke weg!« Moa schüttelte ungläubig den Kopf.

»Was ist das für ein Verein, der ausschließlich Männer aufnimmt und in dem von allem andern außer von irgendwelchem Talent die Rede ist?«

»Sag' ich doch. Kaffeefahrten. Äußerst dubios!«

»Na ja. Ich weiß nicht. Vielleicht ist es einfach ein schwuler Gesangsverein und deswegen wollen sie nur Männer?«

»Attila, ich bitte dich! Wäre es ein schwuler Gesangsverein, dann würde da nicht stehen: mindestens 25-jährige Männern, sondern *höchstens* 25-jährige Männern! Da ist was faul!«

Sie klickte sich durch die verschiedenen Rubriken des Vereines, dessen Präsident der Mann von Dr. Theresa Kruschwitz war, und landete dann bei *Events.*

»Passwort?« Attila war enttäuscht. Zudem machte das die ganze Sache noch dubioser. Weshalb brauchte man ein Passwort, wenn man sehen wollte, wo ein Gesangsverein seine Auftritte hatte?

Moa verzog keine Miene, ließ das Feld leer und drückte *Enter.*

»Das wäre jetzt auch zu einfach gewesen«, sagte Attila, als eine Fehlermeldung erschien.

»Es hätte funktionieren können«, murmelte Moa und griff zum *Schweizerischen Sexanzeiger.*

»Was machst du jetzt?«

»Frauensache!« Sie blätterte, bis sie ein ganzseitiges Inserat einer Domina fand, die sich ausschließlich auf strenge Erziehung spezialisiert hatte. *Lady von Kyburg* nannte sie sich.

»Nicht gerade ein schwungvoller Name«, sagte Attila und legte sich auf den Boden. Moa wählte die Nummer.

»Hi Stephanie, ich bin's«, dann war Moa einen Moment lang ruhig, offenbar wurde sie von der anderen Domina überschwänglich begrüßt. Moa lächelte, schilderte der Arbeitskollegin ihr Anliegen und hängte kurze Zeit später auf.

»Die kommt vorbei«, sagte sie zufrieden und goss Wein nach. Wenige Minuten später klingelte es an der Tür. Lady von Kyburg war einen Kopf größer als Attila, und sie kam nicht allein: An einer Kette hatte sie einen Mann, ganz in Leder und mit einer Maske.

»Das ist mein Sklave«, sagte Lady von Kyburg und befahl ihm, Moa die Füße zu küssen. Attila flüchtete vorsichtshalber auf die Toilette. Er hatte keine Lust, sich die Fuße küssen zu lassen. Als er zurückkam, knieten die beiden Frauen auf dem Küchenboden und der Sklave war im Strengen Zimmer eingesperrt. Lady von Kyburg entpuppte sich als Computercrack, sie knackte das Passwort in weniger als fünf Minuten, dazu hatte sie eine spezielle Software auf einer CD-ROM mitgebracht. Die beiden Frauen kreischten vor Freude, dann befahl Lady von Kyburg ihrem Sklaven, wieder aus dem Zimmer zu kommen. Auf weitere Küsse wurde aber verzichtet, was Attila beruhigt zur Kenntnis nahm.

»Frauenpower«, brüllten Moa und Lady von Kyburg. Der Sklave – noch immer kriechend – winselte, weil Attila ihm versehentlich auf die Hand getreten war.

»Selbst schuld«, sagte die Lady und befahl dem Sklaven, wieder aufzustehen. Das seltsame Gespann zog ab.

»Die hat es gut«, sagte Moa und seufzte.

»Weil sie mit Computern so gut umgehen kann?«

»Quatsch. Genau deswegen ist sie Hure geworden. Sie hat vor einigen Jahren mal gesessen, weil sie sich in den Zentralrechner der UBS eingehackt hatte und sich selbst einen Franken überwies!«

»*Einen* Franken?«

»Es ging nur darum zu zeigen, wie einfach man sich damals in Großrechner einwählen konnte. Deshalb musste sie auch nicht wirklich lange im Gefängnis sitzen. Aber ihre Computerkarriere war danach im Arsch … Heute hätte sie vermutlich gute Chancen auf dem Markt, es ist ja en vogue, Ex-Hacker in Firmen zwecks Austestung der Sicherheit einzustellen, damals war das noch nicht so.«

Moa guckte auf den Monitor, der noch immer kein Bild lieferte.

»Ich meinte mit ›die hat es gut‹, dass sie einen Sklaven hat, der jeden Tag ihre Dienste in Anspruch nimmt. Weißt du, was die damit verdient?«

Attila wusste es nicht genau, aber er konnte es sich sehr gut vorstellen.

»Heteros«, sagt er und kassierte einen Knuff.

»Das ist also alles sehr seltsam« sagte Moa und zeigte auf den Bildschirm mit der geknackten *Events*-Rubrik:

Unser nächstes Meeting findet wie angekündigt statt,
bei Fragen bitte Dr. Chris Vankin kontaktieren.

Dann konnte man den Namen anklicken und eine Mail schreiben. Was danach kam, war sowohl Moa als auch Attila schon bekannt:

Wir singen bei unserem nächsten Meeting »Agnus Dei« der französischen Sängerin Mylène Farmer. Der Liedtext kann hier heruntergeladen werden.

De mutilation
En convulsion
Te voir ici
Quelle hérésie
Les bras m'en tombent

De mutilation
En génuflexion
Excommuniée
J'ai les pieds et
Les poings liés.

»Diese Depri-Scheiße singen die?«

»Das Lied ist gar nicht so schlecht, vor allem wenn *die* es singen. Klingt richtig gut sogar«, sagte Attila. Für ihn war es Manuels Lied. Während er an ihn dachte, sangen es die Herren immer und immer wieder.

»Du hast es gehört?« Moa war erstaunt.

»Ja. Ich denke, dass ich gestern eben genau diesen netten Gesangsverein überwacht habe.«

»Du hast was?«

»Ich meine – *bewacht* habe. Aber ein bisschen gelauscht habe ich auch«, sagte Attila. Moa war über die neuesten Entwicklungen sehr erstaunt: Attila lauschte. Bis vor kurzem hatte ihn seine Umgebung gar nicht interessiert.

»Sing es«, sagte Moa. Attila schüttelte den Kopf.

»Manuel kann singen, das hat er neulich in einem Straßencafé bewiesen, aber ich bin diesbezüglich eine totale Niete. Außerdem ist dieses Französisch ziemlich anspruchsvoll, ich weiß noch nicht mal, wie man das ausspricht.« Er zeigte auf *Les poings liés.*

»Ich auch nicht!« Es klopfte an der Tür. Moa runzelte die Stirn. »Reparier endlich die Kamera«, fluchte Moa, guckte durch den Spion, und konnte ein erstauntes »Oh« nicht zurückhalten. Es war Manuel.

* * *

Dr. Theresa Kruschwitz stand etwas ratlos mit der Spritze in der Küche. Es mochte ja sein, dass man die Injektion in der Hautfalte am Bauch nicht spürte, aber dennoch – sie hasste Nadeln. Die griff mit zwei spitzen Fingern eine Hautfalte und setzte an . Aber einstechen konnte sie nicht. Wie konnte eine Nadel, auch wenn sie zugegebenermaßen sehr dünn war, nur wie ein *Mückenstich* wahrnehmbar sein? Sie würde sich bestimmt verletzen! Und dann wäre ihr Mann sauer. Sie stellte sich vor, wie sie versehentlich ein Blutgefäss traf und es nicht mehr zu bluten aufhören würde. Sie hielt einen Moment inne und starrte wieder auf die Nadel. Und das sollte sie jetzt jeden Tag machen? Morgens und abends eine Spritze? Sie guckte auf die radiumgrünen Leuchtziffern der Backofenuhr, offenbar stand sie nun schon eine geschlagene Viertelstunde in der Küche mit dieser Spritze in der Hand. Zudem hatte dieses Medikament einen seltsamen chemischen Geruch. Es erinnerte sie an ein Putzmittel. Fensterputzmittel mit Salmiak. Roch es tatsächlich nach Salmiak? Sie seufzte und legte die Spritze mit der klaren Flüssigkeit auf die Spüle. Mittlerweile waren bestimmt überall Bakterien auf der Nadel und sie würde einen Abszess bekommen. Das wäre auch witzig – tolle Haare, keine Falten mehr, den Körper einer 20-jährigen, aber leider einen Abszess dran. Einen, den man operieren musste. Oder vielleicht tummelten sich auf der Spüle irgendwelche seltsamen Bakterien, die eine unheilbare Krankheit übertragen würden. Außerirdische Bakterien. Solche, die ganz neu auf dieser Welt waren. Sie würde sich mit ihnen anstecken, weil sie ewig sein wollte, aber dummerweise waren diese außerirdischen Bakterien, die sich nur jetzt und hier auf der Spüle tummelten, derart ansteckend, dass die gesamte Weltbevölkerung innerhalb von 24 Stunden tot umfallen würde. Fast musste sie über ihre eigenen Gedanken lachen. Sie nahm die Spritze wieder in die Hand. Sie schloß die Augen und stach zu und konnte gar nicht glauben, dass es nicht sehr weh tat. Obwohl es doch wesentlich schmerzhafter als ein Mückenstich war. Sie ließ die Flüssigkeit mit dem seltsamen Geruch in ihr Fettgewebe dringen und nahm sich vor, bei der Abendration wenigstens hinzugucken. Das würde den geringen Schmerz ganz bestimmt noch etwas reduzieren. Sie setzte die orange Schutzkappe auf die gebrauchte Nadel und genehmigte sich ein Glas Weißwein. Als sie den ersten Schluck getrunken hatte, holte sie die Informationsbroschüre ihres Mannes und guckte nach, ob man Alkohol unmittelbar nach der Injektion trinken durfte. Es schien in Ordnung zu sein, denn Chris hatte nichts darüber geschrieben. Vielleicht hatte er es auch einfach vergessen zu erwähnen. Sie trank den Rest des Wein, setzte sich vor ihren Computer und schaltete ihn ein. Dann öffnete sie das digitale Fotoalbum ihres toten Sohnes und betrachtete wehmütig die Bilder. Auf dem kleinen roten Kinderfahrrad, zusammen mit einer Freundin aus der Grundschule. Beide hatten beinahe mit einem Mal sämtliche Milchzähne verloren. Später, als junger Mann. Stolz zeigt er sein erstes Moped. Sie hatten damals große Diskussionen – er wollte, dass sie bezahlte, sie bestand darauf, dass er sich selbst ein Moped finanzieren musste. Immerhin war sein Vater bereit, etwas mehr Taschengeld locker zu machen. Sie seufzte. Wie schön er doch war. So voller Leben. Diese Kraft in den Augen. Dann kam ihr Lieblingsbild. Sie gingen zusammen Kleider kaufen, er hatte damals die spontane Idee, sich in einen dieser Fotoautomaten zu setzen. Das Passfoto war hervorragend geworden. Mutter und Sohn strahlten vor Glück. Sie würde es erneut bearbeiten und dann großformatig ausdrucken. Ein Bild zeigte ihren Sohn mit einer Jugendfreundin, Theresa konnte sich nicht mehr an ihren Namen erinnern, aber sie war ein hübsches schwarzhaariges Mädchen. Auf dem Bild hatten ihre Augen etwas sehr Trauriges, was im krassen Gegensatz zu ihrem Lachen stand. Sie hatte sich mit ihrem Sohn glänzend verstanden. Theresa gönnte ihm das Glück, aber an der Verbindung hatte sie immer gestört, dass das Mädchen unverschämt viel Geld besaß, das aus irgendwelchen dubiosen Filmprojekten stammen sollte. Plötzlich hatte Dr. Theresa Kruschwitz keine Lust mehr, weiter in den Computer zu stieren, sie stellte ihn aus, ging zurück in die Küche, wo sie noch ein Glas Wein trank. Dabei fiel ihr ein, dass es höchste Zeit wurde, sich ihre Unterlagen von Moa zurückzuholen.

* * *

»Setz' dich!«, befahl Moa und deutete auf den Boden. Manuel sah nicht schlecht aus, aber sein Gang verriet, dass er noch nicht wirklich fit war. Andererseits – wie fit konnte ein Junkie sein?

Attila sagte nichts. Er wusste nicht, wie er sich Manuel gegenüber verhalten sollte. Gerade als er ihn begrüßen wollte, fiel ihm Moa ins Wort.

»Dass du mir so was nicht noch mal machst, Junge! Wir brauchen dich nämlich!«

»Ah ja?« Sagte Manuel und guckte Attila fragend an. Dieser zuckte die Schultern und überlegte sich, was er sagen könnte. Moa zeigte auf den Computer. »Du kannst doch singen, oder? Und du siehst, wenn man dich etwas zurechtmacht, auch ganz passabel aus …«

»Moa, er war mal Model«, warf Attila ein.

»Das war *ich* auch mal! Und dann auch auf die schiefe Bahn gekommen …«, entgegnete Moa sarkastisch.

»Gibt's was zu essen? Habt ihr noch Reste von der Suppenküche?«, wollte Manuel wissen.

»Diese Sache ist gegessen, sozusagen«, sagte Attila und drückte Manuel einen Bio-Joghurt in die Hand. »Soll sehr gesund sein«, murmelte er.

»Bevor wir zum Singen kommen, möchten wir aber gerne noch etwas wissen«, sagte Moa und guckte Attila an. Das war Moas dezente Art, das Gespräch auf den Zwischenfall zu bringen. Und es war offensichtlich, dass sie jetzt weiter nichts sagen würde. Das war typisch Moa. Die wirklich schwierigen Dinge musste er immer erledigen.

»Warum hast du dich umbringen wollen?«, fragte er nach langem Zögern. Es hätte neutral klingen sollen, aber es kam eher borstig rüber.

»Ich hatte einfach keine Lust mehr auf den Scheiß!«, sagte Manuel trocken.

»Und deswegen hast du einfach aufgegeben?« Moa war fassungslos. »Kein Wunder, dass du zum Junkie geworden bist. Du kannst nicht immer davonlaufen, Junge. Manchmal muss man sich den Problemen einfach stellen. Das kann sogar Spaß machen, glaube mir!«

»Schon gut«, sagte Manuel. »Ich muss eh wieder zum Entzug. Das ist sozusagen obligatorisch für mich …«

»Das nutzt dir aber gar nichts, mein Lieber. Wenn du nicht davon loskommen willst, dann bringt auch der beste Entzug nichts! Wir machen jetzt gleich und hier Schluss damit!«

»Das geht nicht so einfach«, sagte Attila, der froh gewesen wäre, wenn Moa jetzt einen Freier zu bedienen gehabt hätte.

»Egal«, sagte Moa zu Manuel. »Wenn du mit den ersten Entzugssymptomen kommst, dann sperre ich dich ein. Und du kannst mir die ganze Küche voll kotzen, das Mobiliar zertrümmern und auf mich losgehen. Ich lasse dich erst wieder raus, wenn du weg vom Gift bist. Und damit basta!«

Attila war sich nicht sicher, ob Moa das tatsächlich vorhatte. Aber wenn sie dies tatsächlich tun wollte, dann hatte dieser Plan einen entscheidenden Haken: Irgendwann musste Manuel mal wieder herausgehen und dann würde er die erstbeste Gelegenheit beim Schopf packen und sich wieder einen Knall setzen. Niemand sagte ein Wort.

»War nur Spaß«, sagte Moa endlich. Sie guckte zufrieden in die Runde. Attila fand den Spaß nicht lustig, aber vielleicht brauchte Manuel auch genau das.

»Ich hatte gestern … Geburtstag. Und irgendwie fühlte ich mich einfach total alleine. Es war … ich weiß auch nicht. Alles zu viel.« Manuel war den Tränen nahe.

»Happy Birthday«, posaunte Moa gnadenlos. »Hoch die Gläser! Auf meinen liebsten Junkie, der auch schon schlechter ausgesehen hat. Prost!«

»Moa«, zischte Attila. Ihn rührte die Geschichte zu sehr. Manuel wollte sich schließlich an seinem Geburtstag umbringen!

»Wie alt bist du denn geworden?«

»30« Manuel guckte zu Boden.

»Ein stolzes Alter für einen Junkie. Ihr werdet normalerweise nicht sehr alt …«

»Moa meint es nicht so. Es ist ihre Art, auf diese Weise mit schwierigen Situation umzugehen«, versuchte Attila zu beschwichtigen.

»Es ist sehr wohl *nicht* meine Art, mit schwierigen Situationen so umzugehen. Ich finde nicht, dass Monsieur, nur weil er heroin-, kokain- und sonst was abhängig ist, ein schwieriges Leben hat. Monsieur hat sich das nämlich selbst ausgesucht!«

»Moa! Bitte!«

»Sie hat ja Recht«, sagte jetzt Manuel und stellte den leeren Joghurtbecher auf die Spüle.

Es klingelte an der Tür, Moa guckte durch den Spion und öffnete dann.

»Kommen Sie rein«, hörten Manuel und Attila sie sagen. In der Küche erschien Dr. Theresa Kruschwitz.

»Sie kommen sicher, um die Unterlagen zu holen, oder?« Moa hatte das Dossier bereits in der Hand. Attila stand auf und wollte der Psychologin die Hand geben, als diese nach Luft japste. Manuel stand ebenfalls auf und hatte einen Gesichtsausdruck, als sei er dem Leibhaftigen begegnet.

»Mama!«, sagte er schließlich. Und Dr. Theresa Kruschwitz kippte längs auf den Boden, röchelte und blieb liegen.

* * *

Dr. Chris Vankin hatte keine Lust, ans Telefon zu gehen. Das war der Vorteil bei einem Anrufbeantworter – man konnte erst hören, wer es war. Aber seine Frau hatte es vor kurzem fertig gebracht, das Gerät irgendwie kaputt zu machen und nun hatten sie keinen mehr. Es klingelte weiter und er hob ab. Es war eines der Mitglieder aus dem Gesangsverein, Dr. Brightman. Er klang ziemlich echauffiert – Chris hatte ihn vor gut einem Jahr zu seinem Event-Assistenten gemacht. Dr. Brightman war Mediziner, harmlos und sehr fleißig. Sie hatten es bisher noch nicht geschafft, sich zu duzen. Chris versuchte sich an seinen Vornamen zu erinnern, dieser wollte ihm aber nicht einfallen.

»Die Mitglieder, die an unserem letzten Meeting nicht teilgenommen haben, sind alle nicht erreichbar«, sagte Brightman.

»So. Und was soll das heißen?«

»Ich weiß nicht, was das bedeuten soll … Es waren alles solche, die die Therapie bereits begonnen hatten. Ein merkwürdiger Zufall!«

»In der Tat«, sagte Chris und ärgerte sich. Er hätte den Anruf nicht annehmen sollen.

»Was sollen wir tun?« Brightman war sich offenbar sicher, dass das Fernbleiben der Männer eine größere Bedeutung hatte.

»Wir tun gar nichts! Die Pakete sind ausgeliefert, die Rechnungen gestellt. Wenn Sie jetzt wieder mit Ihren Bedenken kommen, Brightman, dann werden wir nichts von dem Geld sehen! Also malen Sie den Teufel nicht an die Wand!«

»Das tue ich doch gar nicht, aber ich habe eine Verantwortung! Ich bin Mediziner!«

»Das bin ich auch. Aber wir können doch nicht alle Mitglieder anrufen und sagen, dass vielleicht etwas mit der Therapie nicht in Ordnung ist!«

»Das müssen wir aber«, sagte Brightman.

Die beiden Männer sprachen sich in Rage. Als Dr. Brightman schließlich feststellte, dass Dr. Chris Vankin zu keinem Kompromiss bereit war, drohte er damit, dass er dann wohl die Polizei einschalten müsse.

»Warten Sie«, sagte Vankin. Er versuchte es einsichtig klingen zu lassen. »Ich komme kurz vorbei, wir wohnen ja ganz in der Nähe. Dann besprechen wir das Ganze noch mal in Ruhe. Einverstanden?«

Dr. Brightman willigte ein. Chris zog sich kurz um – schwarzer Pullover und schwarze Jeans – und stieg ins Auto. Es dauerte beinahe eine halbe Stunde, da der Feierabendverkehr bereits eingesetzt hatte. Wenn die Therapie tatsächlich Nebenwirkungen haben würde, dann wären die Millionen im Nu flöten. Er versuchte auf dem Handy Zimtstern zu erreichen, aber es nahm niemand ab.

Chris parkte vor dem Wohnblock, in dem Brightman wohnte. Ein eher schäbiges Appartement, was für einen Mann, der so viel Geld wie Brightman hatte, doch eher selten war. Aber sobald man die Wohnung von Brightman betrat, wusste man, wohin das Geld floss: Brightman mochte ganz offensichtlich Kunst. Die Möbel waren alle antik und an den Wänden hingen Bilder, die Vankin auch schon in Kunstkatalogen gesehen hatte. Das Appartement hatte zwei Zimmer. Offenbar wohnte Brightman alleine, eine Frau hätte die Zimmer anders eingerichtet. Aber genau das würde Vankins Vorhaben auch erleichtern. Er setzte sich auf ein rotes Sofa, das ebenfalls uralt schien, aber bestimmt auch enorm wertvoll war. Brightman hatte viel Geld von ihm bekommen, sonst hätte er sich die *Forever-Young-Therapie* nicht leisten können.

»Was zu trinken?« Brightman trat an die Bar. Brightman war ein kleiner Mann. Jetzt sah er Chris fragend an und fragte weiter: »Genehmigen wir uns einen Whiskey?«

Vankin schüttelte den Kopf. Alkohol war gefährlich, besonders bei seinem Vorhaben.

»Lieber ein Wasser«, sagte er dann. Brightman ging in die Küche und kam mit einem Glas Mineralwasser in der einen und einem Glas mit einer grünen Flüssigkeit in der anderen Hand zurück. Er schien Vankins fragenden Blick bemerkt zu haben.

»Pfefferminzsirup«, sagte er und lächelte.

»Aha«, sagte Chris. Er trank einen Schluck von seinem Wasser. Je länger er hier saß, desto unsympathischer wurde ihm Brightman. Er würde seinen nächsten Assistenten besser auswählen.

Chris entschuldigte sich, stand auf und ging zur Toilette, die sich wider Erwarten vom Rest der Wohnung deutlich abhob: Mit Tesafilm hatte Brightman Autogrammkarten von jeder *Miss Switzerland* befestigt. Es begann beim Lichtschalter und endete mit der aktuellen Miss Schweiz beim Spülkasten. Er betätigte die Spülung und tat so, als würde er sich die Hände waschen. Dann öffnete er die Tür und begann laut zu schimpfen.

»Was gibt's?«, fragte Brightman aus dem Wohnzimmer.

»Können Sie mir mal kurz helfen?«

Brightman kam angetänzelt.

»Mir ist eben die Kontaktlinse aus dem Auge gefallen«, sagte Chris und bückte sich. Instinktiv tat Brightman das Gleiche.

Dann sagte Chirs: »Ich gehe ganz kurz nachschauen, ob ich eine Ersatzlinse dabei habe« und verschwand im Wohnzimmer, während sich Brightman auf den Boden hinkniete, zu Füßen seiner Schönheitsköniginnen.

Chris nahm das Fläschen mit dem Saxitoxin und goss gut die Hälfte in Brightmans Pfefferminzsirup.

»Ich habe eine Ersatzlinse dabei«, sagte Chris dann und verstaute die Flasche. Die Dosis würde reichen, dessen war Chris sich sicher. Bei der schwarzhaarigen Fitnesstussi hatte er nur ein Viertel davon genommen. Die fiel dann allerdings auch erst eine halbe Stunde später tot um. Bei Brightman wollte er keine weitere Minute verstreichen lassen. Brightman kam brav zurück und trank einen Schluck. Er war bestimmt ein netter Arzt gewesen.

* * *

»Sie ist deine Mutter?« Moa war immer noch konsterniert, nachdem sie schon den Krankenwagen gerufen hatte. Manuel kauerte über Dr. Theresa Kruschwitz und weinte. Diese atmete ruhig, aber war noch immer nicht bei Bewusstsein. »Lange Geschichte«, schluchzte Manuel. Er konnte nicht mehr sagen. Er hielt sich den Bauch und rollte sich dann auf dem Boden neben seiner Mutter zusammen. Attila streichelte seinen Rücken. Manuel gab sich seinen Tränen hin. Er schien gar nicht mitzubekommen, wie die Sanitäter die Psychologin abtransportierten. Erst später, als Moa Attila schon Wein eingeschenkt hatte und selbst ein Glas in einem Zug geleert hatte, tauchte Manuel aus seinem Zustand wieder auf.

Moa sagte nur, dass er jetzt wohl einiges zu erzählen hätte und Manuel lehnte sich an Attila, der immer noch neben ihm saß, und begann mit langsamen Worten mit seiner Geschichte.

»Meine Mutter war sehr stolz auf mich. Ich war ihr einziger Sohn. Mit meinem Vater hatte ich immer Probleme. Ihm wäre es lieber gewesen, wenn ich studiert hätte. Aber als durch meine Modeljobs Geld ins Haus kam, und davon nicht wenig, war es für ihn in Ordnung. Dann habe ich mit den Drogen begonnen und nachdem meine Eltern alles versucht haben – ich hatte sie auch beklaut und so – setzten sie mich auf die Straße. Meine Mutter schrie mir damals nach, dass ich für sie tot sei, dass sie keinen Sohn mehr hätte. Ich versuchte eine Zeitlang Kontakt mit ihnen herzustellen ...«

»Das hat deine Mutter gesagt? Dass du tot für sie wärst?«, fragte Moa. Offenbar ging es etwas zu schnell für sie. Dies mochte auch an ihrem hohen Weinpegel liegen.

»Ja. Schließlich ging es so weit, dass sie mir mit der Polizei drohte, wenn ich aufkreuzte. Ich musste akzeptieren, dass sie mich irgendwie ... verdrängt hatte!«

»Ha! Und die will eine Psychologin sein! Ha!« Moa begann sich in Fahrt zu reden.

»Moa ...«, begann Attila beschwichtigend.

»Schon gut«, sagte Manuel. »Gestern, an meinem Geburtstag, holte mich das alles wieder ein. Ich erinnerte mich auch daran, dass sie sich umbringen wollte. Ich war damals noch sehr klein. Ich sagte mir, dass ich sie damals wohl irgendwie verloren hatte und das reichte dann auch für ... nun. Ihr wisst schon.«

Moa und Attila nickten. »Wieso hast du denn das Gefühl, dass du für ihren Selbstmordversuch verantwortlich bist?«, fragte Moa.

»Ich weiß es nicht. Ich hatte einfach das Gefühl, etwas falsch gemacht zu haben. Aber ich war damals gerade mal sechs Jahre alt.

»Da kannst du wirklich nicht viel falsch gemacht haben«, sagte Moa und guckte Attila an. Dieser schüttelte den Kopf, weil er wusste, was nun kommen würde. Aber Moa ignorierte Attila. »Hör' mal Manuel, ich meine, ich weiß, dass du jetzt nicht gerade Lust auf Party hast, aber ich hätte da eine kleine Bitte. Außerdem wird es dir helfen, an etwas anderes zu denken. Die haben ja auch gesagt, dass es mit Dr. Theresa – ich meine deiner Mutter – nicht so schlimm steht«, tröstete Moa, um dann auf ihr Anliegen zu kommen. Manuel guckte sie fragend an, sie erklärte ihm ihren Plan und Manuels Augen wurden immer größer. Dann willigte er ein mit der lakonischen Begründung, er habe sowieso nichts zu verlieren, und ging auf die Toilette.

»Setzt du dir jetzt einen Schuss?«, brüllte Moa. Als keine Antwort kam, legte sie nach: »Das ist in Ordnung, Junge, aber du musst heute Abend in Topform sein!«

»Hör schon auf!«, sagte Attila und war bereits nervös.

Dann legten sich alle einen Moment hin. Moa im Softsexzimmer, und Attila und Manuel im Strengen Zimmer. Attila war Moa dankbar, dass sie die Zimmerzuteilung vorgenommen hatte.

»Die liebt dich«, sagte Manuel, als er sich in Unterhosen neben Attila, der sich nicht ausgezogen hatte, legte. Attila sagte nichts.

»Ich musste mich ausziehen, ich habe nämlich Schweißausbrüche, weißt du«, sagte er weiter. Attila nickte, es war noch immer enorm heiß, aber irgendwo war ein Donnern zu hören. Gut möglich, dass es am Abend regnen würde. Dann zog sich auch Attila aus. Die beiden Männer guckten sich an, schließlich begann Manuel zu lachen.

»Was?«, fragte Attila unsicher.

»Ist schon witzig, irgendwie. Gestern wollte ich mich umbringen, du rettest mich und jetzt liege ich mit meinem Traummann im Bett eines Puffs. Könnte perfekt sein, wenn ich nicht so fertig wäre …«

»Du siehst klasse aus.«, sagte Attila und dachte: »Abgesehen von deinen Einstichstellen, aber die ignoriere ich einfach.«

»Ich hatte schon bessere Zeiten«, murmelte Manuel.

»Ist mir egal. Ich mag dich so wie du bist und du hast ein schönes Gesicht!«

»Das verschwindet dann aber zwischen deinem Bizeps, das Gesicht. Sozusagen«, sagte Manuel und schielte Attila zwischen die Beine.

»Schlaf jetzt!«

»Das ist nicht dein Ernst, oder? Meinst du, ich kann neben einem Muskelmann, der mir mein Leben gerettet hat, witzig, charmant und lieb ist, einfach so pennen? Und dann ist da noch diese Moa, die mich auch ziemlich nervös macht und meine Mutter, die im Spital liegt. Alles in allem nicht gerade die besten Voraussetzungen für ein ruhiges Vorabendschläfchen.«

Attila sagte nichts und legte stattdessen seinen Arm um Manuel.

»Stinke ich?«, fragte er unsicher.

»Nein, ganz im Gegenteil!«

»Ich durfte im Spital duschen, aber von den Drogen kriegt man manchmal eine seltsame Ausdünstung, weißt du.«

»Schlaf' jetzt«, wiederholte Attila. Nach wenigen Minuten hörte er Manuel gleichmäßig atmen, er selbst drückte kein Auge zu. Er hörte dem Wind zu, draußen wurde es kühler. Dann konnte er die ersten Tropfen hören …

De mutilation En convulsion Te voir ici.

»Scheiße«, murmelte Attila und versuchte seinen Arm unter Manuels Kopf wegzuziehen, sodass dieser nicht aufwachte. Er drehte sich auf den Bauch. So würde das nie was mit dem Schläfchen werden. Jetzt hatte er wieder diese Melodie im Kopf. Er guckte an die dunkelrote Wand und kniff ein Auge zu. Wenn er sich ganz fest konzentrierte, konnte er die Worte der Sänger an der Wand sehen. Er wusste, dass es nur Einbildung war, aber seit frühester Kindheit pflegte er dies zu machen. Manchmal waren es seine Gedanken, die er an die Wand projizierte. Und plötzlich sah er ein deutsches Wort an der Wand. *Verstümmelung. Mutilation* hieß *Verstümmelung.*

Das war es! Er wollte gerade aufstehen, als Moa an die Tür klopfte. Manuel schlief tief und fest.

»Husch, husch, meine Turteltauben«, sagte sie und klatschte in die Hände.

»Schschschscht«, machte Attila und flüsterte: »Ich habe die Lösung!«

»Welche Lösung?«, fragte Moa und kratzte sich an der Brust. Während Attila ihr in die Küche folgte, sagte sie: »Wir haben einige Probleme, zum Beispiel die Leiche, die bald zu stinken beginnt, die durchgeknallte Psychologin im Spital, die Manuels Mutter ist, ein seltsames Sängerclübchen, noch eine Leiche auf dem Friedhof und na ja. Den Sänger. Zudem bleiben nach wie vor die Freier aus, es herrscht totale Ebbe. Nicht zu vergessen, dass du noch immer nicht richtig schwul bist.«

»*Lights, Models, Guestlist*«, sagte Attila emotionslos.

»Na, wird doch«, sagte Moa und zwinkerte Attila zu. Sie breitete ihren Schminkkram auf dem Küchenboden neben dem Computer aus.

»Erinnerst du dich an den seltsamen, makaberen Text, den wir gefunden haben?«

»Dieses Leichenzeugs?«

»Nicht Leiche! Den Lamm-Gottes-Text!«

»Stimmt. Lamm Gottes. Mit einem Schreibfehler.«

»Ich habe rausgefunden, was es bedeutet«, sagte Attila und zog sich seine Jeans an.

»Aha. Und, was bedeutet es?« Moa nahm eine schwarze Perücke und begann sie zu kämmen.

»Es ist die deutsche Übersetzung dieses Liedes, das die Gesangsfritzen gesungen haben!«

»Echt?«

»Alle die Toten waren in diesem Gesangsclub!«

»Auch der Politiker?«

»Ich gehe davon aus.«

»Stark«, war alles, was Moa an Lob für Attilas Kombinationsgabe übrig hatte, dann wandte sie ihre Konzentration wieder ganz ihrem Werk zu und begann, die Perückenhaare zu kürzen. Nur wenig später hielt sie eine aparte Kurzhaarfrisur in der Hand.

»Könnte man jetzt auch hervorragend zu Reinigungszwecken gebrauchen«, maulte Attila. Ein klitzekleines bisschen mehr Begeisterung hätte Moa schon zeigen dürfen. Gerade als sich Moa die Perücke aufsetzte, trottete Manuel verschlafen in die Küche. »Is' die für mich, die Perücke?« gähnte er und setzte sich auf den Boden. Moa guckte sich begeistert im Spiegel an und witzelte: ›Haare schneiden?‹, fragte der Zahnarzt die Frau.«

»Schiller?« fragte Attila lahm.

»Nein. Peter Tille. Deutscher Aphoristiker und Schriftsteller.«

»Und was ist ein Aphoristiker?«, dachte Attila, fragte aber nicht laut, weil er vor Manuel nicht als komplett ungebildet dastehen wollte.

»Und was ist ein Aphoristiker?«, fragte Manuel.

»Keine Ahnung«, sagte Moa und guckte dann auf Manuels Arme.

»Könntest du bitte mal deine wirklich hässlichen Einstichstellen damit abdecken«, sagte sie und schob ihm einen Pickelstift zu.

Attila wurde rot, aber Manuel schien damit keine Probleme zu haben.

»Was von meiner Mutter gehört?«, wollte er wissen. Attila und Moa schüttelten den Kopf. Manuel zuckte mit den Schultern und guckte auf Moas Auslage in der Küche: Perücke, Haare, Kleider und jede Menge Make-up.

»Alles für mich?«, fragte er und machte große Augen. Moa nickte. In diesem Moment klingelte das Telefon.

* * *

Chris Vankin telefonierte sich via Handy durch die Mitgliederliste durch. Die meisten hatten ihre Ration von *Forever Young* bereits erhalten und einen Teil des entsprechenden Betrages bar bezahlt. Die, die noch nicht bezahlt hatten, rief er an. Um möglichst harmlos zu erscheinen, schlug er als Übergabeort das Konzert von Tony Thomas vor. Der Sänger war Mitglied im Club, hatte selbst die Therapie ausprobiert, brav bezahlt und würde die anderen Mitglieder bestimmt positiv beeinflussen, gerade bei solch hohen Geldbeträgen war es gut, ein zusätzliches Motivationselement zu haben. Außerdem hatte sowieso mehr als die Hälfte der Mitglieder vorgehabt, zu diesem kleinen Konzert heute Abend im Frisesalon zu gehen. Chris rief Tony an, um sicher zu gehen, dass auch alles klappen würde, aber er erreichte ihn nicht. Künstler waren vor einem Auftritt in der Regel nicht auf dem Handy erreichbar, deshalb dachte sich Vankin nichts dabei. »Selbst wenn es sich dabei lediglich um einen Kurzauftritt in einem Coiffeursalon handelt«, dachte Chris gehässig. Er ging nach Hause und war froh, dass seine Frau nicht da war. Wahrscheinlich war sie bei dieser Hure. Er setzte sich aufs Sofa und wollte sich ein Glas genehmigen, aber Theresa hatte bereits die angefangene Flasche geleert und so ließ er es bleiben. Schließlich duschte er sich erneut, warf seine Kleidung in den Wäschekorb und zog sich um. Er ging davon aus, dass die Mitglieder die Anzahlung in passenden Scheinen hatten, aber vorsichtshalber nahm er einige Tausender Kleingeld mit. Das viele Geld in seiner Tasche gab ihm ein gutes Gefühl, er setzte sich auf das Sofa im Wohnzimmer und ließ die Scheine durch seine Hände gleiten. Immer und immer wieder.

* * *

»Wie viele Mädchen arbeiten hier?«, fragte der Mann am Telefon.

Moa guckte sich in der Küche um und sagte schließlich »Vier.«

»Ich stehe vor deiner Türe, kann ich reinkommen?«, keuchte der Freier ins Telefon.

»Klaro«, sagte Moa und war sich sicher, dass der Mann nie und nimmer vor dem Bordell stand. Einmal mehr verfluchte sie die defekte Kamera. Sie hätte jetzt auch gar keine Zeit mehr für einen Kunden gehabt, sie war sich selbst nicht sicher, ob sie ihren Plan durchführen konnte. Wenn noch alles klappen sollte, dann würden sie jetzt losfahren müssen.

Attila tippte auf eine imaginäre Armbanduhr, Moa nickte. Sie wusste selbst auch, dass die Zeit knapp war. In diesem Moment klingelte es an der Tür. Moa erschrak, offenbar war der Mann tatsächlich hier. Sie öffnete. Der Freier war ein attraktiver Mann und grüßte freundlich.

»Wir haben eben telefoniert«, sagte er und zeigte Moa sein Handy.

»Jaja, nur …«

»Ich zahle einen Tausender für französisch!«

»Äh … ja, das ist … einen Tausender?!« Moa bat den Mann herein und führte ihn ins Softsexzimmer.

»Ich möchte aber nichts sehen«, sagte der Mann.

»Wie meinst du das?«

»Ich will meine Augen verbunden haben!«

»Ach so«, sagte Moa, die wohl wusste, dass sie losfahren mussten, aber an das viele, leicht verdiente Geld dachte.

»Ich stehe aber weniger auf blond«, meinte der Mann schließlich und legte sich lässig auf das große Bett. »Hast du eine Schwarzhaarige? Eine mit wenig Busen?« Moa schluckte. Musste das ausgerechnet *jetzt* sein?

»Ich hole dir mal was zu trinken«, sagte sie.

Er grinste und wedelte mit einem Tausender. »Nimm das schon mal, Schätzchen.«

Moa ging in die Küche und sah, dass sich die Jungs bereits mächtig ins Zeug gelegt hatten. Manuel sah gut aus. Das Make-up und die abgedeckten Einstichstellen ließen jetzt wenigstens erahnen, dass er einst ein Topmodel war.

»Und?«, fragte Attila und guckte erneut auf die Uhr.

»Hör schon auf mit deiner Drängelei. Erstens hast du gar keine Armbanduhr am Handgelenk und zweitens kommt es auf fünf Minuten mehr oder weniger auch nicht an. Das Dumme ist nur, dass er nicht mich will, sondern eine Schwarzhaarige, Flachbrüstige. Ich habe da eine Idee.«

Moa flüsterte Attila ihren Plan ins Ohr, während Manuel seine Einstichstellen an den Armen erneut abdeckte.

»Nie im Leben!«, rief Attila und verlor mit einem Schlag seine Gesichtsfarbe.

»Bitte!«

»Nein!«

»Du Tussi!«

»Nein!«

»Ich werde dir auch jeden Wunsch erfüllen!«, bettelte Moa.

»So was mach ich nicht«, sagte Attila und setzte sich demonstrativ auf den Boden. Schließlich schaltete sich Manuel ein.

»Worum geht's?«

»Die will, dass ich mich als Frau verkleide und zu diesem Typen reinspaziere!«

»Haha«, machte Manuel und schließlich: »Und? Was ist denn dabei?« Manuel schien die Sache wirklich locker zu sehen. Dann redeten die beiden so lange auf Attila ein, bis er sich Moas Strümpfe, ein rotes Kleid, das je nach Lichteinfall die Farbe wechselte sowie eine von Moas Perücken anzog. Er stellte sich vor den Spiegel und guckte sich entgeistert an.

»Ein kräftiges Weib«, prustete Manuel. Moa wahrte Contenance und nahm einen Lippenstift – fertig war Tilla.

»So nennst du dich jetzt immer«, stellte Moa sachlich fest. Attila ging in das Zimmer, stützte sich auf sämtliche Möbel und versuchte, so feminin wie möglich vor den Freier zu treten. *Lights, Models, Guestlist,* sagte er im Stillen zu sich und grinste den Mann an, der mittlerweile nackt auf dem Bett lag.

»*Du* bist mein Mädchen«, sagte der angetan.

»Ich bin Tilla«, sagte Attila und guckte sich nach Moa um, die hinter ihm stand. Seine Stimme klang nicht annähernd weiblich, aber das schien den Freier nicht weiter zu stören. Moa drückte Attila die Augenbinde in die Hände und dieser stakste linkisch zum Freier. Der Mann blinzelte Attila freundschaftlich zu. Attila versuchte zurückzuzwinkern und sah sein Gesicht zum ersten Mal richtig. Als er dabei erkannte, *wer* da vor ihm lag, wurde sein Mund trocken und seine Beine begannen zu zittern. Attila verlor den Boden unter den Füßen und fiel der Länge nach hin.

* * *

Dr. Chris Vankin fand wider Erwarten sofort einen Parkplatz und war daher einer der ersten Gäste. Tony Thomas hatte ganze Arbeit geleistet, der Gesangsclub hatte sogar einen eigenen Tisch im Frisiersalon. Chris setzte sich, bestellte eine Flasche Champagner und musterte die übrigen Gäste im Salon. Alle waren sie gekommen: von der Hausfrau bis zum Teenie. Da der Salon nicht allzu groß war, würde es wohl bald zu einem ziemlichen Gedränge kommen. Um so besser – das wertete den Sänger auf und würde sich positiv auf die Stimmung der Clubmitglieder auswirken.

Neben ihn setzte sich Berger, ein attraktiver, aber nicht mehr ganz junger Inhaber einer Werbeagentur. Sie plauderten über den bevorstehenden Event, dann gab ihm Berger diskret die Anzahlung. Der Umschlag war prall gefüllt.

»Und? Wie läuft es mit der Therapie?«, fragte Berger.

Vankin neigte seinen Kopf und deutete auf seine Haare.

»Man kann denen zusehen, wie sie wachsen«, sagte Vankin. »Und hier – meine Nägel, auch die wachsen enorm schnell. Die Falten werden ebenfalls stündlich weniger ...«

»Die Therapie ist enorm!«, staunte Berger. Vankin hatte ihn bisher immer sehr zurückhaltend erlebt, aber seine neue Haarpracht schien Berger zu begeistern, der unbewusst sein eigenes schütteres Haupt zu streicheln begonnen hatte. Innerlich musste Vankin lachen, bald würden die Herren nicht mehr nur für ein Konzert in einen Friseursalon kommen …

»Wie haben sie es eigentlich geschafft, dieses Hormon zu isolieren?«, fragte Berger. Chris hätte auf diese Frage eine wunderbar wissenschaftliche Erklärung, aber er hatte keine Lust auf eine solche Unterhaltung. Zudem würde er mit den Details erst herausrücken, wenn er seinen Hormoncocktail patentiert hatte. Und das würde noch ein paar Jährchen dauern. Erst mussten die Versuchsreihen abgeschlossen sein und Berger war einer der menschlichen Probanden. Dies alles brauchte Berger schließlich nicht zu wissen.

Die Bedienung brachte eine Flasche Champagner und anstatt zu antworten goss er Berger ein.

Nach und nach trudelten auch die restlichen Mitglieder ein, es gab ein fröhliches Hallo. Dr. Chris Vankin hoffte, dass Tony Thomas vor der Vorstellung noch kurz an ihrem Tisch vorbeischauen würde, aber bislang zeigte er sich nicht.

* * *

»Einen Moment lang dachte ich, du hättest ebenfalls einen Herzinfarkt oder so«, sagte Moa. Sie hatte ihn mit Manuel unsanft in die Küche geschleppt. Der Kunde hatte von Attilas Zusammenbruch nicht mehr viel mitbekommen, da Moa schnell reagiert hatte und ihm flugs die Maske umgebunden hatte. Sie hatte sich kurz entschuldigt, Attila schnappte nach Luft, Moa ließ ihn mit Manuel alleine in der Küche und ging zurück ins Zimmer, um den Freier zu bedienen. Er würde – so hoffte Moa – nicht wirklich mitkriegen, dass das zwischen seinen Beinen nicht Attila alias Tilla, sondern Moa war.

»Was ist passiert?«, wollte Manuel wissen, als Attila die Augen wieder aufschlug. Schließlich brach ein so starker großer Mann wie Attila nicht grundlos zusammen.

»Wo ist Moa«, frage Attila schwach.

»Im Zimmer!«

»Bloß nicht«, sagte Attila und richtete sich auf. Die beiden Männer hörten, wie die Tür aufging. Moa kam in die Küche zurück.

»Das war jetzt aber knapp«, meinte sie trocken. »Gott sei Dank hat der nicht gemerkt, dass *ich* das war. Gut, dass er 'ne Maske wollte. Und warum in alles in der Welt, bist du gleich zusammengebrochen? Weil der Typ so 'nen dicken Dödel hatte?! Also wirklich, Tilla!«

»Nenn mich nicht so«, murmelte Attila und wischte sich das Make-up mit einem Taschentuch ab. »Ich kriegte die Krise, weil der da im Zimmer nebenan mein Bruder ist …«

»Haha«, machte Manuel trocken. Moa kriegte große Augen. »Dann habe ich deinem kleinen Bruder gerade einen geblasen«, stellte sie nüchtern fest. »Das Geld kriegt er auf jeden Fall nicht zurück!«

Aber Attila hörte schon nicht mehr zu, er ging ins Zimmer nebenan und dann hörte man es nur noch rumpeln und knallen, gefolgt von ein Paar dumpfen Schreien, die offensichtlich von Attilas Bruder stammten und dann erneutes Gepolter, als Attila ihn herausschmiss.

Schließlich stapfte Attila mit wütendem Gesicht in die Küche, noch immer in Moas Netzstrümpfen.

»So was Peinliches, echt! Ich weiß schon, weshalb wir uns nicht besonders verstehen. Gewinnt im Lotto und geht dann zu einer Hure, um sich für einen Tausender … bedienen zu lassen. Der Idiot! Ich muss ums Überleben kämpfen, und der verprasst die Kohle derart. Unglaublich!« Attila zog sich die Strümpfe aus, wetterte aber weiter: »Nicht auszudenken, wenn ich das nicht gecheckt hätte, man stelle sich mal vor: Ich in diesen absolut dämlichen Frauenklamotten mache auf Hure und bediene ihn französisch! Unfassbar! So eine Schande! Mir wird gleich schlecht«

»Nun krieg dich wieder ein. Diese Geschichte hat doch was ziemlich Komisches!« Manuel kämpfte erneut gegen einen Lachanfall, Moa wusch sich mit einem Lappen und stürzte sich in ihre Kleider, auch sie hatte offenbar Mühe, ihren Lachanfall unter

Kontrolle zu halten. Anders konnte sich Manuel ihre gesunde Gesichtsfarbe nicht erklären, aber er sagte nichts, denn sie mussten sich beeilen.

Attila bestellte telefonisch ein Taxi, das wenige Minuten später auch da war. Auf der Fahrt zum Konzert von Tony Thomas hingen alle ihren Gedanken nach. Attila war sich nicht sicher, ob es klug gewesen war, seinen Bruder im Puff zu vermöbeln, Manuel dachte an seine Mutter und war beunruhigt, weil er noch nichts von ihr gehört hatte und Moa freute sich über den Tausender.

Sie stiegen aus und standen vor dem Frisiersalon. Gerade als Attila die vielen Menschen sah und einen Rückzieher machen wollte, klingelte Moas Handy. »Bloß kein Pufftelefon« sagte sie. »Ich habe umgeleitet, man kann nie wissen, ich kriege jetzt sämtliche Anrufe auf dieses Handy.«

Die beiden Männer nickten und Attila staunte, wie Moa selbst in solchen Situationen stets die Ruhe bewahrte.

»Einen Moment«, sagte sie, während Attila mit dem Türsteher sprach. Es war Plutos und daher konnten sie ohne Probleme passieren. Attila suchte sich einen Tisch und fand einen freien Platz. Moa ging mit Manuel zur Toilette und sprach aufgeregt mit der Person am Mobiltelefon.

* * *

»Diese Plätze sind noch frei?« Es war mehr eine Feststellung als eine Frage. Der Mann nickte nicht sonderlich begeistert. »Nur diese zwei sind noch frei, die anderen werden bald besetzt sein«, sagte er etwas unwirsch. Attila nickte und setzte sich neben den Mann. Er war enorm nervös und versuchte sich zu beruhigen, indem er auf die improvisierte Bühne im Salon einen Strand projizierte. Aber sein geistiges Auge wollte nicht so, wie er wollte und so begann er, die Anwesenden zu zählen. Er versuchte die Zeit auf der Armbanduhr seines Tischnachbarn abzulesen. An dessen Handgelenk hing ein bestimmt teures, klobiges Ding aus Gold. Soweit er erkennen konnte, war es kurz vor 8 Uhr.

Attila schaute sich weiter um. Er konnte sich nicht recht vorstellen, dass sich ein derart großer Coiffeursalon rentiert, aber offenbar schien es zu funktionieren.

Er konnte sich nicht weiter ablenken und spürte erneut sein Herz klopfen. Endlich entdeckte er Moa und stand auf, um ihr zu zuwinken. Es schien alles in Ordnung zu sein, denn sie kam mit einem breiten Grinsen an den Tisch, begrüßte die anwesenden Herren und setzte sich neben Attila. Er sah, wie sie skeptisch ihren Tischnachbarn musterte und wie dieser ihren Blicken auswich. Offenbar wurde er verlegen, er begann zu hüsteln und dann trommelte er mit dem Finger seiner linken Hand nervös auf den Tisch.

»Funktioniert alles bestens«, sagte sie und stellte ihr Handy auf lautlos.

»Wer hat denn angerufen?«, fragte Attila und hoffte, er würde eine möglichst belanglose Antwort erhalten. Noch mehr Überraschungen würde er nicht ertragen können.

»Eine Überraschung«, sagte Moa und wandte sich zu einem der Herren am Tisch: »Wir erwarten noch jemanden, dürften wir wohl noch einen Stuhl hierhin stellen?«

»Wenn es eine ebenso reizende Person ist wie sie, dann selbstverständlich«, säuselte einer der graumelierten Herren. Moa stellte mit dem Lächeln einer Gewinnerin einen Stuhl an den Tisch. Gerade als Attila nachhaken wollte, wurde das Licht im Geschäft dunkler.

Tockeneisnebel zischte auf die Bühne und verzog sich schnell wieder. Dann kam eine Ansage, der Inhaber des Salons zählte alle Friseusen und einen Friseur auf, freute sich über das zahlreich erschienene Publikum, ließ sich über die Erfolge von Tony Thomas aus (genaugenommen war es ja nur ein Erfolg, nämlich sein erster und einziger Hit *Major Stone.*)

Das Publikum applaudierte brav. Kurz bevor die ersten Takte erklangen, stand Theresa Kruschwitz neben Moa. Sollte *sie* Moas angekündigte Überraschung sein? Die Psychologin setzte sich auf den noch freien Stuhl zwischen Attila und Moa.

»Geht's wieder?«, flüsterte Attila.

»Es war der Schock, denke ich«, sagte sie. Attila nickte. Der Schock würde in wenigen Minuten noch viel größer sein, dachte er bei sich.

Tony Thomas war in Hochform, Attila und Moa klatschten begeistert. Die Herren an ihrem Tisch waren etwas zurückhaltender. Der zweite Song war etwas lahmer, was aber nicht an der gesanglichen Leistung von Tony Thomas lag, sondern eher an der billigen Produktion an sich. Dann gab es bereits die erste Pause, der Saloninhaber feierte sich erneut und erklärte, dass er im nächsten Jahr noch erfolgreicher sein werde und außerdem der erste Schweizer Friseur war, der eine enorm begehrte Auszeichnung in New York für sein Handwerk bekommen hatte. Dann wurde das Licht angedreht und weitere Bestellungen angenommen.

Plötzlich hörte man Dr. Theresa Kruschwitz' spitzen Schrei: »Du hier?«, fragte sie entgeistert.

»Na, das könnte ich dich auch fragen«, antwortete ihr Mann, Dr. Chris Vankin. Er bewahrte Haltung.

»*Kennt* ihr euch etwa?« Jetzt war es Moa, die erstaunt war. Attila guckte nach links zu Vankin, dann nach rechts zu Kruschwitz.

»Das ist mein Mann«, sagte Kruschwitz. Moa nickte. »Angenehm«, sagte sie zu ihrem Tischnachbarn und verzog die Mundwinkel zu einem Grinsen.

»Ist das die Überraschung?«, fragte nun Theresa Kruschwitz. Moa schüttelte den Kopf. »Das habe ich nicht gewusst, ich kenne ihren Mann nicht«, sagte sie. Attila sah ihr an, dass etwas nicht stimmte.

Gerade als Theresa Kruschwitz ihrem Mann von dem kurzen Spitalaufenthalt und Manuel erzählen wollte, wurde das Licht im Saal wieder dunkler, aber nicht ganz so wie vor der Pause. Tony Thomas trat erneut auf die Bühne.

»Bevor ich mit dem nächsten Lied fortfahre, möchte ich mich noch bei einigen Menschen bedanken. Ich beginne mit den Damen, wie es sich gehört. Damit alle im Saal wissen, von wem ich spreche, wäre es reizend, wenn der oder die Betreffende jeweils kurz aufstehen würde …« Das Mikro pfiff und Tony Thomas stand am Bühnenrand. »Sie sehen, alles live hier ... hehe. Gut. Also. Ich – äh ...«

Attila spürte wieder dieses Herzklopfen und spürte, wie seine Handflächen schweißnass wurden. Zudem begann es draußen heftig zu stürmen, die großen Fenster im Salon wurden vom anwesenden Personal eilig geschlossen. Endlich Regen!

»Zuerst einmal danke ich Moa, sie ist großartig«, sagte der Sänger und grinste schelmisch. Moa stand auf und lächelte cool zur Bühne. Sie hob den Daumen und formte die Worte »Weiter so.« Dann setzte sie sich wieder.

»Ein besonderer Dank auch meiner Mutter, Theresa!« Dr. Kruschwitz guckte sich um. Moa knuffte sie in die Rippen. »Los. Hopp! Aufstehn«, sagte sie. Dr. Theresa Kruschwitz stand schließlich auf, ihre Gesichtszüge waren komplett entgleist, sie starrte fassungslos zu Tony Thomas.

»Manchmal, Mutter, hat man auch eine zweite Chance verdient!« Dr. Theresa Kruschwitz begriff noch immer nicht. Erst als Moa »Überraschung« flüsterte, schien sie langsam zu verstehen. »Manuel?« Es ging in einem gewaltigen Donnerknall unter, draußen zuckten Blitze. »Schließlich möchte ich mich bei der Person bedanken, die mir in den letzten Tagen am wichtigsten geworden ist. Attila!«

Attila stand auf und hoffte, dass dieser Moment möglichst rasch vorbei gehen würde. Er lächelte zögerlich und hoffte auf erneutes Donnergrollen. Aber es blieb aus.

»Attila, ich liebe dich und das nächste Lied singe ich nur für dich!« Das Licht wurde gedimmt und die ersten Takte von *Everlasting Love* füllten die schwere Luft.

»Schon gut«, sagte Moa, als Attila gegen die Tränen ankämpfte, aber das konnte außer ihr niemand im Saal sehen.

Kurz vor Ende des Lieds stand Dr. Chris Vankin auf, röchelte, fiel über den Tisch, wollte sich aufrappeln, hielt sich am Tischtuch fest, fiel erneut und riss dann Gläser, Flaschen und die Tischdekoration zu Boden. Es gab einen gewaltigen Krach. Moa bückte sich blitzschnell und hob etwas vom Boden auf. Dr. Vankin rang nach Luft, fasste sich an die Brust und starb.

EPILOG

»Irre«, sagte Moa und tippte auf den Zeitungsartikel.

»Lass mich auch mal sehen«, sagte Attila und griff nach den Seiten. Sie saßen in der Küche und tranken kalten Rotwein, obwohl es noch nicht mal Mittag war. Moa hielt die Zeitung in die Höhe.

Sänger Tony Thomas schwul – Intimes Geständnis
Dramatischer Zwischenfall auf Konzert in Frisiersalon

»Dann bin ich jetzt wohl geoutet«, grinste Manuel. Er hielt Moas Perücke in der Hand und fummelte an den Haaren.

»Lies mal vor«, forderte Attila.

»Zürich
Der Schweizer Sänger Tony Thomas zeigte sich gestern Abend in Bestform. Noch nie zeigte der Künstler sich stimmlich derart ausdrucksstark, obwohl der Anlass an sich ungewöhnlich war. Der einstige Star sang in einem Frisiersalon in der Zürcher Altstadt. Nach seinem Hit »Major Stone« outete sich der einstige Publikumsliebling und bekannte sich öffentlich zu seiner Homosexualität, das Publikum reagierte begeistert.
Der private Anlass wurde jedoch von einem tragischen Zwischenfall überschattet – einer der Gäste starb an plötzlichem Herzversagen. Die Polizei schließt einen unnatürlichen Tod nicht aus. Es handelte sich bei dem Mann um einen Mediziner, der mit Hilfe einer dubiosen Hormontherapie, die ewige Jugend versprach, ein Vermögen machen wollte. Das Hormon wurde von ihm an Mitglieder eines exklusiven Clubs teuer verkauft. Die Mitglieder fordern nun ihr Geld zurück. Of-

fenbar verursacht das Medikament, das noch nicht getestet oder zugelassen ist, in Verbindung mit Alkohol Herzstillstand. Ebenfalls noch unklar ist, wo das Geld – gut eine Million Franken – geblieben ist. Mitglieder des Clubs sagten gegenüber der Polizei aus, dass die Anzahlung bar erfolgte.

Und dann kommt da noch ein Aufruf der Polizei, dass sich die geprellten Mitglieder melden sollen und all so was …« Moa legte die Zeitung auf den Boden.

»Dann war dieser Typ neben mir also der Boss dieses Vereins?«, fragte Attila.

»Und mein Vater«, bemerkte Manuel trocken. »Mutti hat's wenigstens überlebt. Sie hatte erst eine Dosis dieses Hormons intus und trank zudem nur wenig Wein. Hätte sie ein schwaches Herz gehabt, dann wäre wohl auch sie unter der Erde, so klappte sie nur zusammen.«

»Bist du kein bisschen traurig?«

»Nein. Meine Mutter hat meinen Vater nie wirklich gemocht und ich habe ihn regelrecht gehasst. Gut, dass er endlich tot ist. Schade nur für Mutti, die muss jetzt damit klarkommen, dass sie einen schwulen *und* drogensüchtigen Sohn hat, der von den Toten auferstanden ist.«

»Was heißt hier ›von den Toten auferstanden?›«, fragte Moa

»Na ja, meine Mutter ist schließlich Meisterin im Verdrängen. Sie hatte mich sogar derart verdrängt, dass sie zeitweise sogar selbst glaubte, ich sei tot. Sie wird wohl einen guten Psychiater brauchen".

»Sie hat dich für tot erklärt?«, fragte Moa und ärgerte sich, dass sie eine Psychiaterin engagiert hatte, die offenbar selbst eine solche ziemlich dringend brauchte. Moa überlegte sich einen Moment lang, ihre Dienste anzubieten, sie hatte eine Menge Erfahrung mit Menschen, die sich gewisse Dinge einbildeten. Der Gedanke war reizvoll, zudem könnte sie die ganze Kohle, die sie der Kruschwitz in den Rachen geworfen hatte, auf diese Weise wieder zurückverdienen, aber sie verwarf den Gedanken sogleich wieder. Die Kruschwitz unterschied sich in zwei Dingen von ihrer normalen Kundschaft: Sie war a) eine Frau und b) ziemlich durchgeknallt. Wie sonst war es möglich, dass sie ihren Sohn für tot erklärte und dies selbst auch noch glaubte?

Aber Attila war an einer anderen Stelle von Manuels Satz hellhörig geworden und fragte sicherheitshalber nach: »Na na na, was soll heißen, sie muss mit einem *drogensüchtigen* Sohn klarkommen?«

»Nein! Klar, mach ich den Entzug weiter, oder denkst du, dass ich Tony Thomas aufgebe? Ich plane ein Comeback! Und – ich werde diesen Entzug machen und ihn auch schaffen, aber dabei bevorzuge ich doch die Variante in einer Klinik und nicht deine Hammermethode, Moa. Okay?«

Moa zwinkerte und sagte: »Dann ist es auch nicht weiter schlimm, dass ich deinen Vater auch schon in diesen bescheidenen Räumlichkeiten bedient habe?«

Manuel schluckte. »Den auch? Echt?«

»Ja. Aber ich habe nicht gewusst, dass er dein Vater ist und schon gar nicht, dass er der Ehemann von Dr. Theresa Kruschwitz ist …«

»Kein Problem, echt«, sagte Manuel und knuffte Attila, der in schallendes Gelächter ausbrach. Sie sahen sich gegenseitig an und begannen dann gemeinsam lauthals zu lachen.

Attila gab Manuel einen Kuss.

»Also alle, die hier im Puff starben, haben dieses seltsame *Forever-Young*-Zeugs eingenommen?«, fragte Manuel schließlich. Moa nickte. »Wie das bei Vereinen so üblich ist, die reichten meine Adresse untereinander herum. Und der, der bei Trisa unten gestorben ist, hat sich wohl in der Tür geirrt. Wenn ich es mir recht überlege … sie sagte doch, der Typ hätte so was wie ›meine Stola‹ geröchelt!«

»Das klingt so ähnlich wie dein Name«, stellte Attila fest. Moa nickte. »Ich bin froh, dass es nicht wirklich was mit *mir* zu tun hatte – mit meiner Aura oder so.«

»Wir hätten also locker zur Polizei gehen können«, sagte Attila und erinnerte sich an den Ausflug zum Friedhof mit Gloria Gaynor im Radio. Er schüttelte sich.

»Nein«, sagte Moa nachdrücklich. »Ich sagte doch schon – Polizei gibt *immer* schlechte Publicity. Und wie wir eben festgestellt haben, wird meine Adresse in Businesskreisen gerne herumgereicht! Da müsste ich mich jetzt wohl bei deinem toten Vater bedanken, der hat wohl den ehrenwerten Mitgliedern dieses tollen Clubs meine Nummer gegeben. Moa für einsame Herzen …«

»Trotzdem, ich finde, wir sollten die Sache mit den Leichen der Polizei melden«, sagte Attila.

»Bist du blöd oder was? Es geht um meinen Ruf, verdammt«, sagte Moa, öffnete die Kühlschranktür, suchte nach etwas Essbarem, aber fand nichts.

»Das Ärgste weiß die Welt von mir, und ich kann sagen, ich bin besser als mein Ruf«, sagte sie und schloss die Tür seufzend.

»Schiller?«, fragten Manuel und Attila im Chor.

»Ja, Jungs. Schiller!«

Es klingelte an der Tür, automatisch schauten alle auf den Monitor. Dieser funktionierte immer noch nicht. Moa öffnete die Tür und rief: »Helft ihr mir mal, Jungs?«

Moa unterschrieb den Lieferschein der Möbelfirma.

»Ich habe Stühle für die Küche bestellt, die Dinger haben ein Vermögen gekostet!«

Attila und Manuel guckten entgeistert auf drei große Metallstühle. Moa gab dem Mann vom Transportdienst ein großzügiges Trinkgeld und schleppte den ersten Stuhl in die Küche.

»Warum hast du nur drei Stühle gekauft? Normalerweise hat man doch vier oder sechs Stühle«, stellte Attila fest.

»Weil diese drei Babys Auslaufmodelle sind und ich einen Superpreisnachlass dafür gekriegt habe!« Moa entfernte die Kunststoffschutzhülle, setzte sich dann aber doch wieder zu den anderen beiden auf den Boden.

»Was habt ihr eigentlich mit dem toten Tony Thomas gemacht?«, fragte Manuel. Attila und Moa grinsten, gaben keine Antwort. Attila sang stattdessen die Zeile aus dem Lied des Gesangvereines, das immer noch in seinem Kopf herumgeisterte:

De mutilation En convulsion Te voir ici

»Woher kennst du dieses Lied?», fragte Manuel sichtlich erstaunt.

»Das hat der Gesangsverein deines Vaters die ganze Zeit gesungen. Kennst du es?«

»Und ob!«, sagte Manuel. »Mein Vater war einst mit einer jungen Künstlerin aus Kanada zusammen. Sie war in Genf, er wurstelte was für die UNO. Sie hatte ihn wohl ziemlich geliebt, er aber verließ sie, weil er keine Lust auf eine Sängerin hatte. Er fand, das sei brotlose Kunst. Die Frau machte danach Karriere und ist heute eine der gefragtesten Popsängerinnen in Frankreich. Vielleicht sagt euch Mylène Farmer etwas?« Manuel sagte es nicht ohne Stolz. Moa nickte, Attila hatte keine Ahnung, wer diese Frau war.

»Auf jeden Fall ärgerte es ihn wohl, dass er die Farmer einfach so sausen liess, sie ist heute nämlich Multimultimillionärein.«

»Dumm gelaufen«, bemerkte Moa trocken.

»Tja und deswegen ist er einer ihrer größten Fans, und sie weiß vermutlich nicht mal was davon…«

»Hat auch eine tragische Komponente, die Story«, sagte Moa, aber machte dabei keineswegs ein betrübtes Gesicht. Im Gegenteil – sie stand auf und fuhr grinsend fort: »Dann kommen wir jetzt zum gemütlichen Teil«, sagte Moa geschäftig und stand auf. Sie öffnete die Besteckschublade und nahm einen Umschlag heraus. »Wer hilft mir zählen?«

»*Du?* Du hast dir die Million unter den Nagel gerissen? Das hätte ich mir denken können«, sagte Attila, konnte aber seine Überraschung nicht verbergen.

»Man muss manchmal schnell sein«, sagte Moa und grinste. »Ich habe gesehen, dass unser netter Mann diesen Umschlag immer mal wieder aus seiner Jackentasche nahm und ihn zärtlich streichelte. Es gibt nur einen Grund, einen Umschlag zu streicheln. Ich rede da aus Erfahrung«. Die beiden Männer nickten. Moa streichelte den Umschlag so, wie es der tote Vankin wohl getan haben musste und sagte dann: »Nur damit das klar ist: Ich werde den größten Teil des Geldes spenden. Ich denke, dass wir das zu gleichen Teilen der Drogenhilfe, dem Frauenhaus und der Aidshilfe spenden …«

Attila schluckte und Manuel zeichnete mit dem Zeigefinger kleine Kreise in den Küchenteppich.

»Aber erst nachdem wir uns einen hübschen Anteil für unsere – sagen wir mal … Bemühungen rausgenommen haben«, sagte sie grinsend.

»Gut«, stellte Attila erleichtert fest.

»Sehr gut«, sagte Manuel. Moa öffnete den Umschlag. Es war eine Menge Geld.

»Also keine Suppenküche mehr?«, fragte Manuel.

»Nö. Wir haben von Tony Thomas so ziemlich jedes essbare Teil in den Topf geknallt«, sagte Attila und legte seinen Kopf auf Manuels Brust. Dann stimmte er die erste Strophe von *I Am What I Am* an.

»Na, dann lass ich den beiden Herren jetzt mal das Badewasser ein«, sagte Moa und verschwand diskret aus der Küche.

Draußen prasselte der Regen. Endlich.